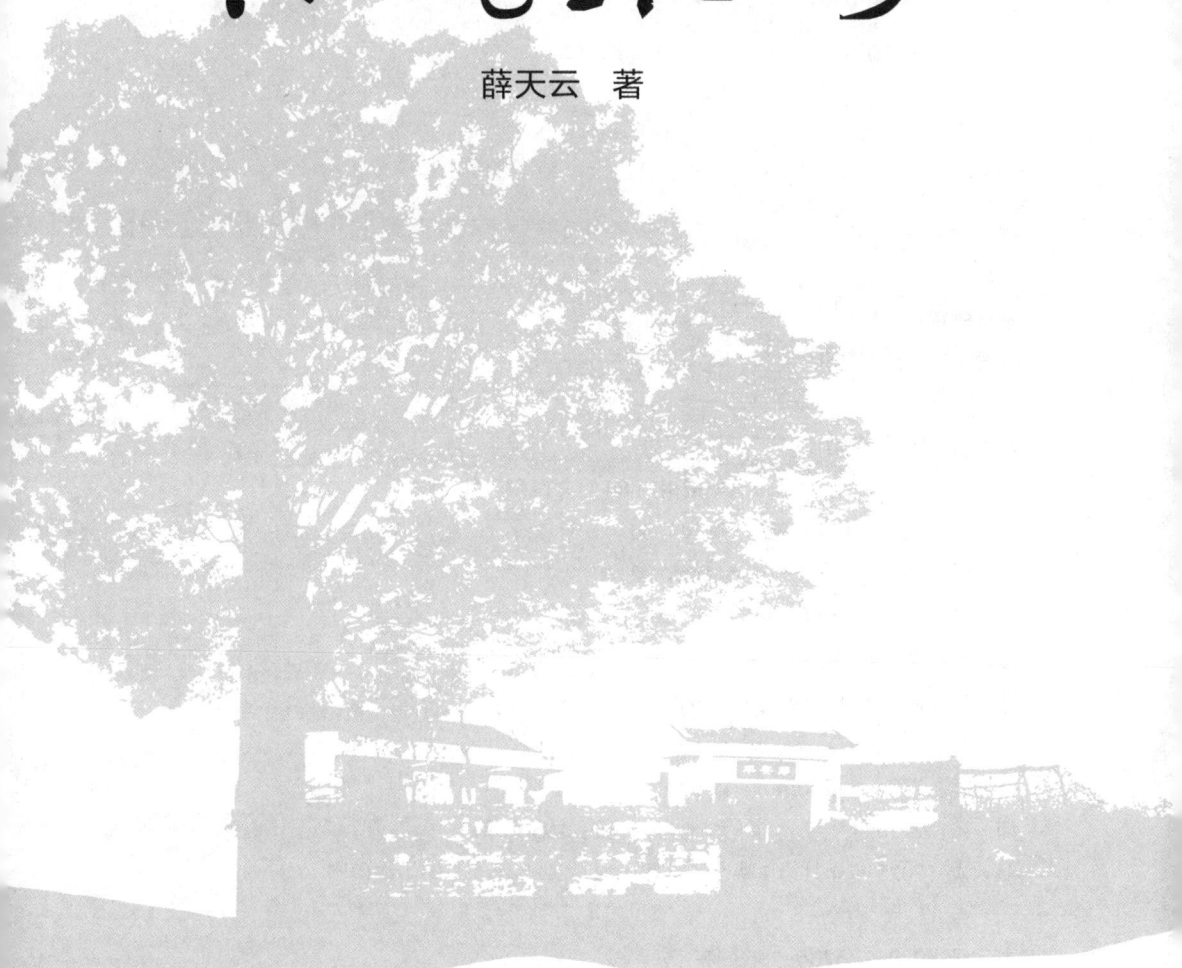

绿槐永荫

薛天云　著

团结出版社

@团结出版社,2025 年

图书在版编目(CIP)数据

绿槐永荫 / 薛天云 著 . --北京:团结出版社,
2025.4. --ISBN 978-7-5234-1563-4

Ⅰ.I267

中国国家版本馆 CIP 数据核字第 20244A4J45 号

责任编辑：韩　旭
封面设计：建明文化

出　版：团结出版社
　　　　（北京市东城区东皇城根南街 84 号　邮编：100006）
电　话：(010) 65228880　65244790
网　址：http://www.tjpress.com
E-mail：zb65244790@ vip.163.com
经　销：全国新华书店
印　装：武汉鑫佳捷印务有限公司

开　本：170mm×240mm　16 开
印　张：21.5　　　　　　　字　数：196 千字
版　次：2025 年 4 月第 1 版　　印　次：2025 年 4 月第 1 次印刷

书　号：978-7-5234-1563-4
定　价：88.00 元

内容摘要

　　本书是一部以"家"为主题的散文集，通过对家人、家乡、家风的深情回忆和对家乡文化的不懈探索，展现了作者对家的珍视与感恩。书中讲述了家人之间的暖心故事以及彼此的爱和支持，刻画了家乡的悠久历史、丰富文化和独特风景，讲述了以"耕读传家"为主的家风和对家文化的理解和追求，描绘了家乡的风俗习惯、风土人情和民间艺术。全书文笔流畅，语言质朴，字里行间充满浓浓的乡土气息和感恩之情，表现了作者对家乡一往情深的赤子之心。

自　序

　　年过古稀，总想把自己经历的许多事记下来、传下去。人的世界观一旦形成，就很难改变，而且希望别人接受自己对主观和客观世界的看法，所以，"世界观的转变是一个根本的转变"。把我对一些人和事的回忆写成一本集子，敬奉给读者去鉴别，或许有些用处。让我的子孙后代了解先辈的创业艰难经历、生活的苦与乐，从中汲取人生的经验教训，以利于他们成长为对国家、社会有用的人，这是我的责任。社会的发展、客观形势的变化，不以人的主观意志为转移。社会发展的总趋势是在不断进步，子孙的明天会比我期望的更好。但社会发展不会一帆风顺，人生旅途也可能遇到困难。我希望在他们遇到艰难困苦时，能因我的话而增添自立自强的勇气，攻坚克难，锐意进取。今天的社会是从前天和昨天的社会进化而来的，不能割断历史。优秀传统的力量深刻左右着今天，也影响着明天。我只是记录了一些历史瞬间，抒发了一点管窥之见，忝成此书稿，愧不敢当。

　　2023 年 6 月 2 日，习近平主席在文化传承发展座谈会上的重要讲话指出："只有全面深入了解中华文明的历史，才能更有效地推动中华优秀传统文化创造性转化、创造性发展，更有力地推进中国特色社会主义文化建设，建设中华民族现代文明。"同时他还指出："在五千多年中华文明深厚基础上开辟和发展中国特色社会主义，把马克思主义基本原理同中国具体实际、同中华优秀传统文化相结合是必由之路。"这本书中我比较多地撰写了中国古代哲学家、教育家、"关学"的创始人张载的事迹，也写了不少传统文化和风俗。在我进入花甲和古稀之年后，感觉应该把这些写出来，也算是发挥余热吧。

人是要懂得感恩的。不知感恩，尚不如"羊羔跪乳""乌鸦反哺"；不知感恩，岂知自己是谁，从哪里来，要往哪里去；不知感恩，便缺乏敬畏之心，言无所禁，行无所止，以致做出狂傲悖逆、伤天害理的事来。我认为人生在世有三种恩情，至死不能忘记，忘掉了就难以立世，即：一是党和国家的培养之恩；二是我们的衣食父母——广大劳动人民创造物质财富和精神财富、推动社会发展进步之恩；三是祖宗功德和父母养育之恩。还有下列恩情也不可忘记：良师教育之恩，乡亲帮助和朋友接济之恩，贵人指点迷津之恩，急难相助和遇险救命之恩，伯乐引荐和领导提携之恩，兄弟手足之恩等等。我在这本书中对上述恩情有所记录，但因自己写作能力低拙、文章篇幅有限，加之我近来患颈椎病、白内障，已力不从心，谨记恩情于万一，写得很不到位，这种遗憾会使我抱憾终生。我以为，感恩，就是要担负起家庭和社会责任，清清白白做人，老老实实做事，努力为人民服务。篇幅限制，有些人我没有单独写，但并不等于忘记了他们。原以为努力工作就是对这些领导同志的报答，现在回忆起他们，心中总有一种挥之不去的怀念情感，只好用"无力报答，有心记之"来自我安慰了。

这本书中大部分内容是记录我在宜川成长、学习、工作的一些经历与感受。这是因为宜川县是我的故乡，是生我养我的地方，也是我世界观、行事方式基本形成的地方。大多数人对故乡都有特殊的感情，即使在故乡曾受过挫折，甚至蒙受不白之冤的人，也难忘乡愁，对故乡依然一往情深，赤子之心终不能昧。无论人在哪里受挫折，都有两面性，经风雨的同时，磨炼了自己，最终转化为人生的一大精神财富。毛主席说："前途是光明的，道路是曲折的。"人处逆境之时，要从自身多找原因，"救寒莫如重裘，止谤莫如自修"，只要不麻木、不沉沦，便可"知耻而后勇"，笃志致远，砥砺前行。子曰，"五十而知天命，六十而耳顺，七十而从心所欲，不逾矩"，随着时间的推移和年龄的增长，伤口会痊愈，烟云会散去，唯有对亲人、对故乡的挚爱之情更加浓郁。

我写这本书，是为了寄希望于子孙后代和青年读者。如我写的家风问题，就是这种心情的表露。望子孙在与时俱进的同时，从这本书中吸收一些营养，打好人生基础。世无功成莫见苦，事非经过不知难。不经风雨，难见彩虹；不付辛劳，难得收获。有志气的年轻人，要经得起打磨考验，能肩负起责任使命，不要幻想可以轻轻松松、随随便便取得成功。我和老伴一生清廉从政，勤俭度日，除了国家给的工资和养老金，没有多余资产，就留给子孙这本书吧。

在我的家乡，人们对槐树（国槐）十分偏爱，辈辈口口相传"门前一槐，吉祥自来；庭有三槐，兴旺发达"。槐树又名"玉树"，树干耸立、笔直，树冠高大、密郁，多用"玉树临风"形容青年人"风度潇洒，秀美多姿"。记得有一幅大门匾额题字是"绿槐永荫"，人们以此颂扬祖宗荫德，寄托对未来的期望。"槐"与"怀"谐音，也是对祖先、家乡的怀念。就以此匾文为书名吧！

本书稿如有错误之处，敬请读者批评指正，不吝赐教。

2023 年 12 月 26 日

目　录

耕读传家远

——宜川县永宁薛家纪事

退休之后，我便萌生了回归农村生活的愿望。更重要的是，年迈的母亲不愿随我在城市居住，一心想回到那"抬头可见蓝天白云，出门能遇邻舍乡亲"的老家，于是我陪伴母亲回到南海村居住。回到村里，我在房前屋后栽花种树，还承包了堂弟天学的一亩多地，每天都要侍弄花木、种瓜育蔬，眼观四季风物，践行农事技艺。有"晨兴理荒秽，带月荷锄归"的辛劳，亦有"采菊东篱下，悠然见南山"的乐趣。我几乎每天都在树荫下或窗前读读写写，浏览电脑新闻，翻阅一些一个月前的报纸（云岩镇邮电所每隔一个多月给农村送一次报纸）。有时我也会尽自己所能给村里办些公益事业，并未生活在"世外桃源"。2013 年，我的祖籍永宁村薛姓族人推举我担任主编，续编《家谱》，我欣然领命，此后经常回永宁村与族人个别交谈、开会博议、编排世系、摄取素材。在和族中父老兄弟们的交谈中，他们说起永宁薛姓耕读传家的往事，绘声绘色，如数家珍，说之不完，道之不尽，使我深受感动。

一

我到永宁村编撰《家谱》期间，村主任志先俇安排我住在原来永宁村小学的房间，我小时候就在这里读的一、二年级。晚上，几回回梦回那时上学的情景中，老师的教诲、兄弟的情谊、淳朴的风气、悠久的历史，件件桩桩都叩击着我的心扉。我不由自主地披衣下床，伏案翻阅民国二十六年薛观骏二爷编撰的老《家谱》，寻觅数百年间的家族耕读传家历史。

永宁薛氏源自河津县修仁村（原名大黄庄）。明朝嘉靖初年，我永宁薛氏先祖曾是庆阳府某县的县丞或主簿一类的小官，后来弃政经商，晚年回归故里，途经黄河水南渡口时，财物被船户打劫一空，便和三个儿子流落到永宁村。当时永宁村的主户也是薛姓，热情地收留了我们的先祖一家。先祖的大儿子已是秀才，永宁薛姓人家见村里来了文化人，便开办学堂，让先祖的大儿子当教书先生。当时，云岩地区只有兴龙寺和永宁村两处学堂。从此，永宁村或私塾或学堂，村学再未中断，一直延续到公元 2006 年，历时五百多年。时至清朝初年，永宁村成为宜川北塬人口最多的村子，我们一支是六甲薛姓，原住薛姓是九甲薛姓。后来九甲薛姓逐渐式微，人口大减，到清朝同治年间"回变"时，九甲薛姓逃避不及，大部分被杀，后又遭天灾人祸，人口灭绝。永宁村仅剩六甲薛姓，余下人口全部姓薛，至今已繁衍成超过千人的户族。

永宁薛姓祠堂，是六甲薛姓中份于民国初年重建而成的，祠堂大殿楹联是："习武修文先祖曾光唐社稷；耕田课艺后昆勿忘古箴铭。"上联是说我族先祖的辉煌历史，下联是希望后人遵循"耕读传家"的优秀传统，将传统发展壮大，再创辉煌。翻阅《家谱》，一个个鲜活的人物深入人心，一幅幅耕读传家的历史画卷映入眼帘。《家谱》记载的二世祖薛京铨属明末清初人（京铨之父以前的谱记已在"回变"中佚失，老《家谱》只好从京铨之父开始记），九品候登仕郎。虽为"候补"，却利用他在乡间的特殊身份，重视发展全族的农耕事业，并在明末清初乱世之中坚持办学，确立了永宁村附近教育中心的位置。京铨先祖在永宁村上塬修建三孔土窑洞，办起书房，至今人们把那里仍称"书房窑"。

京铨之孙、四世祖薛呈玉，是《家谱》记载的另一位重要人物，郡廪生（即享受郡县定期钱粮补贴的生员），历经康熙、雍正、乾隆三朝，寿八十多岁，是为永宁六甲薛姓承上启下、迈向兴旺发达奠定基础的关键人物。呈玉尽管没有入仕，境界却不失高迈，眼光可谓远大。据村中出土的刻石记载，呈玉"有大德，乡里重之，同立碑石"。他在以农为本的同时，十分重视教育儿孙和族人读书。他有五个儿子，都在青年时考取生员功名，人称"一门五庠生"（庠生是生员的别称）。在那个年代，一个普通农家出现一位生员已属不易，难能可贵，而薛家连出五位庠生，且五子皆自强立业，家境富裕，忠厚仁义，这样的家庭更属凤毛麟角，稀罕至极，自然在郡县闻名遐迩，乡里艳羡不已。乡人称赞呈玉颇有《三字经》中"窦燕山，有义方。教五子，名俱扬"之风。《宜川县志》有载："薛呈玉，字昆山，号济百。乾隆三十二年寿八十有三，为乡饮耆宾，同时有五老，在县举行乡饮酒礼。以外四人，其名不传。"乡饮酒礼，是封建社会县以上地方官员按时在儒学举行的一种敬老仪式，有资格参加乡饮酒礼的年高有德的大宾即"乡饮耆宾"。

呈玉先祖的长子薛世鹏（永宁薛家长门之祖）在永宁学堂执教四十多年，举人、清朝宜川县乡贤王彦褒是他的学生，王举人为世鹏先祖撰写的《墓志铭》中记载："先生生而聪颖，雅好读书，至入泮后设教乡曲，从学甚众。……乾隆己卯，岁有奇荒，先生散粮于邻村，既而民困于食，先生又施粥救之。县主特出告示，彰之四外，重立碑石，置之署门。""入泮"即指考上秀才，"乡曲"乃偏远的乡村。世鹏先祖的重大贡献，是于偏远的乡村设教，除了教化薛家子弟外，还招收云河两岸乡村的学生受教，且"从学甚众"。他终生从事耕读事业，教化民风，教养生计，功莫大焉！

世鹏先祖的孙子、我的七世祖薛桐，字龙门，清朝国学大学生，曾担任宜川县庠老，即管理学校的官员。

他除巡视几处学校外，主要精力还是在永宁村设教讲学。他在永宁村建设了新的学校房舍，扩大了学校规模。他还在村南修建"魁星楼"一座，寄希望于后世能荣登金榜、夺魁显祖。永宁村的教育事业，在几位先贤的努力下，出类拔萃、一枝独秀。不幸的是，由于清朝政治腐败，民族矛盾尖锐，同治年间的"回变"中，永宁村于同治七年（1868 年）遭受到空前洗劫，学堂和大部分民房被毁，村民被迫流离失所，逃亡在外。那一年，永宁六甲薛姓集体逃至狗头山石寨，两年后才回到永宁村。这时的永宁村，田野里新坟骤增，村子里到处是断垣残壁，人们缺粮断炊，用野菜、树皮充饥，学堂自然停办了。

"回变"平息之后，随着农业生产和生活秩序的恢复，村中富户薛镜明家于同治十三年（1874 年）办起了私塾，村人称之为"学堂"，他家以及同姓子弟恢复了上学。过了几年正值学龄的孩子不断增加，村中又有一富户薛玉贤（玉贤和镜明都是我的曾祖父辈，十世祖）又办起一所私塾，基本解决了全族青少年的上学问题。两家私塾均属半耕半读性质，农闲时全天开课，农忙时半天开课，夏收、秋收时不开课。此后二十多年中，凡是上过这两家私塾的族中子弟，可认字几百个，会打算盘，成了当时人们公认的"识字人"。其中也不乏超群上进、庸中佼佼者，有六人考上廪生，两人考上增生（即廪生名额有限而增补的生员），还出了两位武生员。后来，经村人合计，将两处私塾合成一处村塾，即村学堂。学堂设在关公庙大殿之中，教书先生就是本村"字文很深"的两位廪生薛观暄、薛善行（均十一世祖）。1905年废除科举制度后，在云岩学董、本村人薛观骏倡导下，永宁村率先建成了"永宁民治初级小学"，这所学校成为废除科举制后宜川农村办起的第一所学校。学校校址设在薛氏祠堂两座厢房中。学校面向全社会招生，最多时有四十多名在校生。学生越来越多，祠堂中两座厢房已显狭窄，难以为继。1941年，本村绅士、薛镜明孙子、时任宜川县商会会长的薛光星（第十二世），和富云乡政府联系后，决定在永宁村修建富云乡第四保中山国民学校，由薛光星任建校经理人。周围村群众为建校积极献料，永宁村人不单主动献料，还主动出工。薛光星家捐款最多，承担了大部分建校费用。经一年辛勤努力，在关公庙大院中修建砖木结构教室两座、大礼堂一座、师生宿舍十二间、灶房三间、厕所三间。学校大门修建得十分大方、考究，一砖到顶，中西结合形制，砖门楼上有两尊陶狮雕像，门楣上有校长薛光华题词"养正树基"四个大字；大门两侧墙上题词为"敬业""乐群"。题词均为陶刻，笔体遒劲，雄健有力，制艺精湛，寓意深刻。两座教室和学校大门，至今保存完好，据说这是宜川县唯一保存至今的民国时期的学校建筑，成了永宁人钟情教育、怀念建校功臣的象征。新的校舍建成后，学生增加很快，1946年在校学生有八十多名，比云岩镇小学还多十多名学生，永宁学校成了陕北高原上很有影响的一所学校。20世纪50年代，我在这里念书时，校园中有一棵千年古槐，槐树下有一口深不见底的古井，井口上还装有辘轳架。永宁人对槐树十分偏爱，匾曰"绿槐永荫"，象征祖先对后世的荫庇，那口保存几百年的古井，可能是"饮水思源""吃水不忘掘井人"之意吧。村头给几位先祖敬立的神道碑，就似他们傲然不可屈的形象，后辈从碑下经过，一种雄伟、古老、敬仰之意油然而生。前边所述的几位祖宗先贤，筚路蓝缕，艰难创业，厚德载物，耕读传家，是我们后辈的楷模，其功德高山仰止、景行行止。

二

永宁村许多旧宅大门上，曾挂"耕读传家"的匾额，"天德元"的大财主家大门上"耕读第"几个字字迹犹存。如今，城镇或农村，一些新修的砖混平房门楼上通常嵌有类似古宅的"耕读传家"四字，可见其传承久远、民望所归。永宁薛姓家族，祖祖辈辈秉承治家古训，遗风犹存，耕读并臻，熏陶了一代代后人的德行。什么是"耕读传统"？大概就是如下表述：在农耕时代，以农为本的同时，重视读书育人和教化品德修养的文化传统。家庭，是农耕社会基本组成单位，把这种耕读传统在家族、家庭中传承下去，就叫"耕读传家"。耕田可以事稼穑，丰五谷，养家糊口，以立性命；读书可以懂诗书，知礼义，修身养性，以立高德。对于一般农户特别是自耕农来说，既学谋生又学做人，是他们崇高的精神境界。农业生产属物质文明，读书育人属精神文明，二者互相促进、相得益彰，缺一不可。耕读传统，是我国几千年的农耕社会里，赖以维持民族生计、促进社会文明进步的基本传统，也是中华民族的伟大创举，在全世界绝无仅有，卓绝群伦。

农村是孕育中国悠久而灿烂文化的摇篮，也是民族谋生、培养人才的地方。我翻阅老《家谱》，整理村中传说，体察长辈们的观念和行为，发现永宁薛姓多数人耕读传家的目的十分明确，即供养子弟上学是要让他们学会"看家护院、发家立业"的本领，能够识文断句、算账理财、书写契约等，更能明白事理、知道做人的道理，能够受到邻里乡间的好评与尊敬。较富裕的自耕农，则希望子弟学业有成。村中流行一句话："家境滋润千般好，不如供娃念书好。"过春节时，常见一副门联是："一等人忠臣孝子，两件事读书耕田。"这些简洁明了、质朴无华的语言，蕴藏着浓厚的儒家传统思想，反映了那个时代永宁人做人、处事、为官的核心理念，也寄托着对子女和族人的殷切期望。永宁人深受这一理念影响，为官持忠诚、做人守孝道、传家事耕读，形成良好风气。这说明在一般群众中蕴藏着耕读传家的内在动力，并成为其代代传承的保障。我父亲曾深情地回忆他小时候在永宁学校念书的情形。他们念书时，有一半时间是半天上课，晌午饭后就跟着大人下地劳动，吃过晚饭后要把今天学的课文读熟，直到能够背诵。第二天上学后首先背诵课文、默写生字，如有差错，先生就要体罚。村中有些准备考入高一级学校的学生，读至半夜，第二天鸡鸣起床点灯再读，都是常见的现象。所以，晚上在永宁村巷道行走，常常能听到读书声。父亲说："那种读书声，就是永宁的生气所在。"后来我上学时已农业合作化了，小学生不用下地，学校全日制上课。但每逢寒暑假期，父亲都让我每天早早起床，朗诵课文。课文背熟了，为了提高朗诵能力，就寻一张报纸让我大声朗读。父亲说："家里有读书声，才能一正压百邪。"回忆父亲的话，使我想起"孤村到晓犹灯火，知有人家夜读书"的古诗句，其对人们为了追求科举考试取得成功而夜读的描写并非虚妄之言！

不过，在农耕时代，永宁村受过高等教育的人屈指可数，耕读传家只是普遍提高了族人的文化程度，文盲较少而已。他们终生务农也心安理得，把学到的知识，应用于农业生产，应用于庭院理财、集市贸易，应用于邻里相处、社会交往、道德修养。几百年来，虽然永宁村也几遭劫难、累受盘剥欺侮，但总体看，其经济状况是宜川北塬地区最好的，多数族人是自给自足的自耕农。在道德修养方面，永宁人信奉儒学治家格言："传家两字，曰读与耕，兴家两字，曰俭与勤。"乡里流传一句谚语："永宁村没穷汉，待人接物礼周全。"永宁人口增长较快，民国初年在被土匪烧毁的房屋废墟上，重建了永宁村，一排排新瓦房鳞次栉比，坐落有序；一座座砖包龙门，题额书联，傲然耸立。"天德元"家建起了一座形制规正、十分考究的大院落，院内木雕砖刻、楹联福壁，到处充满了耕读文化。当时的永宁村，在县域之内，可谓"风生水起、风光无两"。一些家庭光景好、又有文化的人很受人敬重，他们就是农村的知识分子，大多处于世俗中心，是"明白事理"、德高望重的人，其中有的还被冠以"绅士""乡贤"头衔，个别人担任乡村政权的领导人，这些人大多是耕读传家的组织者和倡导者。这样的农村知识分子，永宁薛姓代代不乏其人。多位百年前的人物，至今还在乡里传颂，可谓"流芳百年"啊！这一切，都来源于"耕读传家"的世代传承！

耕读传家不单是科举制度的基础，还逐步形成了别具一格的耕读文化。尽管"劳心者治人，劳力者治于人""万般皆下品，唯有读书高"的腐朽思想广为流传，然而与之对应的"耕读一体""耕读为荣""耕读传家"的理念，却深深扎根于广大农村和知识分子阶层，备受尊崇和盛赞。农耕时代的知识分子大多数出身于农村，他们做官后家中还在经营农业，退休后叶落归根，仍然回到老家继续耕读事业。有的入仕者，对劳动人民较有感情，把他们的感受转化为诗赋文章，为耕读文化增光添彩。还有那些在科举中屡试不第者、心灰意冷者、仕途遭遇挫折者、自视清高不愿为官者、满足于"员外""乡贤"清誉者、穷困潦倒者，都在"耕读"二字上倾注了不少精力，将其看作一种精神寄托和维持生计之业。中国历代著名的家训，都提倡一边读书、一边务农，并认为只有学会了务农耕种，才有谋生之本，继而通过读书探求修身、齐家、治国、平天下的道理。

清朝末年，科举制度废除，教育体制向学校教育制度转变。随之，"五四"新文化运动勃然兴起，耕读传家的形式有所变化，内容有所更新，但耕读传家作为一种优秀的传统，仍然在与时俱进地传承着。永宁村薛镜明家，从清朝同治年间开始发迹，民国初年已成为陕北有名的大财主，他家的"天德元"字号商铺遍布城乡，"从宜川到西安，夜夜不歇别人店"。他家顺应百姓愿望，发扬光大耕读传统，做了许多兴教办学的好事。1922 年，镜明第三子、宜川西区民团团总薛观志主持修筑云岩故县城池、张载祠（张载，学号横渠，曾任云岩县令），并修建云岩小学。修建云岩小学时，薛观志既是主持经理人，又是主要投资者，后来他将云岩学校改制为县立第三高级小学。云岩小学从建成之日起，发扬光大"横渠遗风"，成为周围县区名校。当年修建的学校教室、宿舍，一直被使用到 1998 年，修建新教学楼时才将部分旧建筑拆除。20 世纪 40 年代初，宜川县无中学教育，小学毕业生能步行外出延安、洛川，远道升学者寥寥无几。1940 年，宜川县商会会长、"天德元"商铺经理薛光星与县上另外七位绅士，联名向县府建议并筹划建设宜川中学事宜，薛光星代表"天德元"家捐 1500 多块银圆，是宜川各界捐款最多的人。薛光星的办学义举受到宜川人民的赞扬，国民党陕西省政府给予嘉奖。"天德元"家，从他们办私塾、办村塾，到建村学校，一路走来，突显了耕读传家，实现了农商并臻。他们家从薛镜明算起，一直到 1948 年至曾孙辈共四十多口人中，男性传人没有文盲，在全县范围里，可能是受教育程度最高的家庭之一。薛镜明是郡廪生，清光绪年间的例贡生，他的三个儿子都是廪生，次子薛观骏在民国初年还去山西大学进修结业。观骏担任过云岩学区学董、县第一高小校长，还创办了宜川女子小学，后任县教育局长，编撰了《宜川续志》，填补了清朝乾隆时期至 1928 年的宜川史志空白。据《宜川县志》载，他精研内经，治病救人，"有体亲好善之心，托业活人之术"；他精通"堪舆"之术，民国初年修建县衙时，就是请他勘定的风水位置。他在晚年编撰了永宁六甲薛氏《家谱》。废除科举制后，宜川县第一批大学毕业生共七人，"天德元"家就有两人在列，即薛光枢、薛光汉，镜明的十八位曾孙中，大学毕业的有九人，其余皆为高中毕业。1924 年宜川县始设教育局，第一任教育局长是薛光汉，光汉在 1926 年成为杨虎城西北军的骨干人物。九十多年前光汉为云岩小学题写的"横渠遗风"匾额，至今保存完好。此后十多年，他家曾有三人担任过县教育局长、两人担任过县财政局长、一人任过县兵役局长（民国县政府只有五个局或科）。1936年红军进驻瓦窑堡后，兴教办学，曾聘镜明长子薛观暄去瓦窑堡学校教国文。其孙子、曾孙辈，在中小学任教的有十多人，其中薛天纬是中文系教授、新疆师范大学副校长，还有五人是延安、宜川名师。"天德元"无愧于"耕读第"三个字。

三

中华人民共和国成立以来，中国社会发生了翻天覆地的变化，农村实行合作化。改革开放后，生产力水平更是今非昔比，人们的思想观念日新月异。几十年来，中国农村处在深刻的变革之中。农村自给自足的自然经济不复存在，实现了商品生产和交换，与农耕社会相比，已不能同日而语、相提并论了。但是耕读传统的观念，还在各个方面影响着人们的观念和行为。

深受耕读传家影响的永宁人，时至今日，还经常用《三字经》《弟子规》《增广贤文》《朱子家训》等启蒙经典中的话，规范自己的行为，教育子女读书上进，如："百善孝为先""人而无信，不知其可也""读书须用意，一字值千金""国正天心顺，官清民自安；妻贤夫祸少，子孝父心宽"等，人们随口道来，朗朗上口。

族人们也常用自己独特的方式相互交流、相互教育，有时不失诙谐、戏谑、风趣，使人们在农耕传统文化的氛围中受到启发和教育。1982年，族中有一位七十多岁的老太婆患了"消渴"病（即糖尿病），等不到下顿开饭时间就要吃块馍或"窝窝"（用糜子或玉米面蒸的发糕）。有一天早饭后只剩一块"窝窝"，老太婆等不到吃饭时间，就拿起这块"窝窝"准备吃下去，她的儿媳见状，说"这是给你孙子留的"，便一手把"窝窝"夺了过来。之后不久，老太婆就病情发作逝世了。族人给她写的"路祭"文（路祭即在出殡到村口时族人为死者开的追悼会）中有"不怕没窝窝，单怕夺窝窝"一句，其儿媳听了羞愧异常、深感后悔，其他人也从中受到教育。族人对写悼词的人敢于坚持正义、激浊扬清的举动，赞扬有加。20世纪60年代，村中有弟兄二人用对联对话的事也传为佳话。弟弟考上中专学校，因为吃不饱跑回家中，不愿继续上学，家中怎么劝都无用。过了两年，弟弟又嫌干农活太苦，要求在外干公事的兄长给他找个轻省的工作干，兄长回复无法解决他的问题。过年时，弟弟往兄长房门上写了副对联："乐悠悠，他人在外不知乡下苦；愁闷闷，苦守家中枉读十年书。"兄长看后，另写一副贴在墙上，联曰："怕苦怕饿而辍学；有吃有穿好耕田。"横额："耕读传家。"从此，弟弟再没有要求兄长给他找工作，安心务农。还有一件事，在村中流为笑谈。村中有一小伙子在邻村认识了一位女青年，双方愿意结为夫妻。按农村的习惯，男方还需请人说媒，方能举行婚礼。这个小伙子不好意思对父亲言明，便在父母房间的历书封皮上写了两句话："长子二十已有子，次子二十还无妻。"父亲看到后，心下暗喜，问清原委，马上请媒人，定了结婚佳期，也了却了心中一件大事。

半个多世纪以来，永宁村薛姓人口在解放初的基础上发展很快。1950年永宁村有二百八十口人，住在外村的永宁薛姓有八十多人。现在永宁村有五百九十多人，外村的薛姓有二百多人，村内村外统称"永宁薛家"。永宁薛家在外工作，并常年居住在城市的有三百多人。在永宁村居住的人，耕种两千多亩地，历经合作化、农业学大寨、实行生产责任制，虽也经历过短暂恓惶年月，但大多年份丰衣足食、家道殷实。民以食为天，国以民为本。农业学大寨时期，永宁人平整了塬上两千亩土地，治理成基本农田，亩产大幅提高，曾是中共宜川县委号召全县学习的先进大队。实行大包干后，先是种烤烟，后又栽苹果，面积达到一千五百多亩，"花钱靠苹果，吃饭买袋儿面"。村里人几乎全盖起了新的砖混结构平房，村庄占地面积是解放初的两倍。前几年，县政府投资，将永宁村中道路进行了混凝土硬化。永宁村文化人较多，对焕然一新的"南北两纵、东西九横"巷道重新命名，"两纵"是：魁星路、新风路；"九横"是：永安路、尚文巷、中贤巷、厚德巷、向阳巷、勤俭巷、致富巷、耕读巷、大志巷。这些命名蕴涵着浓厚的耕读传统内容。永宁薛家子弟在城市参加工作的人较多。20世纪五六十年代参加工作的人，家属大多居住在村里，叫"一头沉"干部，逢年过节就回到村里与父母、妻儿团聚。"文革"后参加工作的人，夫妻双方多是干部或工人，叫"双职工"，和村中的老人聚少离多，但每到春节都要携妻子儿女回村里过年，是谓"父母在，不远游""父母在，家就在"，老人们能见到儿孙亦甚感慰藉。有的老人被儿女接到城里享受天伦之乐，老家院中蒿草没墙，蛛网尘封，大门上锁，使人看了别有一番滋味在心头。清明上坟，年关祭祖，团聚于寂寞的故园，叙说社会发展的信息，怀乡与乡愁也渐渐袭上新一辈人的心头。

在永宁村担任过基层干部的人，回忆往事，都觉得解放后永宁村最有成就感的事业还是教育得到大发展。老支书志耀给我说："咱永宁人对办学育人情有独钟，耕读传家百年不移，这才是优秀传统、千年大计啊！"解放后，党和政府十分重视教育事业，把原来学校更名为"永宁初级小学"，并实行"民办公助"，即教师工资由政府负担，减轻了村民负担。1970年建成五年制小学，1971年建成七年制学校（即一年级至初中毕业），方便了本村以及周围十多个村子学生上学。当时，学校仍属"民办公助"，可因永宁大队集体经济得到长足发展，在校学生（包括外村来永宁上学的学生）一律免交学费，学校也办起了"学农基地"，实行"创收节支"。那时的永宁初中，在永宁大队的支持下，经学校校长、教师的辛勤努力，提高了教学质量，使毕业生升中专、升高中比例，在延安地区名列前茅，累计输送中专生一百二十六人、大专生二十八人，其余学生全部考入云中高中班（当时国家分配中专毕业生的工作，农家子弟成绩好的学生多数考入中专），一举声名远播、誉满延安。1985年教育布点调整，永宁学校恢复了六年制小学建制，这一时期本村人薛征辰等人任教员，他们孜孜不倦，寒暑不辍，爱岗敬业，默默奉献，在儿童启蒙、普通话教学、汉语拼音学习、毛笔字练习诸方面，都有突出建树，受到延安地区、宜川县教育部门嘉奖。至20世纪90年代末，永宁校舍经历半个世纪的风雨，虽经多次修补，仍显陈旧，教学条件亟待改善。薛族子弟薛义忠时任延安市委副秘书长，他十分关心村中学校建设，他向延安市王侠书记介绍了永宁优秀的耕读传统。王书记有了此印象，在宜川下乡途中绕道永宁村，视察了永宁学校。她对永宁深厚的人文传统十分赞赏，便决定在建校舍方面给予支持。随后延安市财政局拨款二十八万元，永宁村建起了一座二层、二十间的砖混结构教学楼，重新修建了学校围墙。永宁在外地工作的人捐钱捐物，学校设备焕然一新。

新的教学楼使用不到三年，市县又一次调整学校布点，不分优劣，不管远近，将农村学校一律撤销，一个乡镇只留乡镇政府所在地的一所小学。永宁学校随之停办。多少年来，人们听惯了学校上课的钟声，听惯了学生放学时的歌声，村民们按学校上学、下学的时间上工、下工。每逢星期一早晨，学校师生列队敬礼，国旗冉冉升起，正在周围干活的人停下手中活计，注视着这庄严肃穆的时刻。这就是乡下的生气，就是偏远农村的文明。延续了几百年的乡学村教历史，匆匆而去，像被风吹走了，但永宁人耕读传家的世代沿袭，村级文化牢固的基础，却是吹不走的。据编《家谱》时统计，科举制时期永宁人考取生员的有五十多人，武生员五人。民国时期大学生四人，高中生五人，初中毕业生十五人。现有成年人中，基本普及了九年制教育，其中高中学历的八十六人，中专学历的六十一人，大专学历的六十人，本科学历的一百多人，研究生十六人。具有中级职称的七十六人，高级职称的三十三人（其中教授六人，主任医师六人，高级工程师六人）。在国家行政机关工作的三十九人，在国家事业、国有企业单位工作的一百多人（大部分是教师和医生）。在民营企业和其他部门工作的有三十多人。军级干部一名，地厅级干部两名，县处级干部十五名，大学校长一名，大学党委书记一名，著名学者薛天纬任中国李白研究会会长。

永宁学校停办后，听不到读书声和歌声，下雪后村干部喊哑嗓子叫不来扫雪的人……这样的农村希望在哪里？希望在教育，在挽救道德和信仰危机，在物质、精神文明双丰收。这十多年来，永宁薛家每年都有几十位老人或妇女，住在云岩镇或县城供儿孙上幼儿园、上小学、上中学，没有一个儿童辍学。只是农民的教育成本加大了，至于小学教学质量是否比永宁学校高，说法不一，莫衷一是，村民们怀念多年前的永宁学校倒是真情实感。妻子去给在镇上或县城上学的儿女做饭，丈夫在家又要下地、又要做饭干家务，出门一把锁，进门一把火，连个说话的人都没有，既当婆姨又当汉。他们这样不怕苦、不怕累、不怕孤独，是在期待着什么？因为他们知道，自己的孩子并非浑金璞玉、天生才子，而是要按"玉不琢，不成器；人不学，不知义"的要义，去教育他、深造化，才有好的前程。他们懂得"学习改变命运，知识创造未来"的道理，再难也要供孩子上学读书。物质的贫穷不可怕，精神贫穷才是最可怕的。这几年，党支部、村委会加强了对村民的思想道德教育，好人好事不断出现。村里恢复了春节"闹社火"的传统，每年正月初二演出文艺节目，连续几天扭秧歌、"闹社火"。看罢演出，晚辈给长辈拜年，平辈们互相敬酒祝贺新春，真是"桑柘影斜春社散，家家扶得醉人归"。农忙时村里人依然是"日出而作，日落而息"；农闲时，村中心广场每晚都是扭秧歌、跳广场舞的和乐场面。近几年由于受霜冻、雹灾的影响，苹果产业不景气，永宁面临重新调整产业结构、寻找新的致富门路的困难境地。但无论出现什么困难，他们似乎都要和这块黄土地共患难、共欢乐，在追求物质文明、精神文明进步的道路上永不停歇！

学校停办后，永宁人并未放弃祖宗遗风，他们对耕读传统愈思愈浓，历久弥深。学校停办后他们对学校保护的力度并未减弱，这几年还把校舍维修了一遍。不少人想把幼儿园、小学重新办起来。"子规夜半犹啼血，不信东风唤不回。"永宁人在耕读传家的路上走了几百年，在新的时代，一定会成为爱国、诚信、敬业、友善的人！

写于 2016 年 12 月

（此文曾于 2017 年 2 月 11 日在《延安日报》全文刊登。后"宜川宣传""文出宜川""黄河文化研究"等微信公众号发表。该文获宜川县"德润丹州"征文比赛一等奖）

民间恩情

关于民间的恩情，这种仿佛隐含于社会历史之外的精神和品质，我想先从我的几位祖辈及其相关的一些家事上说起。

公元 2001 年 6 月 3 日，农历闰四月十日，在我们南海村的塬上，薛家的老老少少、男男女女，以鲜花、时果、美酒、佳肴之仪，伏地跪拜，为祖先举行立碑大礼。我村塬形地理的布局，看上去酷似一只鼓翅欲翔的凤凰，这场祭奠先祖的礼仪活动就在"凤凰"的"脖子"上展开，因为这是祖先陵墓所占的"风水宝地"。这么多的人，本来都分散在东南西北，各干各的事情，没有什么特别的因由，相互之间十年八载也难得一聚，但是因这次祭礼，他们都携儿带女统统赶来了。

在这个偏远乡下举行的可谓隆重的祭礼，是我们全家酝酿已久的一次纪念祖先恩德的活动。我们的大祖父薛观宇、祖父薛观宙在世之时，都是名不见经传的普通百姓，因此这次由整个家族成员共同参加的立碑大礼，一切并不虚浮夸张，每个细节都显得入情入理。伏地跪拜那一刻，几位年长者悲情难抑，恸哭失声。这号哭之声一下子触动了所有人的心灵，整个家族成员沉浸在宏大而刻骨铭心的感受之中。于是，对先人的缅怀真正开始了：从老到少，从个体到全体，先祖们的事迹和音容在记忆中浮现，在心灵中升华。有关他们的一切，就这样和眼前的每一人、每一事一脉相承地联系起来了。在这里我想说，这种礼仪是否符合社会发展的要求，倒是值得商讨。应该提倡移风易俗，但对祖先恩情的怀念，是无论如何阻止不了的。

我的祖父兄弟二人，由于少年丧父，不幸家道中落。当时家中光景，真正是日无果腹之粮，夜无耗鼠之米；衣服破烂不堪，难以遮体挡寒；没有畜力驮拉，终年饮用旱塬涝池之水。为了养家糊口，他们均在八岁开始给人放羊。兄弟二人在漫长的艰难岁月中，几经奋斗，苦熬数载，才建立了一个可以解决温饱的家庭。

我的大爷爷观宇，1953 年逝世，享年六十九岁。他为人刚强，敢作敢为；高风亮节，深仁厚泽；目光远大，操持有方。正是在他的苦心经营下，衰落的家道得以中兴。大奶奶孙氏 1951 年逝世，享年六十六岁。她性情豁达，处人贤惠，给儿女留下深刻印象。大爷爷对外则顶门立杠，使人不敢欺侮；对内能计划周详，深谋远虑。从十二岁起，他不愿寄人篱下、甘当长工，靠着永宁村的三十多亩薄地，勤劳耕种，一年就生产了两年口粮。在他十三岁那年，我的一位老姑，被婆家虐待致死。大爷爷对簿公堂，毫无惧色，应答如流，最终打赢官司，震动县城，名扬乡里。后来，两位爷爷住到南海村，家境虽不算富裕，但一天比一天好。抗日战争爆发后，国民党更加横征暴敛，民不聊生。云岩一个保长横行乡里，多摊粮款，从中贪污。我大爷嫉恶如仇，奋起抗争。他组织西九天庙全社人抗粮抗款，取得胜利，迫使当地政府撤销了那个保长。他不单操持家中生计，还主持全村事务，办了许多村民称道的好事。大爷为一家之主，从无私心。他只有大姑一女，由我父亲为大爷承嗣，如果分家，他的光景会更好。但大爷从不分家，毅然担负起治家之责，关心弟弟，与家人同甘共苦，大爷兄友，爷爷弟恭，终未分家，和睦相处，建家立业，传为佳话。他忠厚继世，耕读传家，供养子侄念书，为后世进取、文明教化奠定了基础；对孙子，更是关怀备至，呵护有加。从我记事起，每逢云岩集日，大爷总是背我到云岩赶集，吃一顿镇上当时最好的饭食——饺子，逢熟人便情不自禁地夸耀："这是我孙儿。"赶完集又从云岩背我回家，往返十里，虽苦犹乐。从 20 世纪 20 年代起，他在家中种植果园、养蜂产蜜、种瓜务棉，增加收入。他用十多年时间，建成八亩梨园，1947 年卖梨收入三百二十块银圆；他养的中蜂，最多时有五十八窝。1943 年让我父亲主持家务后，他就专门从事养蜂、务果园、种西瓜等副业生产。逢年过节，杀猪宰羊，改善生活。到他去世前，我家已是周围小有名气的富裕户。那种粮囤冒尖、蜜蜂如云、牛羊成群、人丁兴旺的景象，至今仍是农民们的美好憧憬。

　　我的爷爷观宙，1961年逝世，享年七十三岁。他性情忠厚，为人诚实；勤俭度日，劳作度年；处事谨慎，谦和乡里；节约美德，尤为可嘉。奶奶白氏，1963年逝世，享年六十三岁。她生儿育女，传宗接代，心体慈祥，贤惠端庄。爷爷一生，处人友善，和睦乡邻，和任何人没有无端争吵过。他的克勤克俭，是在周围出了名的。不论是烈日炎炎，还是寒风刺骨；不管是风和日丽的日子，还是风雪交加的时刻，他从来没有闲过。为了家，为了儿女，他日出而作，日落而息，面朝黄土背朝天，东山日头背到西山。天不明就驮回水，接着耕地、锄地；中午从不休息，吃完饭就下地，经常在点灯之后吃晚饭。别人睡了，他还要喂牲口，鸡叫时又添一回草料。天天如此，年年如此。爷爷、奶奶生育四男三女，受尽艰难，饱经忧患。孩子多，衣被难足，晚上一件棉袄襟子让两个孩子盖。爷爷奶奶疼爱自己的儿女和孙子，无时无刻不在念叨他们。1952年，我三叔父临过年还在县上开会，腊月二十七还未回家。腊月二十八降大雪，爷爷不停地说："咋还不回来？"一遍又一遍地扫院，以此寄托思念之情。奶奶领我几次到涝池畔上去看。她老人家目不转睛地望着下塬，默默地暗自落泪。那时没有汽车，三叔父冒雪回家后，爷爷又心疼、又高兴地说："忠孝不能两全，不在家过年也好。"家中年饭满院香，老人翘首盼儿归。天下父母心，由此可见一斑。爷爷不论到哪里，吃饭时哪怕是一粒米落地，都会仔细地捡起来。家里有谁糟蹋了粮食，从不发脾气的他，一定会连哭带骂劝说一顿。这些太苛刻了吗？不，正是一日接一日的苦熬苦干，正是一粒米一滴水的积攒，我们家才能由衰到兴、由穷变富。这平凡的举动中，孕育着一种伟大的精神，即中华民族的传统美德。1954 年 10 月，爷爷不幸跌倒骨折，一直到去世，没有离开过拐杖。他拄杖给家拾柴，谁也劝阻不了；他拄杖到云岩给我做饭，供孙儿念书，享受无穷的天伦之乐。他叫天福为"福子"、叫天成为"成儿"、叫天胜为"二先生"……声声呼唤，十指连心。爷爷虽然不识字，却能讲许多哲理很深的警句格言。如叫我念书时说："勤有功，戏无益"；让大家理解当家人的难处时说："力出当伤牛，事出冤家口"；劝人不要懒惰时说："命薄一张纸，勤俭饿不死"；劝子孙要合家和睦时说："三人合一心，黄土变成金"；劝村民要早送公粮、孝敬父母时说："纳粮交税不怕官，孝敬父母不怕天"等等。这些格言，让我一生受用无穷。原来这些深奥的道理，就是在普通人的嘴里，一代一代传下来的。

两位爷爷所处的时代，农村的基本特征是"油灯过夜，牛耕度日，男耕女织，自给自足"。这些在今天看来也许太落后了。时代在变化，社会在进步，人们从中受益，更新观念，但不能否定过去。爷爷们当时都是创业者、奋发向上者、推动农村生产力发展的先进者。历史是一代一代传下来的，我们的家是一步一步走过来的。历经百年风雨，几代努力奋斗，我们的家正在发展壮大，我们也为国家和社会作出了自己的贡献。新中国成立前，我父亲、三叔父都参加了革命工作，到我和我儿子辈，已有三代人服务桑梓、为民办事。1954年粮食统购统销，我家响应党的号召，一次卖给国家余粮五十石小麦，二十石秋粮，是延安地区最多的，事迹一直流传至今。

关于我的祖辈和一些家事，我唠唠叨叨提及了这么多，这里饱含着一种深切怀念的感情，更饱含着对人生的无法言喻的爱心和感恩之心，这种心情是向世间万事和天地万物敞开的。民间恩情有许多种，但最根本的是这种生育遗传之恩。倘若连这种恩情都可以忘记，岂为人乎？在中国，类似于我们家族的故事，从古到今数不胜数。中国人，不管是大人物，还是小人物，都有一种尚大的心理，民间的事情，凡人小事，实在太容易被忽略被遗忘了。我常想，中国社会有文字可载的历史，都是对朝纲崩摧、帝王将相的记载，但中华民族却不可思议地一次次从昏暗历史的深渊中突挺而出，生生不息，枝繁叶茂，究其原因，不正是得益于类似于我们先祖之于我们后人的这种博大的民间恩情吗？

也许谁也说服不了谁。我不想说服谁，我只想不断警诫自己，标志这个世界文明进程的，除了我们今天人人皆知的那些外，还应该包括最根本的一条：富贵者切莫数典忘祖，贫贱者亦应孝敬祖先。人们不仅应该意识到民间的恩情，还要记住这种恩情，并将之努力发扬光大。

（此文写于2001年6月3日，发表于2001年《延安文学》第6期）

我的父亲

　　我的父亲薛光亮，生于 1923 年，1940 年与母亲结婚，1941 年从云岩高校毕业。离我村 3 里远的杨家河村，曾是国民党统治区与中共陕甘宁边区的一处分界线，杨家河以西是"红区"，杨家河以东是国民党统治的"白区"。为了打破国民党对边区实行的经济封锁，1942 年在红区固临县（县址在临真镇）任统战部长的薛天敏以及中共在云岩的地下人员，动员我父亲给边区贩运货物。我父亲与同村的王金荣、杜养书等人，把粮食驮到县城卖掉，又换成布匹、药品、纸烟等货物，冒着生命危险连夜运送到临真镇，还在云岩收购棉花和土布运送到临真镇。边区收购这些货物时一律付银圆。在来回这样的贩运中，他耳濡目染了很多革命道理，1946 年，父亲经刘振汉、潘云翔介绍，加入中国共产党。1948 年 3 月宜川县解放后，刘振汉任辛户乡乡长，父亲是乡政府文书。1949 年，父亲任辛户乡乡长，1952 年任云岩乡指导员（相当于现在的乡镇党委书记），1953 年任中共云岩区委组织部部长。1954 年上半年，县委派人与父亲谈话，让他担任云岩区政府副区长，但父亲因回家给国家送余粮，一直未到职。1955 年上半年，宜川县委按"自动离职、自行脱党"处理，从此父亲再未参加工作，有生之年一直在家务农。1980 年腊月因病去世，享年 58 岁。

父亲与人相处时话语不多，不苟言笑。一家人商量、讨论一些事情，父亲总是最后发言，起到"一锤定音"的作用。在家中以及在与亲戚相处中，长幼有序，宽严有度；对子侄法肃辞严，关心备至，他常给我们一种"不怒自威"的感觉。他一世刚强，老成持重，说话算话，心中有主意，待人宽厚，是全家的"主心骨"、村里的"当家人"。

我大爷和爷爷一生相依为命，没有分家，大爷是全家的"掌柜"。大爷无子，父亲给大爷承嗣，从 1942 年开始，大爷让我父亲主持全家家务。父亲弟兄 4 人，一直到 1961 年冬才分家生活。经爷爷们和父亲两代人勤俭持家，解放前夕，我们家已经成为云岩南北二塬上的富裕人家。1955 年实行合作化时，我家入社的平原地 253 亩（南海村 223 亩，永宁村 30 亩），坡耕地 150 亩，牧地 160 亩（郭家沟对面、张口塬村后的木锨梁），骡子 1 匹，驴 2 头，牛 9 头，石槽 4 顶，农用工具占南海村总数的三分之二。父亲和大爷一样，为这个有十多口人的家庭，做出了令人佩服的贡献，他们"有威可畏，有德可怀"。

父亲逝世 39 年了，我已迈入古稀之年，虽然岁月无情，但时间从未抹去我对父亲的深深怀念，他老人家在世时的点点滴滴时常萦怀于心，留给子孙的精神财富一刻不停地激励着我们前进。

"统购统销" 中送余粮

1953 年，全国解放不久，城市建设和工业化迅速发展，城市人口猛增，解决当时城市人口吃饭问题成为政府的重要任务。为了解决好这个大问题，中共中央和国务院决定对全国粮食由国家粮食部门实行统一收购，对城市粮食由国家统一供应，简称"统购统销"。1954 年春节刚过，县上召开县委扩大会，重点是如何贯彻"统购统销"政策，取缔粮食交易市场，并动员农民把余粮卖给国家。县委要求国家干部家属要带头卖余粮。当时，父亲在会上表示"我家卖余粮 20 石"，时任良子伸区委书记的我三叔父薛光民报了 30 石，县委书记说："你们家情况我了解，把两弟兄报的加起来，从你家统购余粮 50 石。"解放初，共产党在人民群众中的威信如日中天，县委书记的话"一言九鼎"，如同"圣旨"，我家卖 50 石余粮（小麦）便成了定案。为了使宜川卖余粮走在延安专区前头，会议结束时，县委书记又给我家增加了 20 石秋粮的统购任务。按每斗小麦 36 斤、每斗谷子 30 斤计算，我家要送的余粮是 18000 斤小麦、

6000斤秋杂粮，共计24000斤粮食。

县上会议结束后不久，父亲就回家开始送粮。然而，大爷于1953年逝世，爷爷年岁已高，四叔父于1952年夭亡，二叔父住在永宁村，家里再无劳力可以帮忙，父亲只好以一己之力执行县委决定，请假回家专门送粮。当时，云岩附近没有粮站，要把粮食送到距我村90多里外的金盆湾粮站。那时没有公路，从我村到临真镇要翻山走羊肠小路，再从临真镇顺河道去金盆湾。父亲赶一头骡子和一头驴，骡子每次驮6斗粮食，驴驮3斗粮食，每趟送9斗（300多斤）。

父亲每天天不明就赶着牲口去送粮，中途走到临真镇喂饱牲口继续赶路，天黑才能赶到金盆湾，粮站工作人员下班后不验粮，父亲只好歇在旅店，第二天一早再把粮食送到粮站，待验粮交粮结束，丝毫不敢停歇，即刻返程回村，回到家经常是半夜三更，两头不见太阳，有时候因为交完粮食已晚当天回不到家，就在半路的村庄住一晚，三四天才能送一趟。父亲往金盆湾送了几趟后，距我村40里的临真镇建起了粮站，往这里送粮当天可以往返。父亲依旧早出晚归，经常半夜回到家。我当时7岁，曾两次跟着父亲一起送粮，路远走不动了，父亲就让我骑在骡子后背上，把缰绳缠在胳膊上，走着走着我就睡着了。有时天下雨，山路湿滑无法行走，父亲怕雨水淋湿粮食，只能半路上找个地方歇脚，在李家畔、付家湾等沿路村庄都曾借过宿，沿途的石崖岸下、山洞中也都有父亲送粮时躲避风雨的足迹。现在无法想象，父亲一个人在无人帮忙的情况下，是怎样把装100多斤粮食的口袋从牲口身上卸下来，又怎样放到牲口背上的，他一个人又是怎样在山洞中熬过雷鸣电闪、风雨交加的漆黑夜晚？

父亲往临真镇送粮，除了家里播种、收割时间，前前后后用了4个多月，才把50担小麦基本送完。1954年后半年，云岩有了粮站，父亲又把剩余的部分粮食送到了云岩。此次粮食统购统销，我家交送的余粮是延安地区农户给国家卖粮较多的，国家每斤粮只给我们付几分钱，相当于集市价格的三分之一。

1954年父亲一个人送完粮食后，鉴于身体状况，再没有回单位上班。当时县委、区委多次派通讯员送信督促父亲到任上班，送来的信件摞起来有半寸厚（每次一页）。云岩区委负责人多次到我家动员父亲上班，时任县委书记也到家里动员过，还住了一晚，走时把我家的骡子骑走，说过几天让我父亲来牵回。过了一个多月，我父亲也没有去牵骡子，县委书记只好差人把骡子送回。

当时交通极其不便，除了人背牲口驮，再没有运输工具，以父亲一个人的力量给国家送如此多的粮食，确实太为难他了。父亲能把中国农民视为生命的粮食低价卖给国家，已属难能可贵，还要翻山越岭、风雨无阻地运送到几十里外的粮站，更是自古罕见。父亲曾经找过县委，恳请县上出面协调附近农民帮忙运送，哪怕我家付运费都行，但县上拒绝了。父亲多次送粮回来，腿疼脚肿，第二天依然继续赶着牲口去送粮，他一个人忍辱负重、默默奉献，为的是尽一位国家干部的义务，履行一名共产党员对组织的承诺，完成给国家送粮的任务。这件事之后，父亲没有再去区政府工作，但他绝对没有想到，自己兑现了对组织的承诺，1955 年县委却让他"自行脱党"。无论结局如何，父亲刚强、有主见、敢担当、讲诚信的高尚品德都值得我们学习。

开办粉条厂

1957 年，父亲担任"五一"农业合作社主任。那时云岩区政府为了发展云岩镇集体经济，决定在南窑村开办粉条加工厂，急需一位德高望重、大家信得过的人来办厂。在大家的一致举荐下，云岩区政府决定由父亲担任粉条加工厂厂长。

当时，父亲办粉条加工厂是白手起家，一无工具，二无钱，三无师傅。他利用自己的信誉和人脉，赊账办齐了磨粉、漏粉的所有工具，托朋友从河南聘请了一位制作粉条的师傅。时间不长，粉条厂就在南窑村原云岩乡政府旧址上开业了。从此，云岩人有了自己的粉条厂，南窑村粉条厂的硷畔上经常挂满晾晒的粉条，老百姓也吃上了质量高、价格低廉的粉条，每天去粉条厂购买粉条或用绿豆、玉米兑换粉条的人络绎不绝，对粉条的质量赞美有加。还有许多人不买粉条，也要去厂子看一看，祖祖辈辈以种粮食为主的农民对粉条加工感到很新鲜。

为了保证粉条厂的产量能够满足群众的需要，父亲和厂里的师傅、工人每天鸡鸣时就起床磨粉，天天不间断。那时的粉条用玉米、绿豆等原料加工，磨七天粉漏制一次粉条。那段时间，粉条厂的生产热火朝天，管理上井井有条，供应的粉条从未断货，大家随到随买，保质保量供应。父亲对厂子管理很严。厂里的工人，是从几个生产队抽调来的，生产队统一记工分，从家里自带粮食，厂里统一办灶，灶上从来没有无偿吃过厂里的粉条、粉面。漏制粉条时，不允许任何人随便捞着吃，更不允许把厂里的粉面、粉条拿回家。凡是要求大家做到的，父亲都身先士卒、率先垂范。粉条加工厂的效益很好，第一年厂里扣除生产和财务成本，盈余5000多元，仅给食品公司交售肥猪20头。

南窑粉条加工厂开办两年后，实行了公社化。1959年，南海生产队由于管理混乱，牲口死亡严重，人背水、人推磨，群众生活出现严重问题，10多名社员联名给公社党委写信，要求我父亲回队里任大队长，改变落后状况。云岩公社党委采纳了群众意见，又让父亲出任五一大队（包括南海村）的大队长。父亲担任大队长后，首先向云岩信用社申请贷款，给南海生产队买回了数头大牲口，缓解了畜力短缺困难，接着变牲口通槽喂养为分户喂养，夯实了社员喂养责任，使南海生产队的问题得到解决。1960 年，落东管区又在北坪沟开办粉条厂，父亲再次负责筹办和管理。这个粉条厂开办了两年，以生产洋芋粉条为主。1963 年正月，落东管区被撤销，粉条厂再次停办，父亲又回村任南海大队长职务。

两次开办粉条厂，前前后后约 6 年时间，父亲从来没有给家里拿过一斤粉条或粉面。他在北坪沟办粉条厂时正值三年困难时期，全家老少也是吃了上顿没下顿，可就是吃糠咽菜，也没有白吃过粉条厂一斤粉条。1961 年冬，外婆病了，母亲想骑着粉条厂的毛驴去探望外婆，父亲坚决不同意，我和母亲步行 40 里，走了大半天才到外婆家。1961 年二月初八，爷爷逝世举行葬礼，我家待客用的粉条都是按市场价格给厂里付了款买来的。

父亲两次开办粉条厂已经过去 50 多年了，但他爱护集体利益、为广大群众全心全意服务的精神，任劳任怨、克勤克俭、廉洁奉公的事迹，还在云岩群众中流传。

在"社教运动"中

1963 年上半年，宜川县委在我们南海村开展社会主义教育运动（简称"社教运动"）试点，社教工作组到我村开展运动的目标似乎是进村前既定的，就是"要把富裕中农掌的权夺回来"，要进行"民主革命补课"，捞"漏划富农"，我家是上中农（即富裕中农）成分，父亲就成了运动的重点对象。工作组进村时间不长，撤销了父亲的大队长职务，并发动群众揭发我家的成分问题。每天晚上都召开贫下中农社员会，让我父亲老实交代。村里的大多数群众对我父亲并没有意见，在揭发会议上，还有不少人为父亲歌功颂德。至于我家的成分问题，在土改和合作化运动中早已定案，父亲心中有数。按照关于划分阶级成分的政策规定，只算解放前3年的剥削量，即1948、1947、1946三年剥削量连续达到25%以上，就可定为富农成分。我家有5个男劳力，在1946年没有雇佣长工，其他两年的剥削量也不够25%。工作组经过半年多的调查，在社员大会上宣布：薛光亮家不是漏划富农。

1964年，宜川县在云岩公社全面开展社教运动，我大队虽已经过试点，运动还要重新搞。新工作组进村后，对个别人反映我父亲的一件事重新进行了处理。农业合作化后，生产队没有羊圈，在我家的三间厦房中圈了3年羊。羊在晚上经常在墙根来回磨蹭，导致墙底变薄，第3年厦房坍塌。那时我父亲正在粉条厂里干事，生产队队长主动提出给我家赔了200元房钱。工作组说房塌与圈羊无关，说我父亲是"以权压人"，让父亲全额退赔。父亲说："我那时不是大队干部，我没有以权压人。"在社员会上讨论时，群众不同意让我父亲退赔，会后工作组还是让父亲全额退赔了。

1964年7月，县委认为驻我村工作组在我家成分问题上措施不力，另派工作组来我村"补课"。工作组一进村就宣布重新调查我家的成分问题，工作组组长在会上说："你统购统销中卖了那么多余粮，你不是富农谁是富农？"我父亲毫不示弱地说："划富农成分是算剥削量够不够，不是看我卖多少余粮。我卖余粮还错了不成？"工作组又把我家成分从头调查、核算了几遍，仍然划不上富农。这时，我村有人反映说，我家盖东房那年雇过长工。工作组让我父亲"老实交代"，我父亲说："我东房是1945年即日本投降那年盖的，那年确实雇过一位长工。但这不在计算成分的年干之内。"第二天中午，工作组组长带了3个工作组干部来我家，要看东房"验杆"上的字，看到底是哪年盖的。我父亲说："房门钥匙是我三弟家里拿着，我明天去宜川城里寻去。"组长大声吼道："不可能给你串供时间。"组长亲手拿镢头打烂房窗，翻进房内看验杆。我家盖房时，在房梁验杆上没有写字，更没有盖房日期可考。几个人从窗口翻出来，一副垂头丧气的样子，准备离开我家。这时我父亲质问工作组长："是谁批准你打门破窗？你这是违犯党纪国法！"事后，我父亲找云岩社教团负责人上诉，社教团负责人来我村调查后，对我父亲说："老薛，破窗而入是违犯纪律的，我向你道歉！"并让生产队派人修复了窗子。过了几天，县上让南海大队工作组撤离。我村的社教运动结束了。

自从社教运动后，阶级斗争一年比一年抓得紧，父亲因此受了许多窝囊气。1968 年冬，云岩公社革委会给我家批了一院庄基，我父亲已经动工修建了 20 多天，在 1970 年批判"资本主义倾向"中，这院庄基被队里收回了。

20 世纪 60 年代初，全国开展的社教运动是党中央的决策，父亲作为一名普通农民，在社教运动中能够认真学习国家政策，坚持实事求是，在真理面前不惧权贵、不怕邪恶、敢于斗争，特别是在关键时刻敢于挺身而出，作出了一位普通农民做不到的事。这些事情虽然过去半个世纪了，但现在回想起来，细心品味，父亲的"硬骨头"精神依然值得后辈学习，这种精神也正是中华民族优秀儿女都具备的品质，父亲是这种精神的一位普通代表。

当饲养员

1970 年，生产队里的牲口骨瘦如柴、体弱无力，无法使役，严重影响到了集体和社员的利益，激起民愤。因此，在社员会上大家一致要求我父亲当饲养员，负责喂养牲畜。

短短两三个月，在父亲没日没夜的精心饲养下，村里的牲口个个膘肥体壮、活蹦乱跳。以前的饲养员限制社员使唤牲口，规定每头驴每天只能下沟驮一回水，致使有些缺水的人只能亲自下沟背水。现在父亲不限制，村里谁使唤牲口都可以，只要不影响集体使役，一头驴一天可驮几回水，解决了大家的许多生活所需，群众对父亲当饲养员非常满意。年终评比时，父亲喂养的牲口年年都是第一名。

在 20 世纪 70 年代，我家中十分困难，院子大门是一独扇酸枣刺编的柴门，父亲每晚给牲口添两次草料，夜深人静时来回走动、推开柴门的声音至今我都忘不了。每逢风雪之夜，我便能想起父亲风雪夜归来在院里蹾脚和拍打身上积雪的情景。2009 年冬，西安降大雪，我读刘长卿《逢雪宿芙蓉山主人》一诗时，不禁想起父亲，步其韵吟道：

> 刘诗再读耳发震，
> 窑院曾贫枣刺门。
> 天寒长泪忆父亲，
> 心怀风雪夜归人。

过了几年，队里的羊又十分瘦弱，死亡率高，繁殖率低，到了年终羊只数不增反降。队里又让父亲放羊，之后每年云岩公社搞评比，父亲放的羊的繁殖率、成活率在全公社都是最高的。父亲给村里放羊更是早出晚归，风雨无阻，十分劳累。羊下了羊羔，他经常会拿家里的粮食给老羊加料，冬天怕小羊羔受冻把它们抱回家。疥癣是羊常患的病，一旦发现，父亲就会亲自动手给羊擦生石灰水或用药物治病，还经常与其他村放羊的人交流探讨给羊治病的经验，每年剪完羊毛，父亲都会把羊赶到河边，自己动手给羊洗澡。每天中午，要把羊赶在河边一块大石头上，让羊晒太阳。这个时候，他用一把铁皮壶烧开水，吃点玉米窝窝干粮，虽然十分艰苦，他也乐在其中。

父亲一辈子坎坷，但无论在什么样的情况下，都能拿得起、放得下，无论给生产队干什么活，都认真负责，甘于奉献，再苦再累，从不懈怠，也因此赢得了云岩群众的称赞，几十年过去了，熟悉他的人现在说起来，仍然赞不绝口。

教育儿孙

父亲母亲共生育 8 个儿女，我是第 4 个儿子，弟弟天旭是第 6 个儿子。其他的 4 个儿子和一对孪生女儿都因当时医疗条件所限夭亡了。因此，我一出生就成为全家的宝贝蛋蛋，不仅两个爷爷和奶奶娇惯，就是父母亲也把我当成自己的宝贝疙瘩，我六七岁的时候，父亲还经常把我搂在怀里，每逢赶集，都要背着我上云岩转一转。他对弟弟的娇惯也不亚于我。父亲虽然在平时的生活上娇惯我们，但在上学读书的事情上，对我们要求却十分严格。我最初在永宁村上学，有一次我不愿意上课，私自从学校跑回家，父亲知道后把我绑到驴背上，一路责骂教育送回学校。每学期结束，如果有门功课成绩不好或操行评语不好，我们自己在回家的路上思想负担就变重了，因为父亲看了通知书后，一定会罚我下跪，罚站，严厉批评教育，这个时候就连爷爷都说不了情。

我们上小学时，父亲就教育我们不要做"四体不勤，五谷不分"的书呆子，一定要把农活学会。每逢假期，我们都要干一些力所能及的农活，十几岁就学会了耕地、耱地等。参加工作后，父亲还经常对我说："不要小看学农活，学会了一辈子饿不死，人未必能在外工作一辈子，万一回村劳动就有了饿不死的本钱。"正因如此，农村实行联产承包责任制后，我和弟弟才能够做到"提耧下籽、入麦秸，扬场使得左右锨"，成为村里干农活的行家里手。

我刚开始参加工作时，父亲叮嘱我要团结他人，要不断加强自身修养，同时说在工作上要做到"三个不能犯"：一是不拿公家一分钱，二是不欺负老百姓，三是不能有男女作风问题。这三条做到了，才能做一个好人、一个好干部。1978 年，我任交里公社书记，因为几件工作方面的事，县委对我进行了错误批判，我在思想上接受不了，在家住了几个月。有一天父亲在一块旧烟盒纸上写下"救寒莫如重裘，止谤莫如自修"的话交给我，并说："你要严格要求自己。为什么县委不批判别人就批判你？你有没有缺点？"我感到父亲说得很有道理，第二天就重返工作单位。

我参加工作后，每次回家都要和父亲彻夜谈话，我把自己的快乐、对工作的想法和不能给别人说的话告诉父亲，父亲把自己的人生经验和感悟传授给我，我们父子俩每次都有说不完的话、叙不尽的事。那个时候，虽然家里生活困难，但我知道家里的事有父亲管，自己心里从来都是踏实的。父亲去世后，我失去了"靠山"，回家也再没有可以倾诉衷肠的人了。

1969 年，我当了父亲，父亲有了第一个孙子，一向严肃的父亲乐得合不上嘴，劳动回来不吃饭先要抱孙子，吃饭时把木盘里的碟子、筷子挪出来，让孙子坐在里面，一边吃饭一边与孙子玩耍；孙子打碎了碗，父亲还高兴地说"打得好"。孙子尿在他的裤子上，他说："有钱难买这泼尿啊！"后来，父亲有了 4 个孙子和 3 个孙女，每逢赶集、出门看亲戚，总要带上一个去，一路上把孙子或孙女架在脖子上、背在脊背上，从不说累、不说苦，见了熟人还要给人家夸一夸。夏天和秋天放羊回来，父亲常把山里的新鲜野果背回家给孙子孙女吃。有一次他上山下洼摘了不少木瓜，背回来累得满头大汗，回到家顾不上休息，切开木瓜让孩子们先尝为快。到了晚上，父亲住的窑洞成了孩子们的乐园，父亲与孩子们开心的笑声满院子都是。1979 年，父亲得病住院，大孙子去县城医院看望爷爷，父亲的病好像突然好了，满含泪水与孙子说了大半天的话，手术出院回家休养，两个孙子去云岩公社参加数学竞赛，父亲把别人看望他拿的饼干给孙子，还开玩笑地告诉孙子"考好了可以吃，考不好自己看着办"。

父亲把他的希望寄托在儿子身上，所以对我们的教育十分严格，无论是学习工作，还是做人干事，时时处处都以严标准来要求。父亲把对人生快乐的希望寄托在孙子孙女身上，尽可能把更多的爱给他们，也渴望在享受快乐的同时忘记自己人生的不如意。这也许是普天下许多人的共同人生轨迹。我的父亲确实是位严父，但他也有慈母般的心肠，父亲对家人的爱，我们永远不会忘记！

呵护姐弟　帮助乡邻

大祖父、大祖母、祖父、祖母 4 位老人，都是父亲与母亲养老送终，平时的生活用度，病时的请医抓药，病重时的床前侍候，逝世后的哀荣殡葬，都是父亲一人安排料理，所以父亲孝顺之名，传遍乡里。大爷爷只生一位女儿，爷爷生3位女儿，按排行论，大爷爷的女儿是父亲的大姐，爷爷的大女儿是二姐，二女儿是三姐，爷爷的三女儿是父亲的小妹。父亲一生对三个姐姐、三个弟弟和一个妹妹的爱护，无微不至，呵护有加。每年上、下半年都要分别去看望三个姐姐两次，嘘寒问暖，解难帮困，合作化前曾给雪白村的大姐家资助过数石小麦和一些棉花。父亲的小妹出嫁后家庭困难，吃穿无着落，靠她男人在杨河崀村给人揽长工度日。父亲心疼妹妹，1952年，他把小妹安置在南海村，并给她家置买了土地、庄基，还给了一头毛驴、一头牛，帮其安家立业。

父亲的3个弟弟结婚成家都是父亲一手操办，所有的彩礼钱和婚礼费用，也是我父亲通过做生意挣钱支付的。1961年分家后，父亲对他们的光景还十分关心，每年都要到家里去看望。20世纪60年代末至70年代初，二叔父的两个大孩子结婚，父亲拿出自己省吃俭用的钱给他们资助了一部分彩礼钱。20世纪60年代，三叔父家住在县城，父亲替他家种好自留地，把自留地种的和生产队分给他家的粮食，让我母亲都要磨成面粉再送到县城。

父亲经常说："好狗看三家，好人看三村。"父亲一生善待村邻，能帮的忙尽量帮，能给办的事尽量办。父亲在世时，南海村和北海村不管谁家的红白喜事，几乎都是父亲当的执事人。谁家有事要帮忙，父亲总是尽力相助，村里的孩子参军当兵，父亲都要专门叫到家里吃顿饭叮嘱一番。

回忆父亲的一生，总使人心情不能平静。父亲生于乱世，长于殷实之家，小时候没有受过太大的苦，且在大爷爷和爷爷的共同培养下接受了较为良好的教育，为人正直，敢于担当。他解放前就加入中国共产党开始为党工作，并很快成为一名基层领导干部。为国家送余粮是父亲人生轨迹发生根本性变化的分水岭，从此他做了一辈子农民。以前我对父亲的做法理解不了，现在完全理解了，因为这就是人生、这就是生活！父亲送完粮义无反顾地做出了回乡务农的决定，而且一生从未说"后悔"！这就是我的父亲！虽然在 1981 年老窑坍塌后，父亲的照片未能保存，但他的音容在我脑海中永远留存！

"逝者已矣，生者如斯！"愿父亲在天堂快乐，我们永远怀念他老人家！

2019 年 4 月 21 日于西安

（该文于 2020 年 12 月 28 日相继刊登于"黄河文化研究"和"文出宜川"微信公众号）

我的母亲

我的母亲张君梅英，生于 1925 年 6 月 9 日，属交里地区望族北门村张家，15 岁与我父亲结婚，从 1940 年至今居住在南海村有 75 年矣。70 多年的时间里，她老人家相夫教子、孝敬父母、勤俭持家，奉献于我们的家庭，奉献于南海村，平凡中显示伟大，普通中彰显高贵。母亲性情刚强，敢作敢为，克勤克俭，任劳任怨，备尝艰难，遇事淡定，她身体健康，80 岁前少有疾病，80 岁后曾 3 次患病：2007 年患肺病，在西安住院治疗四个月；2010 年患皮肤肿瘤，在西安住院一月有余；2010 年冬因感冒患心肺病，曾数日卧床不起，在家里治疗半月。这 3 次患病，母亲以坚强的心理素质与疾病作斗争，奇迹般地度过又一次灾难，终于战胜死神，得以步入 90 岁高寿。2014 年 11 月 20 日，因天气剧烈变化，母亲肺病又一次发作，经多方治疗，终因年迈，于 2014 年 12 月 11 日（即农历十月二十）凌晨 1 时逝世，享年 90 岁。

"母仪垂则辉彤管，婺宿沉芒寂夜台。"那天，一场瑞雪普降，大地皆白，星辰为之惋惜，草木为之含悲。

我那时心里想，普通人只要善良也能感天动地，天亦能为之动容。

母亲虽然与世长辞，但她的优秀品德、高风亮节，都值得子孙后代牢记心中，尊重和学习。母亲用自己的行动，为后人树立了榜样。

母亲到我家的 70 多年里，从旧社会走向新中国，从单干走向集体化，又从大集体过渡到如今的大包干经营体制，饱经沧桑，历经风雨，为我们家庭做出特殊贡献。她热爱劳动，乐善好施，爱护家人，尊敬长辈。我父排行老大，主持家务。母亲年轻时期，以长媳的身份，操持家庭内务，经常每天为 10 多口人做饭，农忙时每顿吃饭的人有 20 多位，她要在早晨担着饭送到田间地头，中午为众人做顿香味四溢的面条，下午做好晚饭并侍候大家吃完饭，待洗涮完毕后已至半夜。解放初期，我大祖父和大祖母、祖父和祖母都已进入暮年，二叔父一家住在永宁村，三叔父一家住在县城。那时我父亲弟兄 4 人并未另家，平时分开居住，回到南海村又是一家。母亲挑着这一大家子的家务重担，为 4 位老人做饭洗衣，端汤熬药，态度和善，行孝数年，孝顺之名远播乡里。在我的记忆中，20 世纪五六十年代，我父亲先为公家干事，后又担任大队干部，结识众多朋友，家中来客如云，有时母亲每天要做五六顿饭，还要给患病的爷爷、奶奶另做好消化的饭菜，母亲从无怨言，受到村民四邻们的一致好评。

除了做饭、侍奉老人、整理家务、饲养牲口这些活计外，母亲的一项重要劳动，是解决全家人的穿衣、被褥问题。我刚记事时，母亲负责大祖父、大祖母、祖父、祖母和我父亲共8位家人的衣服、被褥。每年把棉花弹好后，由母亲负责，按母亲、二婶母、三婶母、四婶母应负担的衣被数量，把棉花分给各房，母亲就忙着纺线了。从每年的深秋开始，整整一个冬季，母亲晚上纺到半夜，鸡叫就起床，又开始纺线。一直到来年正月，把所需要的棉线全部纺够，接着又拐线圈、缠线穗，在清明前后浆刷经线、备足纬线，拾掇起织机开始织布。织布时更是起早贪黑、夙兴夜寐，十分辛苦。我自小听惯了母亲纺线织布的纺车"嗡嗡"声、机杼"哐当"声，"全村鸡犬静，我家机杼鸣"，母亲的辛劳，一言难尽。每年开镰收麦前，母亲便把布大部分织完了。待收麦后，母亲将我们8口人所需要的单、夹、棉衣，全部裁剪好，抽空缝制新衣，拆洗旧棉衣，有时我的几位姑姑也来帮忙缝制。全家人春秋穿夹衣、夏天穿单衣，冬季先穿拆洗过的旧棉衣，过年时每人都换上"三面新"的新棉衣，干干净净，暖暖和和，真乃"机杼勤劳，匹裁三百"，功莫大焉！

母亲操持家务有方，做体力劳动也不让须眉。合作社后，母亲长时间担任南海生产队妇女队长，带头劳动，率先垂范，为集体经济的发展奉献良多。同时，母亲以坚强的毅力，担起了改变家庭困难的重担，为子孙创造了优越的生活条件。"三年困难"时期，家中粮食出现困难，我父又被调到云岩公社粉条厂，母亲利用工余时间，早出晚归，开垦了槐树洼、阳道峁榆树条、当中峁背洼等多处小片地，共 15 堆地之多，种植粮食，填补了家中粮食短缺。1962 年秋天的一个星期天，正是阴雨绵绵的雨季，雨下一阵，停一阵。我回家背干粮，母亲让我和她一块去当中峁背洼抢收糜子。我和母亲用了三四个小时割完糜子穗，母亲让我背了一小捆，她老人家背了一大捆。她背着糜子穗，腰弯得头都要挨近地上的蒿草，每走一步都要喘一口气。走着走着下起了小雨，母亲脸上的汗水和着雨水，直往下流。我看着母亲艰难前行的样子，心中疼痛难忍。为了防止糜子穗霉变，背回后又把糜子穗放在一孔没有门窗的窑中，仔细地晾开。她顾不上休息又给我做饭，饭做好后让我快吃完去云岩上学，她没吃一口饭，又去地里背剩下的糜子穗。我望着母亲远去的背影，心中的难受无法用语言形容。那时心中只有一个念头：就是我一定要上进，将来不能让母亲受苦。

母亲用她伟大的母爱，艰难的劳动，哺育了我和弟弟，她非常光彩地完成了她的人生任务。我的母亲一生共生育了 8 个儿女，因那时医疗条件不好，只养活了我和弟弟。母亲一辈子勤劳朴实，为儿孙留下了丰富的精神财富，后辈取之不尽，用之不竭；她一生创造的物质财富，抚养了儿孙，奉献给了社会。至今，她中年时种植的 5 株大核桃树，是全村单株核桃树产量最高的；她晚年已 70 岁高龄，还在老窑院子里种植 20 多株花椒树；还有房前屋后的桃树杏树……母亲啊！您辛劳一生，儿孙永远不会忘记！我们的身体是母亲给的，是母亲用乳汁喂大的。这种恩情，如巍巍高山，如滔滔江河，作为人子岂能忘怀！

母亲为了供我念书，呕心沥血，受尽煎熬。热天，为我早早缝好单衣，秋天便给我缝好冬天的棉衣。我上小学三四年级时，农村穿制服的人非常少，母亲看到街镇上的孩子穿制服很好看，便用她卖南瓜子、山桃仁的钱给我买蓝机织布，送到云岩镇唯一的裁缝店给我做制服。有时也用她织的土布，央求我村唯一有缝纫机的一家干部家属给我做件制服。后来，就照我旧制服的样子，她自己手工剪裁、缝制。每当我穿上她做的新衣，老人家都要把两手搭在我肩上，端详一阵说道："我娃真亲。"

我小时候热爱打篮球等体育活动，特别费鞋。1961年冬天，我正上初一，不小心把棉鞋帮子上碰烂一小块，没过几天就成了一个小洞。我星期六回到家中，晚上母亲在油灯下给我补鞋。因为鞋帮较厚，每缝一针，母亲都把脸贴着鞋帮布，用牙咬着针把针拔过来。看着母亲艰难缝补的模样，我心中埋怨自己不该把鞋弄烂。真是"慈母手中线，游子身上衣。临行密密缝，意恐迟迟归。谁言寸草心，报得三春晖"。

　　我在云岩中学上学时，正值"三年困难时期"，一两年内学生灶上的饭菜以玉米、糜子面糊为主，母亲怕我吃不饱，每到云岩逢集日，都要给我送干粮。后来到宜川中学念书，每次去上学时，母亲都要给我煮七八个鸡蛋，让我带上，还说："吃鸡蛋耐饱，还能念下书。"我上中学时，主要靠父亲养蜂（10多窝土蜂），母亲养猪和挖药材、打山桃、卖南瓜籽等挣的钱供我念书。那时我们家口粮不足，更无粮喂猪。母亲每天都要在收工后去采集可以喂猪的树叶、野草。有一次母亲爬上杏树摘树叶，踏断一枝树枝，她从树上跌下来，腿疼了10多天，但是做家务、给生产队干活，没有误一天。

　　1964年夏天，我考上宜川高中，母亲为了给我做一床新被褥，收割完麦子后，开始进雪白山摘山桃。她每天黎明动身，太阳落山的时候回到家中。进山之后，路边的山桃果都被人摘完了，她只好下到山坡或沟里去摘。一棵山桃树只能摘几斤山桃果，摘一处换一个地方。把布袋装满了，再从遍布狼牙刺和酸枣棘的陡坡上背到塬畔路边。人们空走爬坡尚且吃力，母亲背负六七十斤山桃果爬坡，就更为艰难。背到塬畔后再背10多里路才能回到家中，每走几百米就得歇一会，母亲的衣服被汗水浸透了，头发上往下滴着汗珠。回到家里，她稍事休息，又为全家做晚饭。背回的山桃果在院子晒几天，再将果肉皮除去，取出山桃核晒干，然后把山桃核砸开取出山桃仁，才能卖给供销社。母亲去山里摘了10

多天山桃，接着她白天参加生产队劳动，晚上在库房窑中砸山桃核。夜深人静时，我常被母亲砸山桃核的声音惊醒。我穿上衣服给母亲帮忙，她却要我去睡觉。在那万籁俱寂的夜晚，母亲打砸山桃核的震地声，是她劳作的号子声，是她谋求美好生活的最强音，充满着对儿子长大成人的无限希望。那声音一直震撼着我的心灵，激励着我学习工作的意志。多少年来，我对母亲年年摘山桃、挖药材的情景记忆犹新，就像刚发生的事一样。

母亲心地善良，乐于助人。我记得在三年困难时期，我村有一家人缺粮吃，那家的媳妇因营养不良几乎断奶，半岁多的婴儿饿得啼哭不止。母亲听到孩子的哭声，心急如焚，她就用我家面瓮底的一点白面，做了碗拌汤，端给那家的媳妇让她喂孩子。遇到老人或小孩来讨吃的，母亲就让他们坐在炕上，给他们端一碗热汤面或米汤，让他们吃饱再走。村里左邻右舍，谁家遇到难事，母亲总会倾其所有予以帮助。村里有人过红白喜事，母亲就会义无反顾地去帮忙，不是帮助蒸馍，便是洗菜切菜。由于她年龄大，亲身经历的红白喜事多，懂得许多老规矩，多是被主家请去当顾问，母亲也乐在其中，从不推辞和敷衍。像这样的事，我母亲做的多不胜举。我也从她的善举中，很早便懂得了"老吾老以及人之老，幼吾幼以及人之幼"和助人为乐的道理。

"积善之家，必有余庆。"母亲一生孝顺老人，与人为善，积德积福，儿孙才有今天的好日子。母亲是我们为人处世的榜样！

母亲有 4 个孙子、3 个孙女。这 7 个孙子孙女是母亲一手拉扯大的，孙子孙女们都忘不了奶奶，常常愿意和老人家在一起。20 世纪 70 年代，农业学大寨运动如火如荼，每个中青年妇女都得下地干活。村里有的妇女把儿女背到地头，一边干活一边看孩子；有的还背着儿女锄地、割麦；有的把婴儿拴在炕上，窑门上锁，到干活休息时才能回家奶一下嗷嗷待哺的儿女。我们家的 7 个儿女就要幸运得多。老大生于 1969 年，最小的生于 1983 年。因为家中有我母亲照料，我和弟弟的 7 个儿女没有被拴过，更没有在干活时被放在地头上。母亲对孙子孙女们体贴入微、照料周全。我们的儿女也因有奶奶照料，幸福异常、得天独厚。她老人家还照料过两个重孙。母亲啊，您是咱家贡献最大的人，正因为有您的贡献，咱们家才如此兴旺。我的父亲逝世已 34 年，母亲和我们一起生活，每次见到孙子孙女，就乐得合不上嘴。母亲逝世前的两年里，有点老年痴呆症，不少事都忘了，唯有孙子孙女忘不了。她保存着许多孙子孙女儿时和青年时的照片，孤独寂寞时就看看孙子孙女的照片，便感到莫大的高兴。临逝世前几天，还将这些照片枕在枕头下面。

这件件桩桩，点点滴滴，我们都忘不了。如今，子欲养而亲不待。母亲虽然离开人世，驾鹤西去，但母亲的谆谆教诲，母亲的生活片段，母亲给村邻和儿子留下的深刻印象，母亲的音容笑貌，都好似还活灵活现地呈现在儿孙面前。母亲逝世前夕，口中还不时念着几个孙子、孙女的名字；念着昼思夜想的娘家——北门人；还打听正昌媳妇现在生活怎样？养珍、菊萍在哪里？临逝世的前一天，还给我说："我走后，你和天胜要照顾好自己。你每年清明回村祭奠一下我们，平时就住在西安，照看好我的孙子孙女。"

多少年来，每当我上学、上班离开家时，母亲都站在大门口，眼泪盈眶，依依不舍地目送我离去，真是"白头老母遮门啼，挽断衫袖留不止"。近几年，我每离开南海村一段时间，母亲天天坐在我的大门外，等着我们，盼着我们。今后再无人坐在大门口等我回来了。父母在，家就在，今后我的家在哪里？我身体稍有不适，或在社会上遇到一些不顺心的事，第一位嘘寒问暖的人是母亲，第一位安慰我、开导我的人是母亲。可是，我现在千声呼、万声唤，母亲再不会答应了。

母亲啊，在您生前，您娇惯我弟兄二人，含在嘴里怕热着、托在手中怕冻着。即便我们已经白发苍苍，在母亲心中依然是幼童。做好饭，端过来"强迫"我们吃，吃得少了就担心，是不是不合口味？还是儿子哪里不舒服？"每逢佳节胖三斤"，这都是母亲疼爱的结果。听见刮风，就担心我们身上穿得单薄。1964 年后半年我开始在宜川中学上学，开学时已把棉衣带到学校。那年农历九月上旬突然刮风降温，飘起了雪花，寒流来袭。

母亲放心不下，恐我未换上棉衣，她老人家步行 80 里路来宜川城，第一天下午动身歇到高楼村二姑家，第二天中午就来到学校。见我还未穿上棉裤，不由分说地从包袱里拿出棉裤让我立即穿上。第二天一早她又步行回家了。待我参加工作以后，每当遇到天气变化，到了每年霜降前后，母亲都要打电话或托人捎话，叮嘱我们穿好衣服、注意防风防寒。

"手制羹汤强我餐，略听风响怪衣单。分明儿鬓白如许，阿母还当襁褓看。"母亲啊，您舐犊情深，恩深似海！可是我们有时还给您耍小性子，甚至顶撞您老人家。回忆往事，百感交集；行孝不及，万般悔愧；母亲已逝，无法弥补。真乃"春晖未报，寸心有愧"。您的恩情，儿孙永远不会忘记！咱们的家一定会越来越好，您放心吧！

写于 2014 年 12 月 13 日

（该文最早发表于《飞瀑》，于 2020 年 4 月 20 日刊登于"黄河文化研究"微信公众号）

说给岳父的话

公元 2006 年 12 月 14 日（农历十月二十四日），我的岳父病逝，享年 85 岁。在给他举行葬礼的 4 天内，我回忆往事，甚觉悲伤，想给他老人家说几句话，故写了以下文字。

自我结婚以来，杨府已有 7 位长者仙逝，每到宜川县水生村，物是人非，睹物思人，可叹新陈代谢之速，人生苦短之情。今有岳父逝世，回忆大人一生，感慨万千、追思不已。您我翁婿二人，常在一起谈古论今、评文释诗，有时谈兴正起，忘餐难寝，我受益匪浅。今天您再听小婿几句，请岳父雅正。

岳父杨讳国财，生于公元 1922 年，生逢乱世，国运不昌。所幸家境较裕，自小苦读四书、五经，熟读诗词文赋，受到良好的教育。岳父生性善良，聪明睿智，青年时期毕业于洛川行署兴办的黄陵师范。回到宜川任教从政，兼之多才多艺、斯文有礼、仪表堂堂，成为宜川县有名的文人学子。解放后，他始终务农，但岳父的国学底蕴深厚，会写、能画，直到 70 多岁时，所写便函，还被人疑为名家所撰。即至晚年，尚能背诵许多名篇名句。岳父一生苦爱读书，劳动之余常手不释卷；油灯之前，唯书可慰一天之疲劳。进入耄耋之年，还能把唐诗宋词、古代名篇之佳句，抄录于四壁，警示后人，亦言晚年之志。虽满腹诗书，"学富五车"，大人多半生躬耕农亩，面朝黄土背朝天，但追求知识、追求进步、热爱文明、渴望安稳太平之情怀，从未间断。岳父历经新旧社会，相作比较，由衷认为新社会公正、安定，人民康乐，国家强盛。我前年曾给岳父写过一副春联：上联是"才华横溢，命运多舛，忠厚传家，克己敬人，仁、义、礼、智、信，皆集一身"；下联是"境况艰难，穷且益坚，勤俭躬耕，劳神持家，酸、甜、苦、辣、难，遍尝半生"。

岳父自小读书，近30岁方始务农。由舞文弄墨之书生，到荷锄握镢之农人，自有一个艰难的转变过程，有人则终生不能适应。但岳父之勤劳是远近出了名的。有两件事，令人难以从记忆中抹去：一是他从未睡过天明觉；二是亲自喂肥猪。每天黄昏下地归来，第一件事是提桶倒猪食于槽中。家庭拖累大，儿女多，只有勤方能持家。生产队时期，除了挣工分没有其他出路，唯一的副业是养猪，孩子念书靠养猪，过一个好年也靠养猪。天道酬勤，勤，使全家度过困难；苦，让儿女长大，虽苦犹乐。您的功劳和艰难，我们永记心怀！

岳父大人，处事温和、待人诚恳；乐善好施，急人之难；和颜悦色，礼节周全，既有斯文秀气之举，又有帮人干活劳动之苦。半世受煎熬，一生唯谨慎，不多言、不惹事，虽明哲保身，亦乐于助人。对于亲戚朋友，穷则接济，困则相扶。不管谁求您帮助，每有如坐春风之中。大人性格中最宝贵之处，是自强不息、坚韧不拔。为了完成人生使命，为了全家老小继续生活，为了儿女的将来，义无反顾，忍辱负重，遇到再难的事，晚上回来能吃下饭、睡着觉，能想得通；再苦之日能坚持，再难之事不害怕、不泄气。君子安贫，达观知命，顽强努力，相信未来。就这样，儿大女嫁，苦尽甜来。晚年逢盛世，心乐享太平，岁过圣人年，长寿有厚福，岂有偶哉？

春风山村留晖远，冬雪高塬化泪多。岳父一生心血，付于儿女。我和我的全家，深受恩泽，永世难忘。1985年，宜川县委让我去省委党校学习，因我父早逝，家中弱妻幼子，无人照看，我不愿去。此时岳父来到我家，给我写了16个字："机不可失，时不再来；有志无难，无志万难。"期望之心跃然纸上，鼓励之言力如万钧。我上党校后，岳父在两年内，月月到我家，来了总要住几天，忙在田里，喜在心头。"滴水之恩，当涌泉相报。"但我把岳父的恩情未报万一，实为忤逆。"谁言寸草心，报得三春晖？"老人之恩天高地厚，儿女难报万一，只要有孝心，就可使老人心满意足了。儿女的进步，即老人的喜悦。"一个儿女一条心。"对每一个儿女，老人家都关心备至，照看周全；谁有困难、谁需要帮助，老人心中最清楚。对此，每一个儿女心中都有一本账。抚今追昔，倍感亲切；点点滴滴，不能忘怀；千言万语，一时难尽。虽然岳父去世了，但言犹在耳，音容宛在，您老人家永远活在我们心中。岳父对儿女的爱，更加完美了世间父母之伟大形象。

"昔孟母，择邻处""窦燕山，有义方"皆智者之举。对后辈的教育，是岳父大人晚年操心之最。您给儿女讲述"似药之爱"、"似爱之药"的道理。您希望儿孙个个长进，个个行为端正。您说无论干什么，无高低贵贱之分，但做人有品行高低好坏之分，要求后辈遵纪守法，和睦相处。"望子成龙"乃人之常情。您情殷殷，意切切，寄希望于后人。岳父啊，临终之时，您定有遗憾、有慰藉、有希望。我想您的遗憾是，还没有看到所有孙儿、孙女结婚成家；慰藉的是您的儿女个个遵纪守法，做人本分，光景有长短不齐，但都能过得去；希望的是盛世永继，儿孙辈辈活得像人样！岳父大人，您无须操心，后辈会很好继承您的意愿，一代比一代强！

"世上公道唯白发，贵人头上不可饶。"人类之新陈代谢，万不可违；人之大限来临，谁不可免。有的人死后给后世留下好名，有的则不然。岳父大人，您留下了好名声，足以使后代骄傲！"重名轻利"，家风永存。吾等慎终追远，永思不忘。岳父大人，您安心地走吧！

大人，小婿把您喜爱的《滕王阁序》的那段，再在您柩前朗诵，聊表思念和寄托之情：

　　"嗟乎！时运不齐，命运多舛。冯唐易老，李广难封。屈贾谊于长沙，非无圣主；窜梁鸿于海曲，岂乏明时？所赖君子安贫，达人知命。老当益壮，宁移白首之心？穷且益坚，不坠青云之志。酌贪泉而觉爽，处涸辙以犹欢。北海虽赊，扶摇可接；东隅已逝，桑榆非晚。孟尝高洁，空怀报国之心；阮籍猖狂，岂效穷途之哭！"

　　入土为安，安息吧！

2006 年 12 月 18 日

一碗红烧肘子

红烧肘子，是北方"八大碗"传统菜中的一道，极为普通。但关于红烧肘子，我却有一段辛酸的经历。

1965年冬，我正在高中二年级上学。深秋季节的一天，突然患急性阑尾炎住进了医院。术后，伤口化脓，久治不愈，住院3月余。父亲陪我住院，每天给我在医院病员灶上买饭。灶上最好的菜就是萝卜豆腐片，每碗5分钱。为了省钱，父亲只给我买饭菜，他自己则借了一口小铁锅做饭，每顿饭都是用小米、南瓜或红薯做成的稀饭。后来，我的病房里还住进了一个中年农民，竟然连小米、南瓜、红薯都没有，父亲便多做一些，照料他也喝两顿稀饭。两个月后，我消化正常，可伤口仍然愈合缓慢。医生给我父亲说："你要给孩子增加营养，吃些肉，伤会好得快些。"那天中午，父亲冒着鹅毛大雪，从街上食堂里买来一碗热腾腾的红烧肘子，叫我趁热吃下。过去，每到过年，我家都要杀一口猪，吃红烧肘子是寻常事。但从1960年开始，连年闹饥荒，过年时仅称几斤肉，便不再做红烧肘子了。父亲买来的红烧肘子，很快使病房里香气四溢，我的胃肠蠕动随之加快。我问父亲这一碗肉值多少钱？父亲说："快吃吧，不贵，5角钱。"我一听，拿起的筷子又放下了。5角钱，这可是我在灶上两天的饭钱！望着父亲那布满皱纹的脸，我的心里十分难受。父亲正端着一碗小米粥喝，我端起肘子就往父亲的碗里拨，他挡住我的手，一下子满面怒容，却又充满爱意地说："你生着病，又是长身体的时候；我好好的，你怕什么？快吃！"怕惹父亲生气，我含着眼泪把一块肉送进嘴里，感激愧疚之情油然而生。

那年腊月二十三，我的伤还不好。医生说可以出院，隔3天到门诊换一次药。父亲去算了一下住院费，共450元，这对当时的农家来说，简直是个天文数字。父亲东挪西借交了一部分，还剩下180元未交，医院不办出院手续，父亲找了一位有身份的朋友担保（宜川县手工业联合会主任薛志俊，集义乡人），我才出了院。我家离县城80多里，为了换药方便，父亲把我安顿在县城的表姐家，腊月二十七，他才急急赶回家去。临走时，他把仅有的5元钱给了我，嘱咐我每天买碗红烧肘子吃，按时换药，但我没舍得买。那年过年，我家里没称一斤肉，没买一两酒。后来，父亲说："那是咱们家过的最穷的一年。"

1969年，我参加了工作，第一次领到工资后做的第一件事，便是"走后门"从县食品公司买了10斤猪肉，回家让妻子做了一顿丰盛的饭菜，还特意做了红烧肘子。我满以为父亲会很高兴，可他只是看了一眼餐盘便说："生产队分的粮食比往年多，但还不宽裕，有了钱要量粮食。不过节不过年，买肉干啥？"父亲的话语里，有高兴，有辛酸，有期望，更有忧愁。我当时想：父亲啊，您吃吧，这是您儿子一点心意，我愿您老人家能常吃红烧肘子！愿天下的父母都能吃上红烧肘子！

村里实行责任制的第二年，我和弟弟打了10石麦、10石秋粮。多年来，家里第一次解决了温饱问题。腊月里杀了一头大肥猪，大年初一时，摆了"八大碗"，还有几道时兴炒菜。母亲高兴之中，眼中不时闪过一丝伤感。父亲在两年前已经过世了，逢年过节，我们都十分怀念他。这些饭菜，父亲的灵位前都供着，可他老人家再也吃不上了。那天，我在父亲的灵位前久久地坐着，我们父子的心声在沉痛、亲切地交流。从那以后，妻子怕我伤心，再没做过红烧肘子。

前年，我在子长县下乡时，到一位农民家里吃饭。这位农民以子长人特有的热情款待我。上的菜中，也有一碗红烧肘子。他80多岁的父亲两手颤抖，不能夹菜。他一边给父亲喂饭菜，一边和我喝酒。我看着他把一块肘子肉喂到父亲嘴里时的关切表情，顿感亲切，倍生敬意。此时此刻，不禁想起我的父亲。他老人家若在世，也不过74岁。我若能给他老人家喂一碗红烧肘子，那该多好啊！

（作于1998年5月13日，曾发表于《延安日报》，2021年10月4日发表于"黄河文化研究"微信公众号）

过　年

今年过了一个好年，年饭丰盛，年货充盈。更好的是，孩子们快乐，全家愉快，全镇人民高兴。年年过年，过得好与不好，人的心情最重要。

云岩镇 1984 年的主要工作和经济指标在县上年终考评时被评为全县第一，粮食总产比 1980 年增长 30%，人均千斤粮，农民人均纯收入增长比例名列全县第一，烤烟生产成为全省重点乡镇，被省烟草公司树为典型，镇政府得到烤烟税分成款 32 万元。这年我时任中共云岩镇党委书记，年初，我在三级干部会上承诺的 8 件实事，全部按计划顺利进行。前几天，县委、县政府奖给云岩镇党委、政府 5 万元，奖给我个人 3000 元。腊月二十，镇党委召开了"1984 年双文明建设表彰大会"。各大队红旗引路、敲锣打鼓、唢呐高奏，列队进入会场，参加会议的 5700 余人站满了云岩车站大院。会上表彰了 3 个先进大队、10 个先进生产队、15 户烤烟生产大户、30 个精神文明物质文明建设先进单位、40 名先进基层干部和农民，发奖金 5 万元。县委、县人大、县政府、县政协的领导参加了大会，王长福县长在大会上讲："今天这个大会的精神风貌、来人之多，是我参加工作几十年来见到的第一个乡镇群众大会。"会后，各大队之间展开锣鼓比赛，惊天动地，人流如潮，农民群众用特有的方式，如醉如狂地庆贺着钱粮双丰收。云岩地处三县交界，逢集日赶集人较多，这一天赶集的人大概比平时集日多了一万多人，街道上和河边公路上比肩接踵、人山人海。腊月二十二，镇党委、政府给党委政府全体干部（20人）每人发了1000元的年终奖，并宣布放假过年。钞票面值10元，每人100张。大家都是第一次领奖金，大师傅台天风给我说："我从来没见过这么多钱。往常一个月领工资只领4张，常想什么时候能在口袋里装10张就行了，今天一下装了100张，该不是在梦中吧?"回家前，我到供销社门市办年货。云岩镇卖衣服的门市仅供销社一家，花色品种较少。我只好给母亲扯了一身双面"比基尼"衣服，给芬芳买了一件"蓝的卡"上衣、黑涤纶裤子，给3个男孩和侄儿茂强每人扯了一身蓝花大尼布料，给女儿买了一身花衣服，还置办了其他年货，光给孩子买烟花爆竹就花了50多元。总共花了300元，相当于去年的3倍、前多年10倍还多。当日下午，我给在镇政府值班的梁文正副主任交代了些值班事宜，便兴冲冲地回到家中。

家里人，特别是4个儿女，见我置办了这么多年货，还有他们的新衣服和烟花爆竹，高兴得不得了。往年过年，给几个孩子缝一件新上衣，芬芳把大人旧衣服洗一下就过年了，从来没有奢望过年时给全家换新衣。丽娜拿着她的花衣服，跳来跳去，一个劲儿说："爸爸好，爸爸好。"母亲看了看她自己的衣料，满脸笑容，却说："不该花这么多的钱办年货。给我扯 3 毛多钱（1尺）的布就行了，扯 8 毛多的布太贵了。"芬芳拿着剪子马上给母亲和几个孩子裁剪衣料，打开缝纫机，忙碌起来。到晚上睡觉前，缝成了母亲的一身衣服。在此后的几天里，芬芳抽空就给孩子们缝衣服。她给孩子缝的中山式学生服，并不亚于商店里买的制服款式。谁的衣服缝成了，谁就急着试穿起来，扬扬得意地照着镜子看一看。试过，又小心翼翼地叠起来，等大年初一早上再正式穿上。

在我回来之前，芬芳早已把如何过年的事宜安排好了。她特意喂了口大肥猪，坚持不卖，等过年宰杀；过年吃的白面全部磨好；摊米黄、做年糕的硬、软糜子也焙好了。腊月二十三一早，我借来队里一口大锅，支在院里，一会儿烧得水烫热。老穆叔来把猪宰倒，不到一个钟点，猪毛煺得一干二净。我和老穆叔在院里忙着，芬芳在窑里打扫着卫生。窗子贴上白生生的新纸和红彤彤的新窗花。过年的气氛顿时浓烈起来，全家人进进出出，掩饰不住高兴的心情。下午 4 点多，芬芳用新猪肉拌了一大箅子"肉谷垒"，老穆已做好了灌肠，我叫来村里 10 多位邻居，围坐在炕上，尝起了新猪肉和灌肠。到山里砍柴的 3 个儿子，也提前回家，坐在灶台前大口吃着香喷喷的灌肠。我的童年时，记得每逢过年，家里都要杀口肥猪，10月里还要酿酒。1964年以后，只杀过3头猪，1968年我结婚时杀了一头，1975年和1982年各杀过一头。其他年份，买上七八斤猪肉、一斤散酒，就算过年了。1966年过春节，因我在县城住院，家里没买一斤肉、一两酒。我参加工作后，工资尚难养家糊口，现在月工资也只有43元，更无多余钱买肉买酒。如果不是今年粮食自给有余，得的奖金又多，能不能宰这口大肥猪还很难说。

腊月二十四开始碾米，准备做米黄馍和年糕。早饭后，我帮芬芳套上骡子碾米，又联想翩翩，心潮起伏。前几年大集体时，每年碾黄米、磨年面，要先向饲养员申报，饲养员按申报顺序安排各家使用牲口的日期，每家才能确定碾米、推碓的具体时间。社员使唤牲口的时间大多排在早晨，早5时就得到饲养室拉牲口。零下20多度的腊月天早晨，在敞地里碾米，冻得人直打哆嗦。芬芳拾些柴禾打一堆火，过一会烤一下脚和手。黄米碾好后，把糜糠簸净，用水泡软，再把水篦干，又碾压成面。碾压面时，队里不给牲口，芬芳推碾，母亲箩面。其中辛苦，言之难尽。

腊月二十五，芬芳做红烧肉、丸子等，我插不上手，到王兴福家拉话。他家4口人，今年打了20多石粮食，种了5亩烤烟，连其他收入，人均收入现金1000多元，全家总收入近10000元，是去年的3倍。一家人忙着准备过年。兴福哥见我到来，一把拉到炕上开始喝酒，他说："今年镇上让种烤烟，真是抓准了时机。兄弟，你说说，今后该怎干？"我说："好哥哩，你先指点一下，明年镇上的工作该怎么干？"他说："明年，烤烟技术员要多传授烟叶分级扎把的技术，不然农民的烟叶混扎严重，卖不上等级。"就这样，我俩不知不觉已把一瓶特备的汾酒喝完，兴福又打开一瓶"老窖"酒。我说："哥，你买了几瓶酒，不要没过年倒用完了。"他说："你不要怕。往常一年只买一瓶，今年买了10瓶，今天管饱。"汾酒、西凤酒每瓶4元多，算是好酒，多在机关单位、有钱人家的酒宴上出现。"旧时王谢堂前燕，飞入寻常百姓家。"今年，普通农民也喝上了汾酒，我真有些惊诧。

腊月二十六摊米黄。早晨4时多，面已发得从盆口流出来。全家人赶紧起床，在土炕上支起6副鏊子，母亲和芬芳各照3副，我在炕下打杂，几个孩子等着吃摊出的第一个米黄。米黄馍，酥中带甜，易于贮存。前几年，家里麦子少，过年主要吃米黄馍，要摊四五斗糜子的米黄。有一次，茂红和红林砍柴回来，等不及笼热，每人一下吃了六七个米黄。那几年，能蒸上十几斤面的白馍，就算不少，大年初一全家吃上一顿，其他早饭以米黄为主。剩下的白馍，每天芬芳分发给每个孩子一个，过不了几天便完了。往年，我家的情况还算村里较好的，有一半多家户不如我家。今年我家打了15石麦子，全年以白面为主食，过年只摊两斗糜子的米黄，调剂一下食品结构。到早晨9时，这项往年最复杂的过年准备工作就结束了。

腊月二十七做了豆腐。二十八，母亲和芬芳蒸敬神的各种献供，蒸过年食用的白馍。每个馍顶还要点一个朱砂红点，以示喜庆。这一天，我又到支书薛天义家去转，大嫂给我说："今年光蒸白馍，不摊米黄了，要把白馍吃够。"后又到队长杜养金家坐了一会儿，他说："咱村36户人，今年总收入上万元的有10多户，我收入12000多元。"我说："镇政府让报万元户，咱村怎么没报一户？"他说："你是自己人，我敢说。大家怕以后政策变了挨整。"我说："我给你保密，不过报上去也永远不会挨整了。"是啊，"怕政策变"的思想，在农民中大有人在，明年要作为一个宣传重点，消除大家的思想顾虑，让农民放手去致富。

腊月二十九，一早起来，3个孩子又要去砍柴，我没让他们去。我说："茂红明年考高中，从今天起要复习功课，红林和茂华玩四五天再砍柴去。"早饭后，我写春联，大门的上联："密植好，天帮忙，粮食产量翻一番；"下联是："齐心干，人努力，烤烟收入富有余。"横批是："万象更新。"过了一会儿，村里不少人把红纸送来，让我给他家写春联，一直写到下午3时多。这时王金荣叔到我家来，和我拉了会家常。芬芳端上菜和酒，我连敬了他3杯，接着我的3个男孩挨个给爷爷敬酒。他说："我今天高兴，提前过年啦！"

腊月三十是除夕。早晨起来，我打扫了院内院外卫生，饭后贴上春联，便和茂红、红林、茂华、茂强一块去大祖父、祖父、父亲坟里祭奠。到父亲坟里，几个孩子哭泣起来。他们对爷爷的感情十分深厚，每次祭奠都很悲伤。我劝他们说："过年祭奠不哭，你们先回去，我再待会儿。"祭奠完，我在父亲坟前跪坐了好长时间。虽然阴阳相隔，我们的心灵似乎仍在交流着。父亲逝世已经4年了，如果他老人家仍在世，能和我们一块享受过年的欢乐，该有多好啊！

我上完坟回到家里，芬芳说3个孩子到西畔沟去背柴了，有3捆柴放在路边不放心。我听后很心疼孩子们，心想不应该让孩子去。我小时候，8岁便跟着大人到山里砍柴。那时离村走不了一里远，到处是山林，砍柴不用下沟上洼。时隔20多年，人进林退，现在在村边砍蒿草（俗称软柴）都很困难，要砍灌木"硬柴"，需跑十几里路远。过去农民做农具，出村走二三里地就可选好耩身、耱杆等料，现在得跑到20里以外的雪白山去。孩子们到西畔沟砍柴，还得下一条3里路长的坡，柴砍好后再从沟底背到塬上。砍柴艰苦，背柴更艰苦，让城里的小孩空走，上那条坡都非常吃力。数九寒天，我的几个孩子背上几十斤重的柴，脸上豆粒大的汗珠不断地滴到地上。茂华只有10岁，也背一小捆柴。孩子们早晨到山里砍柴，镢把比冷库中的冰棍还凉，砍一镢柴，用热气哈一下手。一下雪，孩子就在冰天雪地中砍柴，下午回来时，棉鞋、袜子全湿透了。想到这里，我看着大门外的一大摞新柴，心里就像针扎一样难受。孩子们跟着芬芳，过惯了"赤日炎炎似火烧，挥汗刈麦累酸腰""锄禾日当午，汗滴禾下土""雪地北山砍柴火，雨天井沟抬清水"的生活。想到这里，扭回头，想埋怨芬芳几句，真不该让孩子在除夕之日去背柴。可一回头就看见芬芳正给茂华绱新鞋，明天还赶着穿。看着她艰难地用针锥把针线穿过去，用力拽着鞋绳，我一下子心软了，没有说出口来。由于家庭困难，我和几个孩子没有买过鞋穿，都是芬芳自己做的。几个男孩又非常费鞋，两三个月就穿烂一双。芬芳白天下地劳动，晚上孩子们睡觉后，坐在煤油灯下不是缝补衣服，便是做鞋，一家人冬天穿棉鞋，热天穿夹鞋，从未穿过烂鞋。她做的鞋样子美观，质量结实，合脚舒适。我为了多穿些时日，常给鞋前后底钉上废轮胎胶皮，还给鞋尖上缝块皮料。芬芳"白天地里干农活，深夜灯下飞针线"，门里门外，亦妇亦汉，维持着这个7口之家，她比我付出的更苦更多。

除夕下午4时多，孩子们背柴回来了。一家人吃过"长寿面"和蒸"谷垒"（白面拌肉菜，寓意来年风调雨顺，五谷如山），已是黄昏时分。我们赶紧给大门和院子中间（天地神前）挂上灯笼，孩子们开始在院中玩耍。他们又放炮又点燃烟花，引来村里许多小孩，一时院内热闹非凡。这时天下起雪来，开始是"米粒雪"，过了10多分钟，鹅毛大的雪片飞舞而下。晚8时左右，村庄和塬面的银装素裹，把各家的红灯笼衬托得更加耀眼。寒风吹来，人们在灯影下沿门往来祝福，真是"瑞雪兆丰年，春风送鸿运"。这时，母亲叫茂红、红林敬天地神、财神、门神、灶神、马王神等，到处关香、烧表。不一会，家里来了七八位乡亲。杜养杰人未至，声先到，在大门外叫道："天云，你写的大门对联，道出了咱农民的心里话。"他一进窑门，孩子们闹着让他说《薛仁贵征东》，他说："今晚守更待岁，时间长哩，让我们拉会话再说。"芬芳把餐盘端到炕上，我和大家边饮酒，边拉话。乡亲今年收入多，说话的嗓音比往年亮堂。半个钟头过去，一斤西凤酒已喝完，我又开了一瓶。大家猜拳行令，情绪高涨。"年年岁岁花相似，岁岁年年人不同。"人还是去年的人，但他们比往年精神饱满、心情开朗，"人逢喜事精神爽"。几杯热酒下肚，开始"露富"了。有的说今年他收入5000多元，有的说收入7000多元，还有两人说："咱也是万元户。"看来，"有粮心不慌，有钱胆更壮"，一点不假。大家要听杜养杰说书，杜养杰喝了口茶水，拉开说书的腔调："难得雪中熬年，我就说一段《薛仁贵征东》。话说唐朝贞观三年，风调雨顺，国泰民安……"杜养杰说得头头是道、活灵活现，大家听得全神贯注、津津有味。不知不觉已到了晚10时多。他们说要回家守岁，告辞而去。

母亲和芬芳准备明早的年饭，我给几个孩子出一道作文题："立志"，让他们在初五前写成。晚 11 时，我到村里几位长辈家里拜年，待回来时，已是初一凌晨 1 时。我穿着衣服睡了一会儿，鸡鸣三遍，母亲把我们叫醒，让芬芳给每人煮了几个饺子吃。宜川人把饺子叫"便食"，"便"与"变"谐音，意思是让孩子吃了"便食"长得更快、变得更聪明。孩子们换上新衣服，一个个精神了许多。这时雪小了，稀落的雪花悠然飘下，落在已有四五寸厚的积雪上。吃完"便食"，母亲又让敬神，我不愿去，只好茂红"代劳"了。

初一早 8 时，开始设年宴，俗称"吃席"。芬芳做的菜有"八大碗"和几个小炒，我给母亲把酒敬上，孩子们开始拜年，茂强、丽娜最积极，跪下就叩头。大人给每个孩子一元压岁钱，他们又轮着给大人敬酒。这一顿年饭，是多年来最丰盛的年饭，也是全家人过得最高兴的一天。"家家春节宴，一路太平歌。"饭后，我到大队部院里和聚集的乡亲说了会话，问候他们过年好。说话间，大家又介绍着各自的年饭，几个人还唱了《信天游》。上午，云缝中露出太阳，晶莹的雪光十分耀眼。大家说笑着，尽兴而散。初一下午，我们全家吃饺子，孩子们每人都吃出了硬币，丽娜比哥哥们少一枚，急得哭起来，我说："你吃出来的才是一分钱，爸爸再给你一块钱。"她又破涕而笑。

正月初二早饭后，茂红复习功课，红林、茂华、丽娜出去玩耍，我开始写一篇关于云岩镇产业结构调整的调查报告。芬芳这才得空在炕上休息了一会儿，又忙着准备下午饭。到正月初六上午，我们全家来到云岩镇党委机关我的办公室。这天，各大队的秧歌在云岩汇演，上午 11 时左右，街道上已锣鼓喧天、人声沸腾。我们到云中大操场观看演出。今年的汇演不同往年，多是自编自演，歌唱今年的大丰收，反映了农民对改善生活的喜悦和对发家致富的迫切要求，一直演到下午 2 时才结束。我回办公室时，街上人们十分拥挤，水泄不通，直到下午 3 时我才进了镇政府大门。突然有人在我肩上拍了一下，我一看是西迥大队支书郭天仁，论亲戚关系，他是兄长。他好像在哪里刚喝过酒，我说："大哥，你年过得好！"他说："书记弟同好。我是过好了，全村人都过好了。酒也喝好了。我村今年过年喝的酒，比前十几年都多。拜年、请客的礼数也恢复了。家家有肉吃，天天有醉汉。"我扶着他往办公室里走，想起"仓廪实而知礼节，衣食足而知荣辱"的古话和"桑柘影斜春社散，家家扶得醉人归"的古诗句。酒，帮助人们释放兴奋心情；酒，使丰收的庄稼汉心更热了。我和天仁说了一会话，又有十几位基层干部到我办公室，他们说："汇演只搞一天太少，应该再演一天。"我把镇上几位领导叫来商量了一下，决定正月十五元宵节再汇演一天，其他时间，由各大队安排给农民拜年。

正月初十，即 1985 年 3 月 1 日，镇上要开"三干"

会，再一次安排今年的经济工作。可以预见，明年过年，会比今年更好，一年会比一年美好！

1985 年 2 月 28 日

（该文 2022 年 1 月 6 日刊登于"文出宜川"微信公众号，后发表于《飞瀑》杂志）

收麦的一天

　　前天，陕西省政府在云岩公社召开的烟叶生产现场会结束。徐山林副省长、姚代明副专员、省烟草公司领导、宜川县委县政府主要领导、30多个外县的主管领导和县供销社主任参加了会议。半月来，全体干部都在为这个现场会的召开而奔忙。我每天要到几个重点村检查烟叶大田管理工作，晚上要准备在大会上的发言稿。到26日开完会，我已经筋疲力尽、困乏异常。晚上，开了个简短的干部会，在前几天镇政府"三夏"会议的基础上，安排了夏收值班人员，并宣布给家在农村的干部放10天收麦假。云岩中学也放了麦假，我叫上在云中上学的大儿子连夜回到家里，准备收割麦子。

　　昨天，我全家齐上阵，在下塬收割了我家的5亩小麦。南海崾村的强黑小开小四轮，帮我把麦拉到场里。这块地共7.8亩，有2.8亩种了谷子。为了倒茬，5亩麦地还要复种糜了，明春全部种红小豆。割完麦回到家里，已是晚8时多。所幸有母亲操持，她已做好了晚饭。吃完饭后，3个儿子连衣未脱就睡着了。我去找还未开镰割麦的天明、文堂，请他二人明早给我帮忙种糜子。这样，我、弟弟天旭，还有他们二人，就可套两犋牲口耕种。

今天，天还未明，我们四人来到地里，先把事前送到地头的粪用架子车匀了一排（3 堆粪），把糜子籽和粪搅匀，我和天明耕地开沟，天旭、文堂拿粪。不一会儿，天蒙蒙亮，芬芳领着 3 个儿子，又来匀送剩下的粪。母亲在家做饭，6 岁的女儿丽娜帮奶奶烧火，全家人没有一个闲着。前几天刚下过一场透墒雨，墒情很好，耕这硬茬地不费劲。农谚云："热茬糜子长穗子"，复种糜子的关键，是要早，赶在伏前播种。天明开玩笑说："哥，你把糜子种得早，我都闻着糜子窝窝的香味了。"我赶着我家的骡骡子开沟，天明吆着一犋牛，早晨 7 时多，已把一半地种完。茂红拉着架子车，芬芳、红林、茂华在后边推，艰难地往地里分送着粪。麦地不比硬路面，架子车拉过的地方，压出二三寸深的车轮印，阻力很大。不要说小孩子，就是几个大人拉一辆装满粪的车子，也十分费力。茂红今年 16 岁，红林 14 岁，茂华 11 岁。他们拉到地面较虚松难通过的地方，茂红的头几乎碰到地面。早晨，微风吹过，人还能感到一点凉意，可芬芳和 3 个儿子，都是满头大汗。我望着孩子稚嫩的肩膀和芬芳瘦削的身体，不禁心疼难受、黯然伤神。在城市里像这样大的孩子，早晨 7 时多还没睡醒哩。我正低头扶犁、思前想后之际，只听红林叫道："爸爸，我们拉完了，回去到后条地里割麦。"我说：

"你们回去歇一会，吃过早饭再去。"到9时，我们把5亩糜子种完了。回村后，我让天明、文堂到我家吃饭，他们两人坚决不来，回自己家吃饭去了。我很过意不去，让丽娜给每人送了一盒烟，表示感谢。我工作在外常不着家，回来住几天，主要是突击干家里农活，免不了请村里人帮忙。村里多数人给我帮助过，他们有时在我家吃一顿饭，有时干了活不吃饭，也不要任何报酬。我欠乡亲们很多。每思及于此，都感到对南海村乡亲的恩情未报万一，心情难以平静。

回到家里，我把骡子拴到槽头，先给槽内倒了些干草喂。骡、马吃草急骤，为防得结症，刚干完活的骡马，不能马上喂精料或拌麸皮草，更不能饮水，得先让其吃会儿干草。我坐到炕上吃饭，母亲心疼地说："活儿要慢慢干，上午就别去割麦了，歇一歇。"我说："妈，不行。只放10天麦假，我是公社党委书记，要带头提前赶回机关。这几天，要把麦割完、打完，还要把头遍麦地翻完，还有许多公事等着我处理，哪有时间歇？"我边吃饭，边想起家里的往事，感到自己面对三代人，责任重大。我已经37岁，马上要进入不惑之年，似乎"修身齐家"的路还很长。在母亲面前如何孝顺奉养，做好儿子？对妻子，如何做个好丈夫？对儿女，如何做个好父亲？如何更好地担当家庭和社会责任？一时深感肩头沉重、心里急切。

我的家进入20世纪60年代中期后，生活比较困难。

那时，我村是远近闻名的"烂干队"，全村人每年仅有半年口粮。我上高中时，每到开学之日，父亲都会为我借上5元钱去交学费、书费。母亲每年养两头猪，给国家交任务后能收入近百元，父亲养十几窝土蜂，也有点收入，就靠这些供我念书，补贴家中零用钱。1965年冬，我因患病住进宜川医院，花费450多元，家庭生活更是雪上加霜，困难异常。我结婚后，村里农业生产有所好转，全队人均口粮可达500斤。村里分配口粮时，70%的粮食按人口平均分配，30%的按工分分配（即按劳力分配），干部、职工家属只参加70%的平均分配，芬芳和4个孩子所分得口粮没有富余。一口人每年最多可分到30多斤小麦，几个孩子，是吃着玉米面长大的。每逢芬芳坐月子都没有细粮，我只得量几十斤"黑市"小麦，或"走后门"在云岩粮站用粮票多领些细粮（按规定，用粮票领粮是粗、细粮各半）。平时全家人一两个月吃不上一顿炒菜。地处旱塬，种菜十分困难，平时以盐菜、酸菜和少量腌青菜为主就黄馍下饭。过年时，主食是米黄馍。过年蒸的白馍，由芬芳给几个孩子分配，初一至初三，每人每天吃一个。我的父亲放羊带的干粮，全是玉米窝窝，常年用凉玉米馍充饥，因此患有严重胃病。我1969年参加工作，前8年的月工资33元，之后4年多月工资38元，到1982年月工资调为43元。除付生产队的口粮钱，所剩无几，入不敷出。更为不幸的是，父亲在1980年腊月患胃癌逝世，家中失去了支柱，从没管理过家务的我，一下子陷入迷茫之中。父亲逝世后，家中一连串事故接踵而来。1981年3月，女儿丽娜因感冒用药过敏，住院3个月，花费500多元；1981年冬，家里的3孔窑倒塌，一时间，除了我和弟弟家里11口人毫发无损外，财产一无所有。一家人借别人的窑住，借队里的储备粮吃饭。我和弟弟在数九寒天，雇佣人力重修了3孔窑，才能在自家窑中过年，修建住屋又花费了500多元。1981年实行家庭承包责任制，给我和弟弟分了37亩地和一匹骡子，那骡子突然患病，蹄肿得有老碗大，医治数月无效，只好贱卖了事。1982年春，家家春耕生产热火朝天，我家长着玉米茬的硬茬地里冷冷清清。由于我缺乏经验，买的两头牛都不耕地且调不顺，只好又卖掉。无奈之时，我向信用社贷款300元，向亲朋好友借了400多元，又买回现养的这头骒骡子，勉强搞完春耕。两年内，借债3700多元，我一连几个月身上无一分钱，是常有的事，窘迫之相，难以言表。1981年秋，我和弟弟种麦15亩，1982年收10石多小麦，总算比生产队里分得多。1982年秋，我率先使用队里多年不用的七行播种机种麦。到1983年春夏之交，我种的麦成为全公社典型，地、县两级麦油观摩会都参观了我家小麦。1983年3月我调回云岩公社工作，为了改革麦油耕作制度和推广密植，我在收麦前动员全公社每家派一个代表来观摩我的小麦。10多天内，参观的人络绎不绝，母亲每天给参观的乡亲送开水、敬香烟，欢迎他们到家里坐坐。正因为这次参观，云岩公社在 1983 年全社秋播时平地小麦普及使用了七行播种机。1982 年，弟弟天旭因家中困难，辞去教师职务，回家务农。这件事对我打击很大，我虽然没有什么直接责任，但总感到没有关照好弟弟。这一年我收麦 10 石多、秋粮 8 石，弟弟收麦 8 石、秋粮 10 石多，我们一举解决了温饱问题。1983 年，我和弟弟种了 10 亩烤烟，到年终我不单还清了欠债，还帮弟弟盖了 3 间房子。这几年虽然困难，但全家人没有被困难吓倒，靠自己的双手，度过了最困难时期。"身服百役，手足胼胝，面目黧黑，或耘或籽，沾体露肌。"我在单位是书记，回到家里完全是个农民形象。妻子芬芳比我辛苦得更多，她白天在地里干活，晚上把孩子们安顿睡下后，又在煤油灯下缝缝补补。几个孩子，一有空就到地里干活，耕地、送粪、砍柴，样样都干，真是"穷人的孩子早当家"。我在公社工作，每逢翻地、播种、收割时回家干几天，平时的锄地、管理，全由芬芳承担。今年我家的小麦比去年长得更好，预计能产 15 石。

　　匆匆吃完早饭，已是上午 10 时多。我一刻不敢停歇，快步来到村边后条麦地。芬芳和 4 个孩子比我早到一个多钟头，他们已经割了 3 分多地的麦子。过去窝播稀植，一亩地能割 4 件麦（一件即一捆）就算好收成，自从使用七行播种机之后，一类地每亩可收 30 多件麦。芬芳和茂红割 4 行麦，红林割 3 行，茂华割 2 行，丽娜跟在妈妈后面一边唱歌一边拾麦穗。芬芳割麦的速度很快,在生产队时经常是妇女中开行领头的,许多男社员割麦速度不如她,我更不如她。芬芳让我先扭麦莛,把割倒的麦子捆起来。捆完 10 件后,我们休息了一会儿,几个孩子喝了点水,又开始割麦。这时已上午 11 点多,太阳更加毒烈,麦行子中一丝风都没有,脊背上像有火烧一样。麦草碰到胳膊上,又痒又燥热。额头上豆粒大的汗珠滴在地上,就像下雨点一样。我让茂华和丽娜先回家去,茂华还不肯。我从昨天割到现在,已觉得腰酸腿疼,一下直不起腰来。但是,3 个孩子十分坚强,不叫一声苦。"龙口夺食",是农活最紧张的时候。过了中午 12 时,我们把麦捆起来,一共割了 30 多件麦。照这样的速度,到明天天黑,才能把这块麦割完。昨天割的是二类田,每亩割了 20 多件,今天割的是一类田,每亩可多割几件。红林说:"好割的麦不好,难割的麦好,只要能打下麦,天天这样割更好。"说笑着,我们回到家里,我把前天拿回来的啤酒,让每人喝了一杯,几个孩子直呐喊:"真凉快,真舒服!"

吃完中午饭,我和几个孩子小睡了一会。芬芳忙着收拾屋里,还要喂猪,没有停歇片刻。下午 3 时,我们一家又到了地里开始割麦。母亲不让孙女丽娜下地,没有叫醒她。这时西北天际传来闷雷声,我们加快了收割的速度。过了一会,西边又云开日出,太阳光像万根针一样,直射在麦田里,扎在收割人的脊背上。下午 4

时，母亲领着雪白村的 7 个人，到地里帮我割麦。雪白村离我村 20 多里，处于山林之中，收麦季节比我村要晚 10 天左右。我的朋友刘景宇（小名郭拴子）、刘致德领着他们家门户族的 7 个人来到我家里，每人喝了口水，就让母亲领他们上地里来了。郭拴子给我说："从现在起，你家的收麦由我指挥。天云吆骡子往回拉麦，茂红妈回家给咱准备晚饭，其他人继续割麦，刘致德捆麦，今下午要把这块麦割完。晚上要喝酒，不醉不睡觉。"我们就按照郭拴子的分工，大干了起来。一下子增添了这么多的生力军，麦田里的气氛顿时活跃起来。黄昏时，这块麦已割完，回家时每人再背了一件，割倒的麦子就全部运到了麦场里。后条里这 6 亩麦，共割了 210 件，可打 7 石麦，亩产 400 多斤。去年这块地的 3 亩麦亩产 860 斤，是全县塬区有史以来最高小麦单产记录。今年的 6 亩中有 3 亩回茬麦，且种的是"6727 秃"品种，没有去年的"旱选 10 号"产量高，旱塬上能达到这个产量已算不错了。郭拴子开玩笑说："你这拿生活杆（毛笔杆）的，比我们拿锄把的人还打的粮食多。"刘致德接着说："看来种庄稼也得有知识。"

回到家里后，芬芳已把饭菜准备好，大家坐到院中石桌边开始饮茶喝酒。我拿出几瓶汾酒，说："今晚让你们喝好。"我和 3 个孩子轮番给他们敬酒，不到一个钟头，两瓶酒就完了。这时，郭拴子说："酒，不喝了，吃饭吧。明天还要早起，到明天下午 4 时，把你家剩下的麦割完、运完，把麦积好（即把割回的麦积成麦垛），我们就回去了。"饭后，我送他们到大队部休息。返回家的路上，看到全村除了我家亮着灯外，其他家户都进入梦乡，偶尔听见牛吃草引响的铃铛声。我望着天空中的繁星，想到全公社北塬麦快割完，南塬马上进入收麦烘期（即高潮），赶阴雨来临时，全镇基本可以收完。明天我把麦割完，让芬芳和孩子们给天旭弟帮忙割麦，后天得到镇政府去督促一下收麦进度、安排一下麦场防火事宜，然后回来再打麦、翻麦地，并提前两天返回镇上抓夏季农田基建。想到这里，心中无限感激雪白村的朋友们，也泛起一丝慰藉之情。快步回到家中，几个孩子已睡着了，母亲在给骡子添草料，芬芳正在发面，准备明天的早饭。今天结束了，忙碌的明天，再有几个钟头就会开始。

1984 年 7 月 6 日

（该文于 2022 年 5 月 30 日在"文出宜川"微信公众号发表）

传承家风　继往开来

关于家风问题，我和子侄们进行过讨论，我大致谈了以下 3 点，现在整理出来，望我的子侄辈认真思考，并能听到你们更好的见解。

我们的家风

什么叫家风？通过学习有关论述，我的理解，家风就是指家庭或家族的传统风尚或作风。也可理解为：一个家庭（家族）受传统影响，其成员人生观、价值观共同之处的体现。

家风有好有坏。对于一个家庭（家族）家风好坏的评价，具有明显的客观标准，这个客观标准就是中国社会优秀的文化、道德传统和人们评判真、善、美的标准。凡是符合这个客观标准的就是好家风，与之相反的即为坏家风。无论达官贵人、百万富翁还是平民百姓，家风都是客观存在的。家风并不是富贵人家的"专利"。有些穷苦百姓的家风比有些富贵人家还要好。

一个好家风的形成，要经过几代人的努力践行，其良好素质和行为做派才能积淀、凝聚成一种好的风尚与习惯。好家风的形成，取决于家庭（家族）历史上几位关键人物的教育倡导、身体力行，这些关键人物继承了优良传统，并在振兴家庭中作出卓越贡献。这些人通常特别能吃亏、能奉献，孝亲护幼，关爱子侄，他是全家人的主心骨。没有这样的关键人物，一个家庭（家族）就没有凝聚力、向心力。

好的家风的根基，是中国优良的文化传统，包括历史上受到人们尊崇的治家格言、家教格言等。不重视继承优良传统的家庭，不会有好的家风。不重视优良传统教育，甚至轻视传统、抵制传统的人，往往是狂妄、轻薄之人，是没有文化底蕴、缺乏教养、不知天高地厚之人，这样的人对家风传承起不到好作用，甚至会断送已经形成的好家风。既要重视优秀传统，又要与时俱进树立新风尚，家风才能有生命力。正因为如此，一个优秀的家庭，对其子女婚姻择偶十分重视，绝不马虎。儿女婚配应选择身体健壮、五官端正、聪明有智、知书达理、德品优秀的人为配偶，其家庭的文化、家风传承，和自己家比较没有大的差异。不要攀高结贵、嫌贫爱富。这样，才能保障自己的好家风代代相传，子女婚姻幸福、家庭和谐。

中国人的家风有共性、也有个性，这就是"看似相同，却又不同"的原因。有教养的家庭的家风都继承一些优良传统、与时俱进汲取一些新风尚，是共性；继承传统、汲取新风的侧重点不同是个性。中国传统伦理价值观的特色，是以家庭为本位，以重视亲情、崇尚德性、和睦关系为核心。家风的确立和倡行，始于家庭但不止于家庭，而是扩展至"家国天下"。《大学》中"修身齐家治国平天下"的道理，向来被中国人视为最重要的修身法则和最高的家风境界。

我们家是从农村走出来的。我高祖父薛靖之前，曾是永宁村的富户。在曾祖父薛赖灵时代，也正是清朝末年，"回变"之后家道衰落，至我祖父兄弟俩青少年时期，曾给人揽过长工、打过短工。我的大祖父薛观宇、祖父薛观宙，立志兴家，辛勤劳作，又迁居南海村发展，经过数年勤劳耕耘，成为"耕三余一"的自耕农，并供子侄念书，耕读传家，奋发图强，改变了贫困面貌。大祖父观宇主持家务20多年，兄弟2人终生未分家，从1918年迁到南海村至今，我们这个大家庭始终保持一种上进、兴旺的势头。我父辈弟兄4人都上过学，两人初小文化程度，一人高小毕业，一人初中毕业，这在20世纪40年代已是难能可贵之举。1948年宜川解放后，先是我父亲担任乡长、乡指导员（党委书记）、副区长等职，1952年我的三叔父又担任良子伸区委书记。我们家从共和国成立到改革开放时期，有两辈三人担任过云岩乡、云岩公社、云岩镇党委书记，勤政廉洁，服务乡梓。二叔父四叔父在家务农，克勤克俭，老实本分。我两位祖父在世时，我年龄尚小，但已有清晰的记忆。他们对子孙的教诲，我记忆最深刻的一句话是："要走正道，要争气，不要往人手底下落。"我的父亲从1942年开始主持家务，他和母亲一生孝顺父母、关爱姐妹、关心弟侄，是家庭的"中流砥柱"。父亲能背诵《三字经》《朱子治家格言》等，经常用这些传统道理教导我们。"爱之深，教之严。"他对儿孙的要求十分严格，盼望子孙上进的心情非常迫切。在我参加工作去县城报到的前一天晚上，他给我说："要走正道，不要爱公家和别人的钱；要尊敬领导、团结同志；要往人前头走，不要落在后头；家里的事你不要管，一心工作就好。"还给我讲"忠孝不能两全"的道理，他认为到任何时候，"忠"在"孝"前头。要先公后私，才能做出成绩。我理解这一段话的核心，就是要我"走正道、能上进、多奉献"。只有努力上进，才能报效国家。我大祖父、我父亲两代立世治家、教育子孙，"严"字当头，身体力行，渐成家风。对于他们，当时的家里人和后世子孙，是"有威可畏，有德可怀"。到我自己为人父之后，对子孙的教诲，仍然是："立志，学习，正道，上进，和睦"等。通过几代人的努力，好的家风初显端倪。我认为我家的家风可概括为以下10个字：

正道　上进　孝顺　和睦　礼仪

在这10个字中，相比较，这几年在礼仪方面差距大一些，这是因为社会变化出现了新情况。孙儿都是"独生子"，他们聪明可爱，学习优秀。但不可避免的也有中国时下"娇宝宝""小皇帝"的一些表现。我认为，家庭的成员，给别人的第一印象是礼仪。礼仪是一个人言行、待人接物的规范语言和举止。一个人有没有礼仪，是这个家庭家风好坏的表现，也是有没有教养的表现。要做文明人，没有严格的礼仪要求是不行的，不讲究礼仪的家庭或个人，与野人几乎无异。小孩子要坐有坐相，站有站相，吃有吃相，自小懂礼仪、讲礼貌。用礼仪规范一家人的行为，全家才能和睦相处。"兄弟同心，其利断金"，要和睦相处，以和为贵。全家人要认真学习《朱子治家格言》中一些好的传统，朴实俭约，不追求虚荣，礼貌待人，谦和处世，才能进一步完善我们的家风。

担当起传承家风的责任

我为什么要强调家风传承？是因为我们正处于"旧的消失很快，新的还未立起"的道德信仰危机时期。从我祖父辈算起，我家的大家族随着父辈的另家在形式上便解体了。我这一辈，20多年前便与弟弟分家，春节等节日已不在一块欢度。我和弟弟一家来往还算亲密，又因我母亲健在，还维系着"一家子"的亲情关系。母亲、我和4个儿女，全家15口人，弟弟家有7口人，也算个大家了。在我百年之后是什么状况？是否也要"一分为四"，各过各的光景，很少来往？也可能吧。但对现在的家风，他们都有传承的义务。现代中国，父母与未婚子女一块生活的核心家庭，逐渐成为家庭的主要模式。计划生育政策和现代人生育意愿降低的现状，导致家庭独生子女现象增多，"娇宝宝""小皇帝"现象一时难改变，进而造成整个家庭逐渐偏离了孝敬老人、尊重传统、传承家风的方向。从"大家庭"分解出的"小家庭"，又因价值观念、经济状况、社会实践的差异，对家风的传承也就不同。我们家的家风，形成的时间较短，要继续发扬光大，贵在坚持。和优秀家风比较，我们还有很大差距，稍有松懈便会"逆水行舟，不进则退"。

从传统社会过渡到现代社会，特别是随着城镇化的大踏步前进，必然经历人口流动，尤其是乡村青年人口流动到城镇的过程。在这个人口流动的高峰时期，狭小乡村范围内"熟人社会"的伦理道德，以及与父母一起生活共同塑造和传承家风的传统，无法避免地被城镇"陌生人社会"的伦理道德，以及不受或少受父母教导规范的生活所取代。这种趋势，对家风传承不会没有影响。

家风传统的流失绝不是什么好事情。它不仅加重了中国当下伦理失范、道德滑坡、人情冷漠、人际疏离的程度，而且对中国人传统的"家国天下"观念造成极大冲击和破坏，以至出现"国而不家""家不正，国不稳"的现象，如不敬老人、兄弟反目、自私自利、金钱至上、见善不为，甚至沾染恶习、毁掉人生。出了"败家子"，家运势必颓败。陷入这样的道德困境，岂不令人悲哀！一个家庭的穷富转化并不是衡量其家风好坏的客观标准，人们的穷富转化与社会环境、天灾人祸有很大关系，有些是人力不可抗拒的因素。有个别为官者一不会做人，二没有好的家风，不如普通百姓。但是只要有良好家风，向好的方面转化会快一些、质量会高一些；家风不好，就会继续向坏的方面转化。穷，并不可怕，穷而有志，穷则思变，几年或十几年就可由穷变富；富而无德，为富不仁，不走正道，一定会导致家道败落，由富变贫，且要重新走上富路，则非易事，需后辈几十年甚至几代人的努力。

　　孟子说："天下之本在国，国之本在家。"家庭是社会和国家的细胞，家风则是国风的天然基石和集中表现。中国社会转型加速，但家庭作为个人肉体和心灵港湾的作用不可能发生根本变化。全世界像欧美这些已实现城镇化、现代化的国家，他们的家庭结构还是相当稳固的，特别是一些名人、富翁的家族，已维持了近百年甚至几百年以上。如美国的洛克菲勒家族，已有160多年历史，发展到21世纪是第六代了，依然如日中天、独"富"天下。在中国，许多家族的家训传承了近千年，至今还是人们的"座右铭"。因此，我们有一个重大的责任，就是如何把维系家风的责任承担好，如何把家风一代一代地传下去。

优良家风的传承和培育，既是国家和社会的责任，也是家庭和个人的使命。我这一辈人，把全家特别是子侄辈都带到城镇来了，但能否把家风传下去，我已无能为力，只能寄托在儿孙身上。在这里，我给子孙后辈提出以下要求：①由我的子侄辈进一步完善全家应遵守的礼仪规范；②到我的孙子、孙女辈，必须做到人丁兴旺、后继有人。尊重生命，繁衍发展，是你们的重大责任。③尊重传统，发扬传统，不要满足现状，善于向优秀家风学习，并且与时俱进，吸取新的文明成果，把家风代代传下去。④要自强自立，艰苦奋斗，自力更生，不要依赖父母，不要依靠别人，要用自己的学识和力量闯出一条光明大道。

我们的"家训"

"家训"是形成"家风"的基础，望你们自己身体力行，还要教育儿孙遵守。"家训"是：

锐意进取　学业有成

勤奋节俭　诚实善良

自强立业　孝亲爱国

这 24 个字的"家训"，看似简单，但要真正做到，还真不容易，这是全家努力的方向，希望儿孙能背诵，当作个人奋斗的座右铭努力实践。

2006 年元旦，我写的《赠孙儿》，寄托了我的期望：

> 站坐行走端己身，明礼遵法做好人。
> 尊老护幼献真情，热心服务赠香玫。
> 天道酬勤嬉无益，自强不息苦有为。
> 养正树基讲诚信，齐家爱国多报恩。
> 学习知识争未来，创造业绩担重任。
> 立志高远淡名利，放眼世界翱翔飞！

给儿女留什么？我一生靠工资吃饭，给儿女留不下金银财宝，只能留下以上说的话和家训。正如林则徐说的："子孙若如我，留钱做什么，贤而多财，则损其志；子孙不如我，留钱做什么，愚而多财，益增其过。"贤能的子孙拥有过多的钱财，会消磨他的意志；平庸之辈的子孙，愚钝却拥有过多的钱财，会增加他的过失。我的子孙后辈，在外为官做事，要遵循毛泽东主席倡导的"为人民服务"宗旨，爱国爱民、以廉为本；在家要以俭养德、勤俭持家。司马迁说："立身行道，扬名于后世，以显父母，孝之终也。夫孝始于事亲，中于事君，终于立身。"要孝顺，行孝始于侍奉双亲，其次体现于为国服务，最终完成于安身立业、传扬好的名声于后世，此为真孝。我们不能争名夺利，但也不能给世间留下恶名，让人骂先人。还是《三字经》说的好："人遗子，金满籯。我教子，惟一经。勤有功，戏无益。戒之哉，宜勉力。"身体健康，才能有一个好的人生。希望我的后代成为达观开朗、体魄健壮、精神文明、乐于奉献的人。

以上是我对家风的理解，也是对我们这个家族繁衍发展经验教训的总结，望儿孙们谨记，并提出他们更好的意见。

2014 年 2 月 27 日

修改于 2022 年 3 月

（该文 2022 年 4 月 2 日刊登于"黄河文化研究"微信公众号）

勤俭方能长远

——给家人的嘱咐

随着社会进步、时代发展以及全家人同心同德的努力，我们家的生活比 30 年前好多了。新的社会环境中，生活条件好了，较从前优裕了一点，还要不要保持节俭和朴素的作风？我认为，还应保持和继续发扬勤俭的优良传统，使我们"百尺竿头，更进一步"。多年来，我们家人一直保持着节俭、勤劳的优良家风，我今天重提这个问题，并不是咱们家人现在就存在严重的不勤不俭现象，而是提醒全家成员，不要受环境的影响，不要羡慕奢华，而要见微知著，防微杜渐，洁身自好，把一些浪费、奢华的苗头扼杀在萌芽状态，继续保持勤俭传统，使我们家发展得更好。全国解放前夕，毛主席在党的七届二中全会上曾说，全国解放是万里长征走了第一步，今后的路程更长，"务必使同志们继续地保持谦虚、谨慎、不骄、不躁的作风，务必使同志们继续地保持艰苦奋斗的作风"。这"两个务必"，也适用于我们家，希望你们牢记这"两个务必"！

今天我给你们发了几篇文章，即司马光给儿子司马康写的《训俭示康》，欧阳修写的《伶官传序》，以及写朱德教育子孙的三篇文章，望你们能认真阅读。两篇古文都有注释，很好读。联系自己的实际，读了后就有收获。

司马光告诫子孙"由俭入奢易，由奢入俭难"，在司马光看来，"俭"是人的美德。欧阳修在《伶官传序》中说的"满招损，谦受益。忧劳可以兴国，逸豫可以亡身"的道理，是历史教训，极为深刻。历史经验告诉我们：人无俭不立，家无俭不旺，党无俭必败，国无俭必亡，奢靡之始，危之渐也。在目前认真学一学历代贤人对"勤和俭"的论述很有必要。

"历览前贤国与家，成由勤俭败由奢。"中国历史上许多有作为的王朝，都因后人安逸奢华而亡，真乃"豪华尽出成功后，逸乐安知与祸双"。目前国家官员和民间的腐败，与不讲"俭"德关系极大。许多腐败分子就是从讲究吃穿、铺张浪费、排场阔气，沾染奢靡之风开始变坏的。对于一个家庭而言，成于俭，败于奢，更是普遍真理。奢养懒，俭促勤。富豪之家如果丢掉"勤俭"二字，"倒灶"也是几年的事。节俭、勤劳可使贫者变富，奢靡、懒惰可使富者变贫。"俭为美德贵从俭里来，勤是高风富自勤中得。"我们家并不富有，只是生活有所改善，是仅可维持生活之家，岂能丢弃"勤"与"俭"，忘记"两个务必"！

我们家的人，都是出身劳动人民家庭，可以说多数是贫寒之家，丢掉节俭和朴素美德、追求淫逸奢华就是忘本。忘记过去就意味着背叛，离违法犯罪仅一步之遥了。希望你们认真学一学无产阶级革命家朱德总司令教育后人的三篇文章，按朱德要求，树立"五心"：对信仰追求要有恒心，对党和人民要有忠心，对社会主义事业要有热心，对人民群众要有爱心，忠于职守要有公心。他还强调，要做到忠于家庭，忠于家庭服从于忠于国家。做到"三个勤俭"，即：勤俭建国，勤俭持家，勤俭办一切事业。希望你们能认真践行。宋朝寇准的母亲留下的《寒窗课子图》中训词曰："孤灯课读苦含辛，望尔修身为万民。勤俭家风慈母训，他年富贵莫忘贫。"寇准不忘母训，戒奢靡，尚清廉，守初心，成为流芳后世的良臣。

我也要求你们做到"五不"：即不要虚荣，不讲排场，不要太讲究吃穿，不要突出自己，不要表现自己。我们都是普通人，穿着朴素，才能得到众人好评；刻意在穿着上打扮自己、突出自己，看似"鹤立鸡群"，实则易引起人们的反感和鄙视，得不到众人好评，也给子女起不了好的榜样作用。像朱德说的那样："粗茶淡饭，吃饱就行了；干干净净，穿暖就行了！"全家人要养成节俭的好习惯，家里的大人以身示范，儿童自小受到良好的教育，从节约一分钱、一粒米、一碗饭、一度电、一张纸等小事做起，积土成丘，积少成多。不要小看这些小事，"吃饭穿衣量家当"，吃饭、穿衣和家庭消费水平，不能超过家庭经济的承受能力，力求比此承受能力低一些，有自强自立的回转余地。"求名求利但须求己莫求人，惜衣惜粮非为惜财乃惜福。"千里河堤可毁于蝼蚁之穴啊！

有人认为讲"勤俭"二字过时了，不排场不阔气别人就看不起。我认为这种论调是错误的。我的爷爷奶奶，我父母，都是十分节俭的人，他们一生品行端正，艰苦朴素，勤劳节俭，发现地上有一粒米都要捡起来，在云岩乡里很受好评。你们的母亲杨芬芳，就是咱家节俭的榜样，她从不铺张浪费，不事张扬。我在县上任书记、县长，她没有一点领导干部家属的优越感，不摆架子，不特殊，对任何人都是和和气气，穿着十分朴素，在干部群众中享有很高威信。"敬君子方显有德"，走正道贵有恒心。希望家人端正人生观，向先进模范人物学习，继承优秀的家风，走正道，不染邪，追求内在的美，保持勤俭朴素习惯，自觉抵制和摒弃奢靡行为。

老者之言，出于忠恳之心。"常将有日当无日，莫把无时当有时"，光景富有时要当贫穷日子过，贫困时决不能当富有过。当前，受社会环境影响，有的年轻人贷着几十万甚至上百万元房贷，还不注意节俭，实在不应该。即使无房贷还有点余钱者，更应节俭，更要有危机感。机会和运气不会永远是你的朋友，社会变化也有许多不可预知的现象和危机，谁能目光长远、留有余地、注意节俭，谁就能度过以后的危机！对于有远见卓识的人来说，在困难的时候能看见光明，在一帆风顺的时候常怀有敬畏心和危机感，是其有高尚品德和应变能力的表现。未雨绸缪并非杞人忧天。在顺境时居安思危，自强不息，防患于未然；处逆境中能临危不惧，从容应对，立于不败之地。这就是人生的辩证法。做到这些，才能使我们家不断向好发展，代代兴旺！

　　　　　　　　　　癸卯年腊八节初稿
　　　　　　　　　　2024 年元月 21 日定稿

结交须胜己

《增广贤文》中有一段话："结交须胜己，似我不如无。但看三五日，相见不如初。人情似水分高下，世事如云任卷舒。"

这段话的译文是：交朋友必须找学识本领胜过自己的人，和自己水平差不多的人交往如同不交往一样。只要相处几天，就会发现他还不如初次见面时的印象好。人情像水一样有高下、厚薄之分，世事如同浮云一样变幻莫测。

本段谈的是交友识人。如何选择朋友、分辨人的高下是人们涉世和提升自我所必须掌握的一门学问。

交朋友要有选择性，不能泛滥。"狐朋狗友"与"良师益友"当然有着天壤之别，对自己人生的影响更加不可同日而语。即使是跟自己水平相当的人，也不需多交，因为那对你自身的提升不会有什么帮助。人以群分的结果是每个成员都原地踏步，不会有任何进步，因为每个人都差不多，从别人身上你很难发现自己的短处。人只有在仰望时才能发现自己的渺小。因此，多结交那些在学识上、道德上能让你仰望的人才能使你不断发现自己的不足，并且迎头赶上。当然，这也不是绝对的。如果人人都结交胜过自己的人，那么所有的人都不会有朋友了。再说，"三人行，必有我师焉。择其善者而从之，其不善者而改之"，每个人身上都有自己的闪光点，懂得欣赏别人的长处也是一种善于交友的表现。同时，仅善于交友还是不够的，"但看三五日，相见不如初"，友情是一种美酒，只有懂得储藏的人才能获得陈年佳酿。

人情如流水，总有高低险滩；世事如浮云，总会风吹云散。人世的风云变化虽然令人眼花缭乱，但也并非全无规律可循。一个人是肤浅还是深刻，可以从言谈中看出端倪。思想深刻、知识渊博的人往往视野开阔，他们的话题和关注点常常是国家天下、国计民生，同时见解独到。而思想贫乏肤浅的人，则往往把话题带入柴米油盐、家长里短。当然，这跟个人的知识水平、社会阅历、人际交往以及思维能力、语言表达技巧等各方面的因素都有关系。因此，如果不想被人当作一个肤浅的人，就要学会说话，学会表达自己的思想。这就需要加强多方面的修养和锻炼，不断给自己充电，在学习专业知识的同时，多读一些伟人著作，多了解历史、文学知识，只有肚子里面是满的才能倒得出东西来。"十月怀胎，一朝分娩"也是这个道理。

"与有肝胆人共事，从无字句处读书。"交友要志同道合，有担当精神的人，同时注重社会实践，向社会学习。

《增广贤文》是封建社会的作品，我们要继承它的优秀传统，同时要去除其中糟粕。上边这一段话，重点是在学识上应交往些什么人，而不是交友的全部。有的比自己职位低或较贫困的人，不一定在学识上、品德上比自己差。交朋友，勿攀高结贵，要向群众学习，不要嫌贫爱富，不要看不起比自己地位低的人，要平等待人，善于学习每个人的优点和长处，才能和朋友处好关系。

这是我写给4位孙儿的话，望参考。其中多是我看书的摘录，我想对你们是有好处的。

2022 年 12 月 7 日于西安

（该文 2022 年 12 月 7 日刊登于"黄河文化研究"微信公众号）

张载生平及其对宜川的影响①

宋代两位理学大师胡瑗、张载先后在宜川任职，被宜川人民奉为"二贤"，并建祠纪念。特别是张载，对宜川后世政治、文化、教育诸方面的影响十分深远。

北宋理学的重要人物

北宋在庆历之前，学术思想基本上还固守在传统的经学范围内，少有创新。随着社会危机的深入，旧儒学无力，不能适应统治者的需要，儒学的变化已是不可避免。理学，有的称之为新儒学，遂应运而生。新儒学也在客观上适应了社会发展的一些需求，顺应了人民的一些要求，推动了文化的发展进步，经历了一个发生、发展的过程。理学的先驱是胡瑗、孙复、石介，这三个人被称为宋初"三先生"。至宋仁宗庆历年间，理学兴起，成为当时社会治学的风尚，并形成四大流派，出现了一批理学的代表人物，他们主要是：周敦颐的濂学、张载的关学、二程（程颢、程颐）的洛学、邵雍的象数学。

全祖望称其为"庆历之际，学统四起"。这四个学派的五位代表人物，被世人称为庆历理学"五子"。

胡瑗，生于宋太宗淳化四年（993），卒于仁宗嘉祐四年（1059），字翼之，学号"安定先生"，史载其为泰州海陵人，祖居陕西路安定堡（《辞海·胡瑗》条释）。宋仁宗嘉祐初年提升其为太子中允，天章阁侍讲，以太常博士致仕。他教学不注重章句、训诂，以经术教授吴中，所授为"明达体用之学"，重在"六经"之义理。讲学分经义、治事二斋。经义在于讲明"六经"；治事重在治民安生、讲武御寇等。仁宗下令将其所创的"苏湖教学法"取名为太学法。胡瑗为生徒所爱重，弟子数千，经常去求教的人有数百人，又各以所习的经义转相传授。这些门人在政治上有相当声势，《宋史》载"礼部所得士，瑗弟子十常四五"。在这一政治上有相当影响的庞大学术集团的推动下，其时学风发生了很大变化。胡瑗著作主要有《周易口义》《洪范口义》《春秋口义》《春秋要义》等。范仲淹经略陕西兼知延州，辟丹州推官。胡瑗大约在宋仁宗康定年间，也就是1040年左右在当时的丹州做过推官，任职时间长短无以查考。《吴志》②载：胡瑗"莅政之时，以教授苏湖法，随贤愚训之，士赖造就，见者即识为安定先生弟子，祀名宦"。《宋史》有胡瑗传记。胡瑗对培育、发展宜川的理学，起到了先驱、启蒙作用。

在胡瑗之后，一位对宜川影响更大的理学大师张载，任云岩县令，进一步在丹州大地发扬光大了理学，其影响一直延续至今。

张载生平简介

张载，生于宋真宗天禧四年，即 1020 年，卒于宋熙宁十年，即 1077 年，字子厚，学号"横渠先生"。世居大梁，祖父张复在真宗朝为给事中，集贤院士，赠司空。其父张迪仕仁宗朝，终于殿中丞，知涪州事，赠尚书都官郎中。由于家道清贫，张迪死后，全家侨居陕西眉县横渠镇之南大振谷口。张载开创的学派被称为"关学"。张载的思想在北宋的理学中，同"二程"的理学相比，有自己的特色，在理学形成过程中有独特地位。后人说："其门户虽微殊于伊洛，而大本则一也。"

少年时代的张载兴趣广泛，无所不学，是个有志向的人。宋仁宗时，北宋与辽矛盾缓和，但在西北地区与西夏的矛盾上升，斗争更为激烈。张载关心国事，尤喜谈兵，曾想联合一些人夺取洮西的失地。此种情怀，与他以后到近临边关的云岩县任职不无关系。仁宗康定元年（1040），范仲淹任陕西经略安抚使兼知延州。张载时年 21 岁，上书谒见范仲淹，呈述《边议九条》，显示了他的胆略与才识。据《宋史·张载传》记：范"一见知其远器，欲成就之，乃警之曰：儒者自有名教，何事于兵。"劝其读《中庸》。张载读《中庸》并不满足，继而研读"六经"，探求学理。可以说张载见范仲淹，是其人生一件大事。

张载研求"六经"，同时与"二程"、邵雍相互交往、问难。嘉祐元年，张载与程颢在兴国寺讲论终日，为一时之盛事。从辈分上说，张载是"二程"的表叔。学术见解上，张与程有分歧，但"二程"很尊重张载，张载的《西铭》，尤其受"二程"称道。张载不是坐而论道，他读"六经"以求治人之道，希望按《周礼》的办法行井田，以解决社会上土地高度集中、贫富不均带来的危机，他还想买一方田地，画成几井，按三代的办法，实践自己的想法。这反映了张载探求"六经"的一个特点。

嘉祐二年（1057）张载登进士第，次年任祁州司法参军，又迁丹州云岩县令，后任签书渭州军事判官公事。张载在云岩县任职期间，在兴教育、变风俗、关心民瘼以及断狱案诸多方面，颇有政声。张载任云岩县令的具体时间史无记载，但按张载生平推断，可能是宋仁宗嘉祐二年（1057）至宋英宗治平四年（1067）期间，任职时间长短不详。从事研究理学的张岱年教授说张载"曾任云岩县令，英宗治平末任签书渭州判官公事"。这一时期，张载有机会接触社会实践和最底层的人民群众，是他形成关学的实践基础。

熙宁二年（1069）冬，张载被召入对，神宗询以变法事，张载以"复三代为对"。神宗已起用王安石，开始实行变法，而张载"复三代"实行井田的对答，实在令神宗不满意，只任命其任崇文院校书。他同朝中执政大臣议论不合，次年又因其弟张天棋反对新法，受到贬斥。张载不愿在京师待下去，请回故里。这一过程反映了他有些思想不符合客观实际，反对变革的一面。

此后 6 年，张载多在眉县横渠镇度过。他生活贫困，但"终日危坐一室，左右简编，俯而读，仰而思，有得则识之，或中夜起坐，取烛以书，其志道精思，未始须臾忘也"。他说自己的追求是："为天地立心，为生民立命，为往圣继绝学，为万世开太平。"这 4 句话，道出了中国封建社会有作为的士大夫的志气和情怀，被当时和后世学者奉为座右铭。张载又说："学者观书，每见每知新意，则学进矣""万物皆有理，如不知穷理，如梦过一生"。他做诗曰：

芭蕉心尽展新枝，
新卷新心暗已随。
愿学新心养新德，
旋随新叶起新枝。

他的执着追求和探索，精神感人，"闻者莫不动心有进"。一批学者师事张载，形成一个学术群体。宋代有名的学者吕大忠、吕大钧、吕大临兄弟三人执弟子之礼，苏眪、苏育、游师雄、种师道等，先后俱列门墙，一时关学兴盛。熙宁九年（1076）秋，张载把自己一生探求所得的《正蒙》，出示给门人，传之学界，引起震动。

熙宁十年（1077）春，张载被朝廷召还乃知太常礼院。他与朝中有关官员议礼不合，加之时患重病，无心京师再住，又一次辞官归里。在回陕西的路上，到洛阳见过"二程"。12月到达临潼便与世长辞。司马光对张载病逝十分悲痛，请皇帝谥其号"明"。他一生清苦，死后的棺木，还是从长安赶来奔丧的门人凑钱买的。程颢闻讯后在《哭子厚先生诗》中恸哭：

> 叹息斯文约共修，
> 如何夫子便长休！
> 东山无复苍生望，
> 西土谁共后学求？

> 千古声名联棣萼，
> 二年零落去山丘。
> 寝门恸哭知何限，
> 岂独交亲念旧游。

从理学形成的角度看，张载创立的关学，有几点先于或不同于其他学派。

1.《西铭》与"理一分殊"的思想。张载的著作很多，但流传下来的很少。1978年中华书局出版的《张载集》收集和增补了大量材料。重要的篇目有《正蒙》《横渠易说》《经学理窟》《张子语录》等。《东铭》与《西铭》收在《正蒙》的《乾称篇》中。《西铭》在张载的著作中具有重要地位，其开篇写道："乾称父，坤称母，予兹藐焉，乃混然中处。故天地之塞，吾其体；天地之帅，吾其性。民，吾同胞；物，吾与也。大君者，吾父母宗子；其大臣，宗子之家相也。尊高年，所以长其长；慈孤弱，所以幼其幼。圣，其合德；贤，其秀也。凡天下疲癃、残疾、惸独、鳏寡，皆吾兄弟之颠连而无告者也。"张载把乾坤的天，作为万物也包括人的父母；人在天地之间，与天地混然为一。其思想是万物万事为一。他在《经学理窟·诗书》中说："万事只一天理。"乾坤是万物、人的父母，但人、物毕竟相异。这里包含了"理一分殊"的思想。《易辞·系辞上》中说："天地虽一物，理须从此分别。""二程"一再强调《西铭》的"理一分殊"的意义，并不完全是附会。至少，"二程"的"万物一理"与"理一分殊"的思想，从张载那里得到了启发。毋庸置疑，张载较之于其他理学派别，多了一些辩证法。张载把大君作为乾坤，也作为天的宗子；把大臣作为宗子的家相。这又把封建等级礼制，作为乾坤一源所派生出来的，从而表明了封建礼制的"合理性"。从张载在云岩县完善制订的婚礼、葬礼、家庭社会礼仪中看，反映了《西铭》的理论，也是他后来作《西铭》的实践基础的一个方面。

2. 太虚即气说。张载认为世界的本体是"气"，《正蒙》开篇的《太和篇》中说："太虚无形，气之本体，其聚其散，变化之客形尔。""太虚不能无气，气不能不聚而为万物，万物不能不散而为太虚。"总之，气为万事万物的本源，万事万物的变化是气的变化。气即物质，他认为世界是物质构成的，是朴素的、进步的"唯物论"观点。《诚明篇》说："性者，万物之一源"，"性与天道合一存乎诚"，张载把性、天道归之于"诚"，这是他的"心性论"的一个方面。世界上各个事物都有两个对立的方面，张载称作"一物两体"，而"一物两体者，气也"。所以他的气的本体论又是辩证的运动观。张载是我国古代一位著名的唯物主义哲学家。

此外，张载指出人人都有"天地之性"，但由于"气质之性"的差异，造成人和人的不同。为了成圣人、君子，应当"穷理尽性"、"穷神知化"。学习可以改变气质之性，"今人所以多为气所使而不得为贤者，盖为不知学"。他强调了"人非生而知之"和后天学习的重要性，这是他重视教育的思想基础，又是朴素的唯物辩证法的反映。总之，张载的气本体思想，在宋代理学中，显示了他的特点，显示了他在理论上的光彩。他的理论思想和一些命题成为宋代理学宝贵的思想资料。他的理论中也有不符合时代潮流的东西，但用唯物史观去看，并不影响他的成就。

纵观张载一生，是勤学、苦钻、探索求知的一生；是不畏艰险、不怕清贫、努力奋斗的一生；是不慕荣华富贵、脚踏实地、严格治学的一生；是为中华民族文化发展作出重要贡献的一生。他的人格、品德、治学为后世树立了榜样。他的文章，流传千古，他为人师表，堪称楷模。

张载对宜川的重要贡献及深远影响

关于张载在云岩县任职情况，《宋史·张载传》略有记载，宋代著名学者、张载的学生吕大临写的《横渠先生行状》笔墨稍多一些，吕写道："其在云岩，政事大抵以敦本善俗为先。每月吉具酒食，召乡人高年会于县庭，亲为劝酬，使人知养老事长之义，因问民间疾苦，及告所以训戒子弟之意。"吕又写道"有所教告，常患文檄之出不能尽达于民，每召乡长于庭，谆谆口谕，使往告其里间。间有民因事至庭，或行遇于道，必问'某时命某告某事，闻否？'闻即已，否则罪其受命者。故一言之出，虽愚夫孺子无不预闻。"在办学方面，吕说："先生多教人以德，从容语学者曰：'孰能少置意科举，相从于尧舜之域否？'学者闻法语，亦多有从之者。"虽然史载简略，但民间传说却很多，尤其是过去的读书人，说起张载事迹，如道家珍，仰慕不已。1980

年前后，我见到云岩地区一些近 70 岁高龄的人，还可背诵《西铭》《东铭》。

1. 首创书院，兴教传经。宜川地区的教育，自西汉武帝开始，一直在陕北处于领先位置。经过"五代十国"时期的战乱之后，经济、教育、文化事业受到极大摧残，社会文明发展亦相当滞后。宋朝统一中国，宜川相对远离烽烟四起的延安以北边关一带，为宜川地区发展经济、文化事业创造了客观条件。当时的丹州以及所辖 5 个县（宜川、咸宁、汾川、门山、云岩）人民，迫切要求繁荣经济、稳定社会，发展教育事业。正在此时，张载到云岩县任县令，其顺应时势，会际风云，实现了他多年想要传授"六经"、兴教育人的夙愿。张载在云岩首开创办书院的先河。云岩上寺崇圣院，建于北宋太祖"建隆"年间（960—963）。时隔近 100 年后，张载对崇圣院修葺后创办了"崇圣书院"，并奉行"有教无类"的办学宗旨，招收学生入学，一般农户子弟也有机会上学。"崇圣书院"以传授"六经"为主要教学内容，张载定期去讲经，还在山西、关中聘请有学问的先生授课。据传说，崇圣书院的学生出过数位举人和贡生，为宜川培养了一批收生授徒的人才。张载重视对学生进行德的教育，学经要明理，反对只重视应付考试。他的学生多是德高才优之人。后来，又在云岩下寺兴龙寺开办县学，招收农家子弟进行启蒙教育。丹州以及州辖各县，纷纷效仿张载的做法，州治丹州城（现在宜川县城）办起书院（即州学），各县办起县学，宜川地区的教育事业一时兴起，盛况空前。张载在云岩创办书院，是否为全国各县第一，自不敢言，但就陕北而言，乃为首创。

张载在办书院、兴县学之际，还在县衙定期办班讲学。据《吴志》《府志》《陕西通志》记载，云岩县衙大门外的翠微亭是张载讲经之处（即在今云中大操场内，"回变"时被毁）。张载主持讲学的范围广泛，有"六经"，有礼仪，还请人传授关中先进的农业生产经验。给有一定文化知识的人讲经，每月一至二次，其他专题讲学不定期举办。

张载在云岩办学讲经，是宜川地区教育事业发展的一个里程碑，为宜川后世官员树立了兴教重教的榜样。

2. 规范礼仪，敦本善俗。张载在云岩规范礼仪、改变风俗的创举，主要有以下几点：

规范社会关系。重点是尊重师长、服从管教。学生要尊重老师，"学圣人，为君子"，对不尊重师长的学生，要求书院除名；遵守秩序，服从官长。据传说，当时君子村名并不叫"君子村"，而是这个村子人安分守己，能服从户保的领导，县衙去办事的人进村后，热情问候，很有礼貌，对扫雪等公益事业很积极，张载就给这个村改名为"君子村"。

规范家庭礼仪。讲授"五伦"知识，即夫妻有别、父子有亲、君臣有义、兄弟有序、朋友有信。劝人孝顺父母、敬老爱幼、兄友弟恭、夫妻和顺。特别重视孝顺父母，给年迈老人"优食"，每季换新衣等，至今还被云岩群众称为"夫子礼"。还对于子女如何向父母行礼、兄弟之间如何行礼、儿媳如何向公公和公婆行礼、人们见了村邻亲朋如何行礼、见了老师长官如何行礼，都做了严格规定。据传说，张载还在翠微亭组织一些人专门演示各种礼节。这些礼节虽属封建等级礼教之列，但在900多年前，实行这些礼仪，确有引导人们告别野蛮、迈向文明的功效。即使现代社会，也应提倡各种待人接物的礼仪。不要旧礼仪，又不要新礼仪，人们的行为活动岂不是要倒退到一千多年以前吗？张载要求人们加强对子女教育，要学礼、修身、齐家、忠君、爱国，要勤学苦读、见贤思齐、安分守己、耕读传家。这些倡导，对宜川人民的文明进化具有一定的推动作用。

规范婚丧礼仪和各种庆典、祭祀活动。张载完善制订的婚礼、葬礼仪式，一直传到现在。婚礼主要有提亲、纳吉、过礼、择吉、嫁娶仪式以及拜天地、入洞房等，体现了"媒妁之言、父母之命"、"传宗接代、终身大事"的宗旨，使当时社会存在的抢婚、私奔、乱伦等"不良现象"大大减少；葬礼主要是"行礼点主"的仪式，场面宏大、内容细致、流程严密，体现了"俱备哀荣、慎终追远"的情怀。行礼有成服礼、初献礼（孝子礼）、亚献礼（侄儿礼）、终献礼（孙子礼），还有干骨礼、起程礼、告缮礼、合厝礼、路祭礼、坟前礼、朝祖礼、奠主礼、安主礼等。行礼又分大行礼和小行礼，小行礼仪式简单易行，适合较贫困的农民家庭采用。"点主"，主要是主官在死者牌位上"穿神点主"，祝其灵魂早得神位。"行礼"由有生员学位的四个礼生主持赞礼，"点主"要由七品以上的官员（学位要贡生举人以上）进行。张载就亲自给人点过主。一般家庭，能请到4个秀才礼生、一名贡生扮官即可。每献礼，都有祝文。从礼词到祝文，充满了儒家文化传统和影响。这种仪式很快在云岩县、门山县、汾川县、宜川县普及，一直到现在流行不衰，成为宜川县民俗文化的重要组成部分。在这几个旧县址外，至今无人实行这套婚礼、葬礼礼仪；还有庆典和祭祀仪式，主要是由两位礼生主持赞礼，相当于现在的司仪，并由主办人读庆典文或祭祀文，重大活动还立碑纪念。

张载创设的礼仪，宜川群众称其为"周公礼"或"夫子礼"。在900多年前，有促进文明进化的进步意义。但张载制订这套礼仪，在于宣传儒家文化和封建礼制，使儒家文化更加深入人心。其内容多为封建礼教，有的还在以后的演绎中带有迷信色彩，比如"葬礼"。随着社会进步，葬礼的改革也势在必行。

3. 劝农固本，精耕细作。张载任云岩县令时，目睹当地农民刀耕火种、收入无几的耕作现状，很是忧虑。据传说，他请来几位关中的种田能手，给云岩农民传授精耕细作的经验。还从关中招募了1000多名有劳力但无土地的农民，安置在云岩境内一些荒村，增加垦亩，传授经验。当时，云岩老百姓给牲口圈不垫土，肥量有限且当年上到地里肥力很小。他就让关中的农民师傅传授垫圈的道理和方法，使旧习惯得到改变。那时云岩农民用的耱较小，宽不到一尺、长不过三尺，耱地时人跟在耱后，用镢头压在耱上耱地，把地整不细。相当一部分农民，砍一些枣刺或树枝，捆成扫帚状耱地，既不保墒又难出苗。张载就让关中农民师傅做成大耱（两档头宽一尺二寸，中间宽一尺八寸，长四尺六寸)，并让师傅站在耱上示范耱地，消除了耱后有"睁眼地"的现象。"不垫圈"、"用小耱且人不往上站"的现象，至今在陕北许多地方还可见到，但宜川用大耱已近900多年了。他还推广了碌碡打场的经验，淘汰了"牛踩场"的落后技术。经过几年的努力，云岩县农民从种到收，采用了许多新技术，对农具也进行了改制。凡是采用精耕细作办法的都增了产，粮多促进了社会安定。据传说张载请来的人中有一名姓辛的，以后就落户在云许村上塬荒村，村名叫"辛户"，亦有"新户"之意。

张载还采取了一些"奖励耕读、传播文明"的措施，如：家中有一人上学读书，可免去一丁一年的徭役负担；新开垦的土地，三年以内不征粮；减轻赋税，不许官吏层层盘剥；绘制关中住房图形，推广先进建筑技术；加强对三冢村忠武王陵和各个寺庙的管理，让守墓者、和尚、道士自食其力，在寺院的土地中自己种植粮食，不许庙院向周围农民派粮、派款、派劳役等。通过这样的治理，云岩县人口增加、农业增产，社会较前繁荣。

4. 关心民瘼，不畏强暴。张载经常把一些老年人请到县衙，了解农村的生活等方面情况，还微服私访，对一些有困苦、疾病的人进行救助。当时云岩北山、西山、南山一带土匪猖獗，经常侵扰周围农民。张载在全县抽调了五十多名青壮年农民，请来武师进行训练，主动向土匪发起进攻。云岩河南的张口塬村，那时并无人家，衙役领人在那里抓住数名土匪，将其杖击而死，百姓便称其为"杖寇原"。不出半年，有的土匪被歼灭，有的远逃他处，农民得以安居乐业。宋代，云岩镇北山衣善村一带，地处高山，森林茂密，当时只住两三户人。有一户人家的儿子十七八岁，好逸恶劳，不孝父母，还经常拦路抢劫。张载派衙役把此人带到县衙，重打四十大棍，并罚其在崇圣书院服杂役一年，每天还让崇圣院老师给他讲做人的道理。一年中，这位"恶少"在书院耳闻目染、深受教育，立志改过，还初识文字。张载给其改名"依善"，让其回村重新做人。这人回村后痛改前非，孝顺父母，勤耕苦营，家境渐裕，对路过村子的人殷勤招待、给吃给住。人们为了纪念张载，就叫这个村子为"依善村"。

5. 从严治吏，政令通行。张载首先严格要求自己，起好表率作用。他从不接收礼品，无人敢向他行贿；生活简朴，勤政廉洁；白天按时办公视事，晚上读书、研究学问至"全城只有他处灯亮"；为人和顺，平易近人，"遇道即与民交谈"。张载对县吏、县衙役、各乡长、里正、户保要求很严，要求为官者不许勒索敲诈百姓、不许延误公事。牵涉到广大百姓利益的事，都事先预告闻知。对于百姓诉讼，及时办理，从不拖延。在他治云岩期间，政治清明、人心安定、能得温饱、百姓乐业，给宋朝西北边关提供了大量给养。百姓知道了他调离云岩的消息后，准备举行一个隆重的欢送场面，他不愿意"扰民"，提前一天悄然离去。

张载在云岩任职时间是短暂的，但他圆满地完成封建士大夫从政的两大任务，即"教养生计、教化民风"，影响十分深远。云岩民间说的"夫子礼"、"夫子曰"等词，指的就是张夫子，即张载。张载离开云岩不到十年，宋朝在神宗熙宁五年（1072）将汾川、咸宁县入宜川，熙宁七年（1074）将云岩县入宜川，元朝咸淳元年（1265）省门山县入宜川，在一个统一的县境内，张载的业绩被人民竞相传颂，成为全宜川县的共同精神财富和文化遗产。宜川人民一直没有忘记张载，并深深地纪念他。云岩县从西魏建县到1074年省入宜川，期间近六百年的历任县令，因撤县后史料佚失，有史记载的仅为张载。自宋以后，在宜川县衙大堂供有胡瑗、张载像，县上官吏、士绅、文人每年都要祭祀。明朝万历（1573—1620）初年，在宜川人要求下，知县贾明孝主持于县城南门附近修建了"二贤祠",供奉胡瑗、张载。明朝,延安府建的"五贤祠"中有张载之位。清雍正初宜川知县废二贤祠建节孝祠,受到宜川人民的反对。《吴志》中论曰:"雍正初年,前令以祀基易民地,建节孝祠,二贤祠废矣。呜呼!前贤过化之地,虽无专祀,犹当特建;乃遗址废撤,等于弁髦,宜邑岂少此一片土?而倒置若此,可慨也!"乾隆五十二年至五十八年(1787—1793)路学宏任宜川知县,在任期间,于城隍庙东重建二贤祠,《续省通志稿》路学宏传中曰:"学宏以宋儒胡安定、张横渠尝宦宜川,建二贤祠。躬率士民谒祠下,讲《东铭》《西铭》⋯⋯长幼环听,俗为不变。"《薛续志》中载,明尚书三原温纯写有《怀张横渠先生及令张绎、张伦》七律。宜川明代举人张尧辅《张横渠祠》七律诗曰:

先生犹入圣之门,
一令云岩迹尚存。
遗得桑麻传父老,
沿来孝弟教儿孙。

学宗正脉承先哲,
书著西铭启后昆。
庙貌巍峨松桧拱,
过游自致万年尊。

在云岩人民的要求下，清乾隆五十二年，知县路学宏、训导赵知遇，支持数名士绅，于原云岩张载住处修建了张子祠，云岩人叫"夫子庙"，同治六年（1867）毁于"回变"。光绪末年里人重修，但十分简陋。民国十年至十二年（1921至1923），薛观志等人主持修建云岩小学时，重修张子祠大殿8间，塑有铁像，院内还修一座戏楼。此大殿在20世纪80年代被拆除。清训导赵知遇曾为云岩张子祠撰碑文，并有《张子祠》七律二首，诗中云：

名臣事业大儒心，
曾向丹州播德音。
翠叠千重夸地秀，
教垂百代感人深。

张载对宜川后世影响深远，集中表现在以下几方面：一是对民俗的影响十分广泛和深入，从人们待人接物礼节、处理相互关系、对待家庭事务一直到婚礼、葬礼，都渗透着张载完善、制订、推广的礼仪。受这些礼仪的熏陶，宜川素有文雅之风，如《延安府志》云："宜川，古丹州地，世有文雅之风。"二是对官风的影响。后世一些有作为的宜川县官，以张载为榜样，清廉谨慎、兴办教育、劝农课桑、兴修水利、问民疾苦，为宜川人民做了一些好事。如记入省《通志》《府志》贤吏的明代张绛、张伦，清代的范式金、吴炳、路学宏、樊增祥等人，从他们的文章诗赋和行事中，都可看出张载对其影响很大。三是对宜川文人的影响。宜川人马唐民是宋元丰年间的进士，自称是张载的门生。从张载办崇圣书院到马唐民考中进士，其间20年左右，二人是否谋面，史无记载，或许马唐民年轻时听过张载讲经。是否见面不重要，从学脉上讲称门生亦无不可。宜川明代出现的两位理学大师刘玺、刘子诚，誉满秦豫，门生众多，他们都受到张载学说的深刻影响。乾隆年间的举人、云岩堡定村王彦褒终生未仕，在云岩下寺开馆教书，县志记载："其慕道张载，一时宿儒仰之。"从宋代到清末废科举，宜川有史记载的贡生404人，举人38人，进士10人，连同宜川人在外考中和外来宜就职的举人、进士有100多人（唐、宋、元史料佚失，学位记载不全）。明、清以及民国初，张载的《西铭》《东铭》是宜川所有学子必须背诵的篇目。四是对宜川发展教育事业的影响尤其巨大。宜川自北宋中期到解放，办学数量是陕北各县较多的，文盲人数是较少的。解放后宜川的教育质量一直在延安地区名列前茅。"横渠遗风"的匾额在云岩小学挂了70多年，至今还保存完好。宜川人民重视教育的优良传统，自张载以来，从没有间断过。

笔者认为，古代对宜川影响较大的有三人，即唐朝浑瑊、宋朝张载、清朝吴炳。浑瑊被封为"咸宁郡王"，死后谥"咸宁忠武王"（唐天宝元年改丹州为咸宁郡，

乾元元年复为丹州）。宜川是浑瑊的封地，浑瑊利用
"出将入相"的资历，保护和促进了唐代宜川社会、经
济的迅速发展。唐代中、后期，丹州人口达 87000 人，
是封建社会历代最多的。当时宜川的经济总量，令人刮
目相看。浑瑊维护国家统一，忠君爱国，宜川人民十
分敬重他。受此情怀的影响，宜川人在处理国家和个
人利益方面，向来以国家利益为重。自唐德宗封浑瑊
为"咸宁郡王"之后，唐、五代、宋、元、明，都有
将皇族子弟封为丹王、宜川王的，最后一个宜川王是
明朝宜川庄靖王志堡。《吴志》论曰："夫蕞尔微区，
亲贤食采，后先相望如此，嗟乎！兹地之重，所由来
久矣！"

　　张载对宜川文化教育事业的影响，当然无人可比，
前边已述，自不赘言。吴炳撰《县志》，接续历史，传
承文明，功绩卓著。他的《壶口考》是中国历史上第一
篇关于壶口名胜考证的专论文章；他严明司法，改变了
宜川某些陋习。宜川县在清朝吴炳任县令以前，将要亡
故的老人在快咽气之时，家人怕秽物流出，就用麻绳勒
颈而后死。这一陋习的存在，致使一些不孝之徒以"勒
颈"为名将老人残害。吴炳贴出告示，严令取缔"麻绳
勒颈"陋习，并严判不法之徒，促进了文明进步。他还
推广丝车、教民缫丝、办学兴教、兴修水利，都有史
载。凡对宜川有贡献的人，我们不可忘记。但是，我们
研究历史，是为了弄清人类活动的来龙去脉，为了发扬

优秀传统以促进社会文明进步，并非要全盘吸收、复古倒退。对于张载等人的学说及其所作所为，应以批判的态度借鉴其精华，摒弃其糟粕。张载是封建社会的学者，是为封建统治阶级服务的，当然也不可否认其有进步的一面。他的许多理论已过时，他倡导的家庭社会礼仪、婚嫁丧葬礼仪等，有些是封建等级礼制的反映，在演变的过程中渗透了一些封建迷信色彩。研究优秀的传统文化要和时代精神相结合，使古老的宜川与时俱进，再创辉煌！

2007 年 6 月写于西安寓所

2020 年 5 月修改于南海村

注释：

①据《张载集》《宋史》《中国通史》《陕西通志》《延安府志》《宜川县志》和民间传说整理。

②《吴志》即吴炳编撰的《宜川县志》，《薛续志》即薛观骏编撰的《宜川续志》。

（这是我在 2007 年 11 月 28 日壶口文化研讨会上的发言稿，2008 年 2 月 10 日《飞瀑》第十三期全文刊载。2020 年 5 月刊登于"黄河文化研究"微信公众号，后被关中、宜川多家微信公众号转载。2021 年 5 月，被延安市社科联评为十大社科成果之一）

为民族立生命，为万世开太平

——对宜川县历史的礼赞

国民党主席连战先生，自2005年4月底至5月初到祖国大陆之行以后，已经成为大陆家喻户晓的人物。4月29日，连战在北大发表了精彩的演讲。演讲中他寄语北大学子和青年人，并抒发自己的感情、畅谈未来愿景，要"为民族立生命，为万世开太平""坚持和平，走向双赢"。在共产党和国民党跨越了60年以后，连战重新踏上故乡故土，发出如此面向未来、非常善意的声音，令全体炎黄子孙感慨万端，使海峡两岸中国人民由衷赞许。

连战这次由台湾回到大陆，一路走来，多次演讲，表现了深厚的国学功底。可以说连战之行，其根在于源远流长、独具魅力的中华传统文化。"为民族立生命，为万世开太平"这句话，就源自宋代一位大哲学家、教育家张载。张载（1020—1077），是陕西省宝鸡市眉县横渠镇人，字子厚，世称横渠先生。张载认为宇宙的本原是"气"，"气"即物质，并认为宇宙是一个无始无终的过程，在这个过程中充满"浮与沉""升与降""动与静"等矛盾的对立运动。张载的著作很多，流传到现代的有1978年中华书局出版的《张载集》。张载是宋代关学派的创始人。张载的"气本体"思想，在新儒学——宋代理学中，显示了他的特点和理论上的光彩。张载著名的"横渠四句"，即："为天地立心，为生民立命，为往圣继绝学，为万世开太平。"此语录充分体现了中国传统文化的"仁者气象"和"天地情怀"，是中国士人对人文精神的最高概括，具有超越时空的价值。连战先生稍加改动，认为它是一个正确的历史方向和目标。由此看来，学者出身的连战，其思想、文化、传统在有的地方和张载相承相联。连战反对台湾独立，承认自己是中华民族一员，我们就欢迎他回来。

张载与宜川有不可分割的历史联系，可以说他是宜川的一位古人。宋初恢复唐时建制，又设丹州，州址仍在今宜川县城。宋代丹州辖义川县（后改为宜川县）、云岩县、汾川县、门山县（门山县即现在宜川和延长县部分黄河沿岸地区）、咸宁县（寿峰）等。宋嘉祐二年（1057），37岁的张载登进士第，任祁州司法参军，不满一年又迁任丹州云岩县令（宜川县云岩镇，从西魏到宋，一直是云岩县址）。关于张载在云岩任县令之事，民间有许多传说，宜川县新旧《县志》《延安府志》《宋史》中都有记载。任云岩县令之前，张载已是一位"通研六经、以求治人之道"的有名学者。他在21岁时，上书谒见范仲淹（范时任陕西经略安抚使），呈述言兵《边议九条》，受到范仲淹的赏识。之后，继续刻苦读书，研求"六经"，经常与他的表侄程颢、程颐以及邵雍相互交往、问难。任云岩县令时，在兴教育、变风俗、关心民瘼、断狱案诸方面多有建树，颇有政声。张载生活清贫，从不巧取豪夺，经常穿便衣到各村去了解民情。他在距云岩镇七里的上虎峪寺（今上寺）修复崇圣院，主持办学，坚持"有教无类"的传统，不分贫富贵贱，凡有志学习的青年都可以到崇圣院念书。崇圣院经历代云岩人民维修，直到解放后还是一所学堂。后来张载又在下寺兴龙寺办县学。由于这所旨在进行识文断句启蒙教育的县学堂的兴办，云岩人文化素质得到提高。近1000年以来，云岩人民在积极求学、升学考试等方面建树良多。张载在云岩翠微亭（现在云中大操场，遗迹在"回变"时被毁）向各村负责人、文化人、学子讲礼，教育人们如何待人接物、和睦共事、尊老爱幼、以礼相处。张载根据孔子的学说和中国人"慎终追远"、"不孝有三，无后为大"的情怀，推行丧葬、婚嫁仪礼，移风易俗、教化百姓。他制订的礼仪，由当时的云岩县传到邻近的汾川县、门山县、宜川县，被群众争相采用。直至现在，宜川县县川河以北、延长县安河镇冯家洼村以南地区的民间婚、丧仪式还基本如此。在宋代能完善这样的仪式，是对野蛮的遏制，是文明的进步，也是中华人文精神和传统美德的体现。张载还教育人民如何"出则悌、入则孝"、如何"兄则友、弟则恭"、如何"长幼有序、和睦乡邻"，这些礼仪都在宜川大地上开花结果，代代相传。云岩以及云岩相邻地区，有许多"夫子礼"，如给老人要季季换新衣、给长辈或客人端茶送水要双手递、老人病时儿女昼夜侍候、60 岁以上的老人日食三餐且先于其他家人用餐等。民间的"夫子礼"指的就是张载教的礼仪。张载把关中先进的农业生产经验引到云岩，让农民学习精耕细作、耕耘耙耱知识，提高了粮食产量。张载圆满地实施了封建士大夫"教养生计、教化民风"的统治理念。云岩人民为了纪念张载，在张载居住过的地方修了座"张载祠"，大殿门联云："横贯东西张乾坤正气；渠通南北载日月清风。"横批是："横渠遗风"。此联把张载的名号嵌于其中，褒扬了他的功绩。云岩人俗称"张夫子庙"（今云岩小学院内），以此纪念他。"张夫子庙"的大殿堂，在我们念书时云岩小学当大礼堂用，20 世纪 80 年代被云岩中学拆掉。但要拆人民心中的"庙"是很难的，至今云岩小学"横渠遗风"的牌匾仍保存完好，张载倡导的礼仪在民间"愈演愈烈"，人们不认为有什么不好。

纵观张载一生，他在云岩任县令时，有机会接近老百姓，实际事务也锻炼了他的才干。他在云岩的所作所为，符合"横渠四句"的宗旨。云岩任职期间，是张载"横渠四句"形成的实践基础。他的行为，对宜川的影响非常深远，宜川人民一直把他尊为一位古贤人。北宋后期，撤云岩县并入宜川县，宜川人民在县城修建了

"二贤祠"纪念张载和胡瑗，直到民国时期，"二贤祠"被毁。延安府在明朝时期建的"五贤祠"中也有张载的名位。后来，宜川人民仿照张载办崇圣书院的办法，创办了"丹山书院"，培养人才，发展了宜川的教育事业，直使清代的一位县官感叹道："宜人知张子厚而不知朱熹也。"前边提到的胡瑗（号称安定先生），字翼之，泰州海陵人，是宋初开新儒学学术风气之先驱者。胡瑗比张载大27岁，做过丹州推官，任过朝廷太子中允、天章阁侍讲，后以太常博士致仕。任职丹州时，胡瑗常在公务之余向宜川士人、学子讲解经义，《延安府志》记载："莅政之暇，以经术随其贤愚训之，士多赖其造就。凡见者，即识为安定先生弟子。"北宋时期，胡瑗、张载与宜川有如此渊源，宜川人民能够哺养这样两位大师，受到他们学说的熏陶，实为宜川之大幸，宜川人民之大幸！

宋代之所以有这两位大师在宜川做过官，与宜川的历史渊源和战略位置有很大关系。宜川境内，地域广袤、森林茂密，沟壑纵横、山河相间，崇山峻岭、奇险无比。传说远古时期，盘古曾在宜川寿峰乡境内活动，并举行"卜婚"仪式，此处后人尊称为盘古山，至今山上仍存盘古庙遗迹。相传夏有积雪，但松柏翠绿。轩辕黄帝到宜川训练老虎等猛兽，演练"虎阵"，为逐鹿中原作准备，还斩杀恶蛇，为民除害。黄帝住过的地方，宜川人尊称人祖山，即"人文初祖"之山，位于县城东南方向。宜川县古土村内还有"人祖庙"。按照马克思主义的历史观点，人类文明史的形成以国家出现为象征。中国最早的国家是夏代，夏朝的创始人是大禹。《尚书·禹贡》记载大禹治水"既载壶口"，即"禹治水，壶口始"。这是人类文明史关于陕北较早的记载。大禹时代宜川先民已经从事相对文明的劳动与生产活动。传说大禹的妻子涂山氏是宜川人，因此宜川人称大禹庙为"姑父庙"。春秋时代，诸侯霸主晋文公和晋军曾在宜川驻扎作战，后人把晋文公驻军的地方称"晋师庙梁"。那次晋文公西征之后，河西之地尽为晋国所有。从春秋战国到南北朝初，宜川属定阳县或定阳郡辖治，是陕北五个最早建县、郡之一。临镇姚家坡到云岩的河流当时称"定水"，定阳县最早的郡址建在姚家坡附近定水以北的古县村。西晋末年到南北朝初，因异族屡次南侵，定阳郡址数次南迁至现在宜川境内，据传郡址在宜川县党家湾乡定阳原上的定阳村。"定阳"时期，定阳村建有风后神庙，直到民国被毁。风后是黄帝的主要大臣。那个时候孔孟之说初立，佛教未传入古代时的定阳地区，祭祀自然诸神应是先民文化活动的特征。晋末，定阳郡所辖的临戎县址曾设在交里乡的北门村附近，"北门村"即临戎县城北门之地。西晋灭亡后的30多年，铜川以北皆为鲜卑族占领，铜川以北诸县既少正史记载，亦无地方志写传，但从宜川个别古老村名看，似有鲜卑人占领遗痕，如叱干村名，"叱干"就是鲜卑族的一个姓氏。北魏在宜川境内设北汾州领义川、乐川两郡，西魏改汾州为丹州，领义川、云岩、太平、门山、汾川等县。义川县址在郭下村。到唐代仍设丹州领五县，后又称咸宁郡，时间不长复称丹州。公元651年，州址由现在的古州村迁至现在的宜川县城。宋神宗熙宁年间，丹州改制为宜川县，云岩、汾川、门山、咸宁县（即太平县）尽省归宜川县，此一基本建置一直延伸到现在，只是20世纪50年代初将雷赤、南河沟、赵家河、安河、罗子山五乡划到延长县，至今这五乡群众依然操宜川乡音、素行宜川风俗，老年人称他们是"老宜川人"。

唐代是宜川历史上较为辉煌的时期，县域为当今的3倍，人口达到8.7万余。由于宜川山货丰盛，猎物齐全，盛产粮食，成为唐代有名的富庶州县。早在公元617年，李渊曾率军由太原过壶口，继而攻取长安建立唐王朝。唐中期，唐肃宗曾在云岩川狩猎，走过的路叫"圣马道"，在一桥上哺喂乳马驹后，留有马蹄印，人称"圣马桥"，后误传为"闪马桥"，致使后代一些马姓官员不敢在此桥通过。唐德宗时期，少数民族铁勒九姓浑部出身的浑瑊，抵御羌族和吐蕃入侵屡建奇功，并在奉天城（即乾县）保护德宗皇帝有功，后来出将入相，被封为咸宁王（时丹州为咸宁郡），丹州成为他的封地，浑瑊也是丹州的保护人。浑瑊死后，唐朝追封其为忠武王。由于浑瑊对国家统一有功，宜川人民非常敬重他，在凤翅山建有浑瑊祠（民国时期毁于战火），云岩镇三家村建有浑瑊及其家将的 3 个衣冠墓和忠武王庙，历代香火不断，民间传其十分灵验。至今忠武王庙后山坡上还有大片柏树林，当地群众说："有神保护，谁也不敢砍，谁砍谁就得病或出暴事。"宜川人民热爱祖国，向往安定、祥和、统一的生活，对浑瑊情有独钟。从唐到明代，历代皇族宗室的人都有被封为"丹王"或"丹州王"的，但建庙纪念的只有浑瑊。唐代宜川经济发展，佛教、儒教盛行，建有 9 庙 18 庵，其中蟒头山、南九天、西九天等庙，至今香火不断。宋代以后，由于西夏等异族侵略，延安成为边关，离延安 100 多公里的宜川便成为边关后勤供应和兵家必争之地。宜川北通榆林，南临关中，东控黄河，西扼通往陇、宁的咽喉要道，给宜川派驻精兵良将、能干官员，就成为宋朝廷必须考虑的问题。北宋大将呼延赞在宜川驻守过，其墓在原宜川境内（今延长县罗子山乡一带）；杨家将七郎、八郎在宜川镇守过，有七郎山、八郎山为证。孟良在今交里乡的孟长镇驻兵，孟长镇由"孟良镇"演绎而得名。焦赞在今交里乡焦赞村驻兵。两人常到平陆堡聚会议事，故后代群众将平陆堡称为"交里"。由此看来，派遣胡瑷、张载这样的干臣治理如此兵家要地，更在情理之中了。

宜川地处黄河沿岸，气候温暖，无霜期较长。元代开始种植棉花后，宜川农业发达，盛产棉花、小麦，促进了集市贸易发展，宜川成为20世纪80年代前600多年间以农耕经济为主的延安地区纳粮交税大户。清朝末年到抗日战争之前，宜川县的民族工商业得到长足发展，在陕北独树一帜。宜川县城商铺林立，物流通畅，成为秦晋交界的商业重镇，县城人口由1000多人猛增至10000多人。4条商路（宜川城→交里→云岩→延安；宜川城→圪针滩；宜川城→四圪塔→安河；宜川城→薛家坪→韩城）上马车、驮骡、骆驼商队络绎不绝，饭馆、店家处处皆是。宜川税赋来源充足，是延安地区富庶县。按照历史唯物主义的观点，当时民族工商业的兴起，具有进步意义。民国时期县分六等，宜川因文化、工商业较为发达而定为四等，延安地区其他多数县为六等。

宜川解放前，历代统治者对宜川人民的盘剥不断加剧，为了"立命"、追求太平，宜川人民的反抗活动从来没有停止过。元朝时，宜川人民拒绝向"鞑子"交粮纳税，遭到蒙古统治者的残酷镇压。明朝末年，陕北农民最早树起义旗的是宜川人民。宜川人王左挂（又名王之爵，祖上为清涧人）首称闯王，在宜川北部龙耳嘴举行起义，率领其部将高迎祥、李自成占领延长、宜川等县城，并进攻延安，转战秦晋，震惊敌胆，重创官府。在与明将洪承畴军队激战中，王左挂设计诈降，反落入圈套被杀害。高迎祥继王左挂称闯王，后又由李自成继承，推翻了明朝统治。至今，宜川还广泛流传着王左挂的事迹。与李自成同时期出现的另一位农民起义军著名领袖，是宜川集义乡人罗汝才。罗汝才在集义乡聚集好汉的山寨、练兵校场，至今还有遗迹可寻。清末年，农民起义军捻军小燕王张总愚领军在云岩驻军一年多，他们驻扎的行台门首有二联，其一曰："赤手撑天，复扶大明疆土；丹心捧日，仍照汉代衣冠。"其二曰："虎贲三千，直达幽燕之地；龙飞九五，重开尧舜之天。"对这支起义之师，宜川人民给予了大力同情和支持。清末宜川人民不堪重负，王化吉带领800多农民包围县城，赶走县官，抗拒苛捐杂税。20世纪20年代，孙中山逝世后，蒋介石集团篡夺政权，实行反动统治。宜川人民在中国共产党的领导下，进行了艰苦卓绝、前赴后继的革命斗争。宜川人民的革命首先从云岩至安河地区兴起，并以云岩完小、安河完小为核心，波及全县。20世纪30年代初，谢子长、刘志丹先后在宜川开展革命斗争，刘志丹在英旺指挥过红军对高双成反动军队的战斗，亲手创建了北赤、雷多苏区。红军杨森骑兵师在1934年至1935年占领宜川大部，使宜川成为"红区"。黑志德、赵正化（又名赵方）等人领导武装斗争，为创建固临县打下基础，涌现出了高思恭、薛天敏、白思俊、强鸿基、付东华、白彦博、赵云山（原名赵正兴）、赵正隆等一批革命领导干部。抗日战争时期，宜川和日寇占领区仅一黄河之隔，成为抗日前哨。阎锡山不积极抗日，为保存实力退守到宜川县秋林镇，只有3万多人口的宜川县供养着阎锡山10多万军政人员，一时商业凋敝，经济衰落。宜川人民忍辱负重，顾全大局，只要阎锡山不投降日本，就不反对他。这种兼蓄包容、维护国家利益的精神，阎锡山军队中许多人都由衷感激。抗日战争时期也是国共合作时期，阎锡山为国民党第二战区司令长官，朱德同志为副司令长官。朱德从延安到太行山抗日前线，曾途经宜川塬、壶口岸边，并在秋林附近一河边石岸上题写"此处水深，不可游泳"。阎锡山召开反动的"秋林会议"之后，彭德怀、王若飞、萧劲光先后赴秋林规劝阎锡山坚持抗日、不要投降。此时宜川人民和投降派作了坚决斗争，并多次挫败了国民党顽固派破坏抗日、迫害进步人士的阴谋。抗日战争胜利后，国民党已"气息奄奄，日薄西山"，做着最后的疯狂挣扎，他们不单杀害了多名宜川共产党地下工作者，镇压革命运动，还极力维护封建地主阶级的统治，利用"保甲"制度，从严控制，加重赋税负担。宜川人民奋起与国民党驻军和县国民党党部为首的反动堡垒进行了坚决斗争，迎来了宜川解放。解放战争时期，毛主席亲自部署、彭德怀亲自指挥的宜川战役，一举扭转了西北战场形势，解放军由防御转入进攻。此次战役中，宜川人民主动支前，给解放军送粮、送草、带路、组织担架队，受到彭德怀赞扬。宜川战役后，宜川人民组织几千人的担架队，随军西征，直到兰州、西宁解放，不少人为全国解放和中华民族的复兴牺牲了宝贵生命。这就是

"为民族立生命，为万世开太平"。

张载所言"为往圣继绝学"，用现代话说，便是发扬中华民族传统文化。20世纪初，宜川一批有识之士经多年努力，顺应人民的要求，陆续兴办城关、交里、云岩、集义、安河等5所完全小学，发展了教育事业。1935年前，宜川第一高小（今宜中校园）曾招收过初中班。红军占领宜川县城前夕，国民党反动派为了防止学生闹学潮，将初中班遣散。这个初中班应是宜川初级中学的前身。1941年，在宜川一批有识之士倡导下正式办起了宜川初中。宜川中学是陕北最早兴办的县级中学之一，70多年来为宜川人民培养了许多人才。由于这所中学的兴办，宜川英才辈出，遍及全国，走向世界，涌现了国内外闻名的薛天纬、袁建平、李荣华等文理科学者、教授。1958年，宜川成为陕西省第一个实现了"无文盲"的县。近20年来，宜川人民挖掘光大以壶口瀑布为龙头的旅游文化，使全世界人民"知中国者必知壶口瀑布，知壶口瀑布者必知宜川"。宜川不单有壶口瀑布、蟒头山森林公园等自然景观，更有众多的人文景观。随着中国现代化的深入发展，一个中华传统文化、黄土风情的缩影，将展现在世人眼前，全世界的炎黄子孙必将接踵前来宜川寻找中华文化之根。在现代工业经济飞速发展的今天，宜川石油、煤炭等资源短缺，眼下财政收入较少，和延安地区以能源富县的县区比较，似乎发展较慢。但我对宜川前景从不悲观。宜川地下资源也很丰富，只是还未被探明，宜川的主要资源是青山绿水长存，文化传统经久不息，宜川子弟不甘人后，这些资源没有枯竭之日，宜川的繁荣在不久的将来就可以实现。

连战的祖父连横留有《台湾通史》巨著，用这本著作证明了台湾有史以来就是中国的领土。连战反对台独、反对台独势力"去中国化"，连战家代代坚持自己是炎黄子孙、是中国人。中华传统文化中的仁爱观念、坚持国家统一、热爱和平、优秀的人文精神等等，凡有华人的地方就有体现，且强大无比，牢不可破。中华文化传统把全世界炎黄子孙的心连在了实现祖国统一的目标上。苏武诗曰："生当复来归，死当长相思。"每一个炎黄子孙都忘不了自己的故土、故国。连战说："逝者已矣，来者可追。"追求什么呢？就是要追求中华民族最核心的利益，进一步发扬中华民族优秀的文化传统，实现祖国统一，实现中华民族的伟大复兴，建设一个繁荣昌盛富强的中国。所以，"为民族立生命，为万世开太平，实现祖国统一"，也是对连战言行是否如一的考验。宜川人民欢迎他再回大陆，欢迎他到宜川来，如有那一天，他可以站在黄河壶口瀑布岸边，感受那壮观雄伟的气势，寻找那5000多年的文化长河之源，追忆古人张载足迹，共同研究宜川人民维护祖国统一、"为民族立生命，为万世开太平"的优良传统，放眼祖国的美好未来。那一天会来的，台湾同胞都会看到那一天的。

中国人民统一祖国的愿景一定会实现。未来，我们会更加发扬"以人为本、以文化人"的人文精神，坚持和平，建设美好的祖国，对全人类做出更大的贡献！

2005 年 6 月 8 日

（该文于 2005 年 7 月在宜川《飞瀑》杂志发表，此文发表后，《飞瀑》一时"洛阳纸贵"，被邑人抢索一空。2020 年 4 月 8 日刊登于"黄河文化研究"等微信公众号）

宜川县耕读传统暨兴教办学简况

中国的农耕文明在 1840 年鸦片战争以前，一直处于世界前列。别具一格的耕读文化是中国农耕文明的重要组成部分。尽管"劳心者治人，劳力者治于人"、"万般皆下品，唯有读书高"的腐朽思想广为流传，然而与之对立的"耕读一体""耕读传家""耕读为荣"的思想理念，却一直深深扎根于广大农民和知识分子阶层之中。许多儒家知识分子并不排斥耕读文化。世界独特的中国耕读文化，为什么有流传数千年的顽强生命力？这是因为中国是一个传统的农业大国，中国社会发展的客观现实根植于耕读文化形成的深厚土壤。西安、洛阳、开封、南京、北京在中国古代分别是各个朝代的全国文化中心，但城市群形成较晚。中国绝大多数人历来居住在较分散的农村，富户多是经营农业起家，县、镇、村的学校教育历史较长。历代中国政府，基本实行"以农养政"的财政政策，农村的经济地位相对重要。旧中国的知识分子大多出身于农村，对农业较为了解且有深厚的感情。他们离开农村到城市做事，家中还继续经营农业。有的人为官后较清廉，同情劳动人民，有时还参加一定的生产劳动，把感受转化为诗词歌赋，转化为文化；有些屡试不第的知识分子，心灰意冷之余把精力转向农业生产，并把知识应用到农业生产和经营中去；有的自视清高、不愿做官或做不上官的知识分子，追求"采菊东篱下，悠然见南山""日入开我卷，日出把我锄"的隐居农耕生活；有的家庭出身富裕的知识分子，不求进官场，专注于家中的农耕事业，追求农业经营、文化研究上的效益，满足于"员外""乡贤"的清誉；有的知识分子十分贫困，不得不在农业生产中挣扎，并在农业上取得了很大成就。他们不单参加农业生产和经营，还写一些切中时弊、为劳动人民呐喊的好作品；有的人仕途上遭遇挫折或不公平待遇，把精力转向农业，并接触下层劳动人民，写出一些有历史价值的诗赋文章，为耕读文化增色添彩；有些在外做官、传经授教、经商赚钱的知识分子，到晚年"叶落归根"，回到故里，把大批资金投入到农耕事业中去，并著书立说，丰富了农耕文化。各个朝代都有热爱农业的知识分子撰写农学书，把劳动人民创造的农业技术和知识传承下去。几千年来，以上几种类型的人，造就的文化现象从来没有间断过，由此形成了中国历史上特有的耕读文化。历代封建统治者又"以农为本""以农立国"，客观上有利于这种文化的形成和传承。历史上，有相当多的一部分知识分子认为，耕读是高雅的、高尚的，既可健体又可陶冶情操，亦是休闲娱乐、回归自然的最佳途径，"田园文化""田园诗赋"备受尊崇和盛赞。中国的许多著名"家训"，都提倡一边读书、一边务农，并认为"只有学会了务农，才是谋生之本"，继而懂得修身、齐家、治国的道理。

对于农村的一般自耕农来说，由于受上述现象的影响，都把教育子弟一边上学求知、一边务农作为一种高尚目标去追求，很自然地把耕读融合在一体，成为耕读文化向下延伸的载体。这种有文化的小农经济现象，既是农民发家致富的途径，又是一般农民家庭"跃上龙门"、人才脱颖而出的阶梯。宜川是一个受儒家文化、耕读传统影响很深的地区，这种既识字又能劳作的"耕读一体""耕读传家"的文化现象，成为农民追求的时尚和传统标准，因此历史上宜川有识字人的家庭比较多一些。宜川县人民过春节贴的对联，最常见的是"忠厚继世长，诗书传家久"；横批多是"耕读传家"或"耕读之家"。由此可见，人民群众对耕读教育文化的热爱，成了宜川优秀的人文传统。

深入研究宜川的耕读文化不难发现，学校教育是耕读文化的源头和基础，扫盲教育是耕读文化的影响和扩展，家庭教育是耕读文化的载体和保障。正因为这种完整的耕读教育传统，造就了宜川是陕北教育文化大县的形象。

兴教办学源远流长

春秋时，宜川地区设"定阳邑"，后称"定阳县"，西魏改"丹州"，北宋设宜川县至今。古老文明，源远流长，尤以教育见著。根据史书记载，战国时期宜川已有私立学馆出现。民间为了生产、生活方便，聘请儒人经士教授子弟识文断句；官方书信往来，上承下达，皆需有文化之人。秦汉时期，教育得到进一步发展，一统天下的盛世促进了经济文化空前进步，汉武帝曾"令天下郡国，皆立校官"，国学、郡学方兴未艾。民间相传，当时上郡因处边关，郡址常迁无定，定阳县相对稳定，一度兴办郡学，每年集中二三十位学生开办教育。西魏开始，丹州兴办学堂，规模更胜两汉，民间私立教授较前普遍。唐代是宜川文化、经济的鼎盛时期，人口发展到 8.7 万人，教育规模更为宏大。唐代丹州设"弘文馆"，天宝年间之后丹州所辖的云岩县、义川县、咸宁县、汾川县都设有"崇文馆"，每年州县有近 100 多名学生在"弘文馆"、"崇文馆"中学习。许多村子的富户，在本村开办私塾，部分本族子弟、同村或附近的农家子弟也来上学。唐天宝年间，宜川有了《县志》（指《宜川县志》，下文皆是）记载的第一位进士令狐垣，官至衡州别驾。还出过多名举人和贡生，可惜史料散失，无详载。

宋代，是宜川教育发展的一个重要里程碑。大教育家、哲学家张载（学号横渠），是北宋嘉祐二年进士，曾任云岩县令。他任云岩县令时，"在兴教育、变风俗、关心民瘼以及断狱案诸多方面，颇有政声"。张载在云岩首开丹州创办书院的先河。云岩上寺的崇圣院（离云岩镇七里），建立于北宋太祖建隆年间（即公元960-963年）。时隔近100年后，张载对崇圣院修葺后创办书院，并奉行"有教无类"的办学思想，招收学生入学，一般农户子弟也有机会上学。据民间传说，几年间有100多名学生在崇圣书院学习，还出了数位举人、贡生，进一步普及了文化教育。后来，张载又在云岩下寺兴龙寺兴办县学，进行启蒙教育。张载在办书院和县学的同时，还在云岩镇翠微亭讲学。讲学办班分两种，一种是向有一定文化基础的人讲学，一月数次；一种是就某方面的专题讲学，每季讲一至二次。举办后一种讲学时，前来听讲的人有里正、户保和各种有兴趣学习的人，每次都有五六十人参加。张载讲学的范围很广泛，有四书五经，有礼仪，还请人讲关中的先进农业生产知识。《宋史》载：张载任云岩令，"政事以敦本善俗为先，每月吉，具酒食，召乡人高年会县庭，亲为劝酬，使人知养老事长之义，因问民间疾苦，及告所以训诫子弟之意"。张载完善云岩民间的婚葬之礼，至今在宜川流行不衰。劝人尊敬师长、孝顺父母、兄友弟恭等礼仪，至今被云岩人称为"夫子礼"。受张载的影响，加之北宋朝廷对教育的重视，丹州址及所辖的咸宁县、汾川县、门山县、宜川县都办学院或县学，州学每年有学生50多人，县学每年有30多人。据各种史料推测，"丹山书院"始自北宋时期，但《县志》只对明代有记载。当时的丹州境内（即现代宜川县），在校学生之多、校舍之广、经费之充裕，是空前的。据《县志》记载，宋元丰年间曾有宜川人马唐民考为进士，官至员外郎，有马唐民自作浑王庙碑并西城外岩下石刻为证。据史料推测，唐、宋、元不可能只出两位进士。唐宋无举人、贡生记载，皆为史料佚散所致，并非无人考中。经北宋办学兴教的高潮后，宜川县识文断句的人多了，能收生授徒的人也大大增加，进一步促进了民间教育。金代和元代初，由于战乱和统治者对教育的不重视，县学一度停滞，元朝至元中期，开始办县学，但民间学堂从未衰退。据刘嘉宾《县志》记载，元代宜川还出了4位举人，进士、贡生无载。

明清时期，宜川教育在宋代的基础上更有发展。明代兴办"县学"，亦称"儒学"，附于孔庙，统名"学宫"。明洪武年间知县高以敬创办"正学"、"社学"；明弘治年间知县张伦修葺学宫，办"圣谟阁"藏书；后又重立"丹山书院"，地址在今火神庙与原城关幼儿园之间。清顺治年间知县陈宸铭改"丹山书院"为"瑞泉书院"；康熙三十二年知县毕益谨改建为"义学"；乾隆年间知县吴炳重修瑞泉书院并拨供经费；光绪年间，又将丹山书院迁于现宜川中学院内。20世纪70年代，原书院门上"丹山书院"匾牌还在。明代民间办学的规模和学堂之多，远超过前代。宜川当时100多口人以上的大村子有40几个，几乎都有私塾和学堂。落东村有一处叫"书房湾"的地方，就是明代办学旧址。最突出的是永宁村，办学历史有500多年。永宁村从旧社会到现在，大学毕业的人已有100多人。清代乾隆年间，永宁村薛姓长门祖宗薛世鹏，一生在永宁从事教育，教过数百人，其逝世后，他的学生、清代乾隆年间举人王彦褒（堡定村人）给他写有墓志铭，至今保存。王彦褒一生未仕，在云岩下寺兴龙寺办学，潜心经史，"慕道张载，一时宿儒仰之"。下寺碑文载：王"三馆于此。勤课功，严讲求，虽盛暑深夜，犹谆谆不倦。从游者百余人，而成名大半。及掌教书院，士多选拔。为人恂谨朴实，不谋荣利，极爱忠诚，最薄声气。年八旬有三"。从明代到清末废科举制，宜川有史记载的贡生404人，举人38人（其中元代4人，武举7人），进士10人（其中武进士1人）。连同宜川人在外考中和外来宜川就职从业的举人、进士共有100多人。宋代以后，宜川人民广种小麦、棉花，加之人口稀少、土地广阔，自耕农占农户的大多数。特别是从明代起，远离边关，和延安以北相比较，人们生活较为安定，本地人极少有外出讨饭者。教育的发展，使人们的开化程度提高。"仓廪实而知礼节，衣食足而知荣辱。"教育促进了生产力发展，安定富裕促进了宜川文明进步。《府志》载："宜川，古丹州也，世有文雅之风。"文化的凝练，使少年得志者，也很少有人"拥大盖，策驷马，意气扬扬，甚自得也"。"猖狂之气"，始终在宜川没有市场，这体现了文化修养。但受儒家思想束缚，也有负面影响，比如不敢为人先、缺乏闯劲、满足于温饱生活、思想守旧保守、接受新事物较慢、小农经济思想严重、循规蹈矩有余而敢说敢干不足等。特别是明末宜川人王左挂起义后，受到明朝统治者极为残酷的镇压，宜川人吸取教训并受"正统"思想的影响，"忍为高"的处世方式盛行，较缺乏延安以北人民敢说敢干、敢于举事的风格。

在近代中国资产阶级民主革命运动的推动下，全国教育出现了新局面，宜川也有了新发展。1906年，宜川县知事林岐饶在原丹山书院设立县第一高校（第一任校长是范湾村人范友韩），从此宜川有了较之科举制度更为进步的学校教育。1923年，县长李鸿钧、校长李国华创建了宜川第二高校，设在狼神山华国寺内。1924年，宜川始立劝学所，所长薛光汉；1925年改为教育局，第一任局长薛光汉。从此宜川有了专管教育的行政机构。1922年至1923年，薛观志等人创办云岩民治学校，1927年改为县立第三高小，薛观志、郝顺德、程禄等人捐出院基，并带头捐款（薛观志捐100银圆）。这一时期，还在县城成立了女子小学（薛观骏为校长，校址在原南义学内），在良村沟、北赤、后九寨（北塌村）、北区宝峰寺（马山村）、程落、寿峰蔺家庄、安河、集义等开办初小。后来在邹均礼的倡议下，集义办为宜川县第四高小。1940年后，宜川一批有识之士发起了办学建校运动。原宜川曾在1934年第一高小内招收过一班初中生，1935年停办。此后，宜川一直没有中等教育学校。20世纪30年代末，国民党洛川专署决定，由宜川、洛川、黄陵、宜君合办洛川联立中学。那时交通不便，皆为步行，宜川子弟上中学要到洛川县城去，路途遥远，十分艰辛。且宜川每年负担洛川中学基金8000元，每月经费100元。1940年，宜川士绅曹伯箴、薛光星、任志刚、张季玉、张伯玉、李伯直、李敬斋、袁博甫等人设计筹划，并取得县长沈家祺的支持，开始筹建宜川中学，当年7月开学。筹办宜川中学，各乡筹款8万元，驻县外界人士筹款2万元。到1941年前后，宜川在民国初年办学的基础上，共办初中一所、国民中心小学7所，国民初小43所，分校11所，还办有私立裕德小学（校址在张家坡）。这些情况《宜川县志》（余志）中都有详细记载。在陕北各县中，宜川学校数量是最多的。

民国时期的办学情况，有一个明显的特点，就是富户中一部分有识之士，顺应人民的意愿，带头捐款捐物办学，县上一些有名望的人发起首创行动。如北赤、北塌学校由黑宪章创办，程落学校由程登科创办，良村沟学校由强丕显首倡创建，并捐学校地基等。这些在《余志》《薛续志》中都有记载。民国初年，人们上学还不习惯，有些学生还要学校或劝学所发给津贴才来上学。个别学校由一户主办，公费补贴。如云岩小学由薛观志家主办，每位学生每年只交一斗麦的学费，由公费补贴一小部分，其它经费主要由薛家负担。1940 年办学中，薛光星、张季玉、张伯玉受到国民党省政府嘉奖，兰家河人兰琳受到国民党教育部嘉奖（现交里初级中学、原交里小学的院基房产全为兰琳捐献），士绅张子祥、张兆兰受到国民党省教育厅嘉奖，靳兆烈受到洛川行署嘉奖。

抗日战争中，阎锡山积极反共，消极抗日，保存实力，1939 年退缩到宜川境内。这一时期，他把山西大学搬到宜川秋林虎啸沟，并把山西省立联合中学、省立第一师范搬到寿峰孔崖村开办，山西省立初级实用职业学校搬到安上村开办，并在桑柏村设立山西省立第二高小，专门收容阎锡山政府公务员子弟。阎锡山退守宜川，并非宜川的光荣，而是人民的无奈。但这些学校的设立，客观上方便了宜川子弟上学。

1948 年，共产党创办的延安大学迁到宜川，在党家湾办学一年多时间，为宜川子弟上大学提供了方便。

中华人民共和国成立以后，宜川兴学办校，教育事业得到突飞猛进、前所未所的大发展。解放后办学的显著特点是共产党和人民政府主动地大力推动，把教育办学纳入政府的重要议题，作为首要工作抓细抓好。教育行政机构健全，教育经营由县财政保证供给。共产党人把教育事业作为推动社会发展、文明进步的头等大事，着眼于提高国民素质，真正代表了广大人民群众的根本利益。1948年宜川解放，到1953年，教育办学处于恢复发展阶段，县辖七个区有8所完全小学，普通小学（初小）发展到58所。1953年办学进入发展高潮时期，到1956年完全小学达到10所，普通小学达到106所；1958年普通小学发展到114所，1960年普通小学发展到190所、完全中学1所、初中3所；1976年小学发展到383所，在校学生18459人，教师1421人，分别是解放初的15倍和10倍。解放初，宜川只有宜川初级中学1所，到1978年全县有高级中学2所（宜中和云中）、初级中学16所，在校中学生相当于解放初的100多倍。至此，劳动人民的子弟才真正有了上学的权利和机会。1958年后，宜川还办过初级师范1所、卫校1所、职业中学2所。1979年改革开放后，人们为了及早就业，多数初中毕业生愿意上中专学校，云岩中学连续5年内，初中毕业生考入中专的比例在延安地区名列前茅。解放后，由于宜川县中学教学质量高，被列为省重点中学，1958年后把"宜川县中学"改名为"陕西省宜川中学"。特别是在王克俭任校长时，宜中发展到鼎盛时期。宜中，不愧是宜川人才的摇篮和圣地。改革开放以后，宜川的学校教育进一步稳步发展，20世纪90年代，宜川全县已经普及了九年制义务教育，实现了历代宜川人民梦寐以求的夙愿。

扫盲教育成果显著

在 20 世纪 50 年代初全国扫盲运动中，宜川的扫盲成绩尤为突出。这是因为宜川耕读教育的基础深厚和人们追求文明进步、摆脱愚昧落后的愿望强烈。

宜川的扫盲教育，在历史上就有传统。许多人无机会上学，平时向有文化的人学习识字，民间称"白识字"。宜川的扫盲教育机构的设立，始于 1937 年。当时，宜川县设"民众教育馆"，对民众实行"生计教育"。1939 年宜川曾设 4 处"中山民众学校"，开展扫盲工作。民国时期虽然提倡过民众教育，但空有其名，毫无实效，只是说说而已，他们不可能也无能力动员组织广大农民开展扫盲。至宜川解放，全县 14 岁至 45 岁的青壮年文盲占青壮年总数的大多数。

中华人民共和国成立初期，扫盲教育得到迅速发展。1949 年，宜川县采取办"冬学"为主的业余教育，组织农民学文化。1950 年，县、区、乡均设冬学委员会，全县有整日班 28 处，夜校 184 处，半日班和识字组 417 处。教材多采用《日用杂字》《三字经》等，后来统一采用省编《农民识字课本》。1954 年，成立"宜川县扫盲委员会"，各级政府把扫盲作为重要工作，认真组织实施，并连续几年组织中小学教师、中小学生利用假期深入农村开展扫盲工作。到 1956 年，农村文盲、半文盲入学率达到 85%。1957 年全县脱盲率达到 37%。1958 年，全县连续巩固提高"冬学""夜校""识字班"等组织，开展"千人教、万人学"运动，全县脱盲率达 85%以上，后来成为全省第一个"无盲县"。《陕西日报》《人民日报》都全版介绍了宜川扫盲经验。当时宜川县教育局局长赵保平，因抓扫盲得力，被提升为延安地区文教局副局长、地区扫盲办公室主任。

那时的扫盲工作，也有不实之处，一个广泛而深刻的全民运动不可能没有缺点。但当时政府抓扫盲工作的决心之大、工作之细、农民识字学文化的热情之高，确是前所未有。全国解放以后，共产党和人民政府的一切工作，皆从人民利益出发。社会进步，百废待兴，百事更新，人民安居乐业，人民当家作主后，对毛主席、共产党的热爱和拥护达到空前高度。加之农民深受不能识文断句之苦，热盼脱盲。人民对毛主席的指示、人民政府的号召无不遵从。政府指示让办"冬学""识字班"，各村很快就办起来了，且有教室、有教员、有学员，青壮年农民争先恐后，十分踊跃地参加学习。人们对此感到特别新鲜："历朝历代，什么时候让咱农民识过字、学过文化？"人们赶集逢会、相互走亲戚，都问："你们村学文化吧？"各种宣传学文化的小戏，村村闹社火时都可演出。纵观中国历史，也只有毛主席、共产党能把人民发动、组织到如此程度。

我们南海村从 1950 年开始办"冬学""夜校",开"识字班",一直坚持到 1957 年脱盲为止。我村从每年 10 月份开始到第二年正月底结束,要办 4 个月的"冬学"。男人晚饭后到冬学教室学习两个钟头,妇女则早饭后到冬学教室学习两个钟头,每人一个冬天要会认会写 100 个字。从 1953 年冬开始,我经常跟大人去学习认字,1955 年 8 月开始上学后,翻了一下刚发的语文课本,几乎没有我不认识的字。我村当时有 10 位识字人(全村 70 多口人),他们轮流在晚上或白天教学。许多家庭妇女 3 年识字 400 多个。我村有个识字人叫杜养杰,是旧社会云岩小学五年级肄业生,轮到他教学,每晚教完字后,还要给大家说一个钟头的书,说的有《说唐》《小八义》《五女兴唐传》《包公案》等,还说过《彭德怀围城打援战宜川》等。秦琼、尉迟敬德、程咬金、罗成、薛仁贵、徐茂公等历史人物的故事演义,我最早就是那个时候听他说的。晚上听了还不尽兴,第二天跟着他到地里听。说到高兴处,他就停下手里的活计,手舞足蹈、连唱带说。我村有位 70 岁的单身老汉叫李承德,他 3 年学了 300 多字,成为全县表彰的扫盲模范人物。当时许多不识字的人,通过扫盲,可以读报纸、读信,记简单的家庭花销账。我村祖祖辈辈没有人上过学的家庭,到 1957 年每个家庭也都有一至二人能认识三四百字。由于受扫盲的影响,我村人十分重视子弟上学。从

20 世纪 50 年代开始，不论男女，凡孩子到 7 岁，都要供他们上学，无一人例外。到 2007 年，一个现在仅有 36 户的村子，在外工作的有 20 多人，大学毕业的 6 人，高中、中专毕业的 30 多人，其他 45 岁以下的青壮年人基本是初中毕业。从文化方面讲，我村充其量是全县的中等村。

总之，20 世纪 50 年代的扫盲工作，应该在宜川史书上重重地记上一笔。

家庭教育体现耕读传统

宜川是一个有着古老农业文明的地区，耕读传统自然较为深厚，"耕读一体""耕读传家""耕读为荣"的理念，深深扎根于这块土地之中。宜川明代举人刘子诚、张允祥，清初贡生刘汉客等，都终生未仕，一边研究学问，一边务农持家。刘子诚著有《刘伯明遗训》等，当时享有"理学大师"的盛名；刘汉客著有《刘石生诗文集》《南阳府志》等，并参与过《陕西通志》的编写；清乾隆年进士赵思清一生未仕，潜心经史，务农立业；清举人王彦褒一生未仕，投身教育，同时经营农业。以上知识分子，以农为荣，耕读一体，在宜川有很高名望，皆被举为"乡贤"。他们的榜样作用，对宜川一般知识分子和农民影响较大。人们都希望自己家里能出一个既有文化、又有社会地位的知识分子，在务农立业的同时，使家庭亲友受到尊重，得到庇护。

有些仕途不顺、又有其他谋生技艺的知识分子，也不愿和农业分离。清末贡生邹均礼好诗文，又善医术，在民国初年代理过县知事。代理知事期间政绩突出，深得民心，却始终得不到省府正式委任，继而辞职，洁身而退。他当时在宜川有很高的社会地位和威望，按说住在县城靠医术谋生没有任何问题，且有实现再仕的希望。但他仍然回到故里集义马头岭村，一边经办集义民团，一边操持家业，务农为乐。他写有一首《山居歌》，把他仕途失意、归心务农、自娱其中、欲学陶渊明的心情，表现得淋漓尽致，诗曰：

尘世茫茫人扰扰，热中者多清闲少。
仆仆风尘二十年，老来翻爱山居好。
白云深处是我家，梦幻繁华一笔扫。
夜因读书卧或迟，晨为栽花起偏早。
春听林内鸟钩辀，夏望天边云缥缈；
秋霜凝叶叶尽红，冬雪满山山不老。
子孙虽愚须训诫，恒产无多足温饱。
不为眦睚恼六亲，不因祸福参三宝；
不学商贾竞锱铢，不羡匠工斗技巧。
用尽机谋费尽心，昨日鲜花今日槁。
过眼烟花总是空，浮云富贵焉能保？

人生斯世贵适意，何须无事寻烦恼？

频刊灌木养山花，偶步荒山认野草。

有时阴霾布满山，云雾漫漫挂树杪；

有时天晴气象新，登高一望群山小。

闲来手持一本书，奇闻奥义勤搜讨。

乐乎天命复奚疑，高卧山巅不觉晓。

　　清末至民国初年，一些新兴的地主、富户，其观念有所改变，但也离不开耕读传统。如永宁村新兴地主薛镜明一家（字号天德元），以务农为本，兼营工商业。其二代核心人物薛观骏曾不屑于"素重农，而不经营商业并百工之艺"，号召宜川青年学子"以商业为前提，工艺为急务，庶几富而后教人文蔚起"。他家十分重视子弟教育，人人都要上学念书。他们供子弟念书，一是为了外出做事，造就其政治上的代表；二是提高素质，即使务农经商，也要有文化，以便把事业做大做好，代代兴盛。但他们无论如何出外经商做事，都把永宁村作为大本营经营，大门上高悬"耕读第"匾额，每个子弟都要学会农活。这种重视子弟教育，且使家景日渐兴旺的做法，成为一般自耕农心中的偶像。

　　宜川农村有着深厚的耕读教育文化的社会基础。对于一般自耕农来说，要成为"家财万贯"且能影响一定范围的政治经济形势的家庭，很难轻易做到。他们努力的第一步，就是把地种好，每年有余，拿出一些省吃俭用的钱供可深造的子弟念书。他们供子弟上学的目的很明确，就是看家护院、发家立业、能明事理，逐步向上流社会靠近。一般自耕农，能有一个子弟识文断句就不错了。较富裕的自耕农，他们通过供子弟念书，学成后走出山村，改变家境，逐步向富农迈进。所以，宜川曾流行一句谚语："家境滋润千般好，不如供娃念书好。"当然，在旧社会能供娃念书的人毕竟是少数。多数农民不懂阶级产生的根源及地主阶级富裕的途径、社会原因，对富户的崇拜也在所难免。

在耕读传家的影响下，宜川农民很重视家庭教育，成为耕读文化得以代代传承的保障。这种教育的内容，大多是耕读教育。大致有以下方面：

一、农业劳动观念的教育。《颜氏家训》中就有这样的话：不懂农业，则"治官则不了，营家则不办"。农民要求子弟必须学会各种农活，女儿必须学会纺织缝补，认为务农是谋生之本。农民不希望子弟成为懒汉，更不希望子弟念书后成为"四体不勤、五谷不分"的人。旧社会，许多农民让子弟在农闲时念书，农忙时则回家务农，一年只能有一半时间念书。对不会农活的年轻人，村里人都看不起。旧社会经常动荡不安，有的人在外做事不成又回家务农。这种事例使农民认识到：只要学会庄稼活，当其他事干不成时，不至于饿死。所以，对让子弟学做农活这件事，家长非常重视。过去农村的文化人，在婚丧礼仪等场面上当礼生赞礼时，斯文儒雅、礼仪周全，回到家里干活时又是农活的行家里手，"摇耧下籽入麦秸，扬场使的左右锨"，村村不乏其人。

二、对子弟进行启蒙教育。孩子长到五六岁，有文化人的家庭，便开始教子弟识字写字，还让小孩子背诵《三字经》《千字文》《弟子规》等书。他们把最简单的常用字写到一寸见方的硬纸卡片上，让孩子每天认几个字。没有文化人的家庭，央求识字人给他的孩子写卡片，每天教几个字。为了让孩子认字，还会把那些会写卡片的人请到家里吃饭喝酒，送"四色礼"。启蒙教育中一个重要内容，是"榜样教育"，如：某某举人如何学习做人；某某人在外做了官，回家时到村口就下轿、下马，见了长辈还行礼问好，"武官下马，文官下轿"，更受人尊重；某某家里的孩子如何念书成人；某某人家里过去一贫如洗，但孩子念书成人后，家境富裕了。有的家庭还会教育孩子说："咱家里什么都不缺，就缺识字人。"有的大户人家，则请家庭教师进行启蒙训导。旧社会学生上学普遍迟，10岁后才入学，因为有学前教育，有的孩子从一年级"跳级"上三年级，两年多就可在初小毕业。毕业后一部分人终生务农，一部分人继续上学深造。

三、进行农耕社会需要的适用教育。旧社会不论是私塾学堂还是后来兴办的小学，办学的社会目的主要有：一是学生是否学会农村需要的知识；二是能不能教出升入高一级学校的学生，如科举时代看能否出贡生、举人、进士，民国后看能不能升入高一级学校。某一个学校的学生，后来在社会上成了名人，学校及老师就感到非常光荣、自豪。三是进行适用知识教育。作为一般农民来说，首先要求子弟学会农耕社会需要的知识。初小毕业后，要学会写对联、写信、记账、写契约文书、写各种便条字据；要会打珠算（加减乘除皆会）、记礼簿、写祭文；要能主持赞礼、懂得四时祭祀仪式；会读布告、读报纸、给小孩写识字卡片、懂得二十四节气、懂得天干地支；会计算年龄和择吉、写各种农具和粮食名称、换算度量衡数据等等，如果再会简单的绘画，能给家具上画各种传统图案，那就算农村受人尊敬的文化人了。学习这些知识，学堂或学校只是基础教育，多数还靠自学。如果上了几年学，上述内容大半还不会，人们就说："这娃把书念瞎了。"懂得上述知识的人，在一个村子多则数人，少则一人，很受农民尊敬，对有些很精通的人，农民称为"先生"，这些人逢集上会就可穿长袍马褂。

四、进行各种礼仪教育。礼仪教育的内容较多，大致有以下内容：

公德教育。20世纪50年代之前，农村道路很窄，田间小路不过一尺多宽。所以教育孩子走路不能踩踏庄稼，就是十分重要的公德教育。那时的多数孩子，走路都十分小心，生怕踏了别人庄稼。家长还会教育孩子：

不能糟蹋或偷盗别人的庄稼、瓜果、东西；不能随便驱打别人家的牲口；不能乱翻别人东西；在人多场合不能高声喧哗、"尖言扎语"；在人们经常经过的地方，不能随地大小便；不能在别人家的墙上乱画乱涂；砍柴时，不能乱砍可成材的树木，如槐、杨、杜梨、椿树等。要遵守族规和社会上约定俗成的秩序，遵守法令。爱护庙产及其它公共设施。不能说谎话，要有诚信。参加村里公益事业要积极，如扫雪、掏井、修路、闹社火等，"只要这家人烟囱冒烟、门里走人就必须去顶门立户"，不能让别人看不起……总之，要使孩子成为受左邻右舍欢迎的人。

尊重文化人和师长教育。有文化是农民向往的事，村里人常教育孩子对村里文化人要尊重，多向他们请教。不能损坏书籍和纸张，损坏书和纸张"是对孔夫子的大不敬，要造孽"。看书、研墨、写字前要洗手，心要诚，专心致志。家里有子弟诵读时，其他人做活不能有声响、说话声音要小。周围有文庙或夫子庙，逢年过节要领孩子去朝拜。学生第一次入学，要给老师送"四色礼"（一般是8个馍、一把挂面、一盒糕点和2斤肉，贫困之家也要送8个馍，叫"一盘馍"），清明节要给老师送"子推"大馍，学校所在村子的学生要请老师吃饭饮酒。走在路上碰见老师要敬礼、鞠躬、问好，过年时要给老师拜年。"一日为师，终身为父。"对教过自己的老师，一辈子都要尊敬。不能偷看别人的信件，否则有"剜眼之罪";考试不能抄袭和偷看，知之为知之，不知为不知，否则要受到"文曲星"的严厉惩罚。过去，学生在考试中偷看照抄别人卷子，被认为是十分卑鄙、耻辱的行为，对这样的学生，大家都看不起。多数学生也很自觉，考试中基本没有照抄行为。

进行待人接物的礼貌教育。自古以来，农民都是弱势群体，他们渴望社会和谐、平等相处，儒家提倡的一些待人接物礼仪，容易被农民接受。农民希望自己的子弟"出人头地"，受到人们尊敬，便对子女自小就进行礼仪教育。农耕社会中，礼仪教育体现了一个家庭为人处事、道德修养等方面的素质积淀。为了家庭声望、儿女婚事，多数农民都希望把孩子培养成有礼仪、受好评、受欢迎的人。这种教育主要来自宋代张载传教的各种礼仪以及《三字经》和各种家训，如"天地人，君亲师"、"曰仁义，礼智信；此五常，不容紊"、"长幼序、夫妇顺"、"父子恩，夫妇从"、"兄则友、弟则恭"、"长幼序、友与从"、"泛爱众、而亲仁"等说教。礼仪教育表现在以下方面：1. 要尊重长辈。见了长辈要起立相迎，问寒问暖；路上碰到长辈，要站在一边让路；出门进门要让长辈为先；一起吃饭时，长辈或兄长未动筷子，晚辈不能先吃；给长辈东西要双手递送，以示敬意；逢节时看望长辈，过年时给其拜年；不能和长辈辩论，更不能顶撞。对父母要知恩孝顺，在家里对父母应"唯命是从"，出门回来要先问父母好等。2. 兄弟要和睦相处。兄对弟友爱，弟对兄恭敬。"大哥哥小老子"，兄长对弟弟、妹妹要尽兄长之谊，还要承担父母对弟弟、妹妹的许多抚养义务；弟弟对兄长要顺从，兄长年龄大了弟弟要服侍；兄弟之间要真诚、相互谅解、互帮互助，把对方的事当作自己的事去办。给老人养老送终，兄弟人人有义务，但兄长要起到组织、主导作用。管理家务或家族事务，实行"嫡传"，一般农民只有一个妻子，那就传给长子，长子传给长孙，以此类推。3. 对女儿的礼仪教育。宜川县是一个既偏僻又受儒家文化影响较深的地方，对女儿的礼仪教育比较多，但大多渗透着"男尊女卑"的封建意识，比如仪态端庄，针工精巧，谨守贞节，说话不露齿，扫地不起尘，洒水不湿裙，请客时女人不上席，"嫁鸡随鸡，嫁狗随狗"，孝敬公公、公婆，相夫教子，妯娌互敬，勤俭持家等。这种教育直到"文化大革命"后才有所改变。当然有些内容还在沿袭，如"勤俭持家""孝敬公婆"等。4. 礼貌待客。平时，儿女走路、起坐的姿势要端正，衣服要整洁，"坐有坐相、站有站相"，说话文雅，相貌端正，仪表堂堂。家里来了客人，按照辈分关系，孩子要会称呼，会问好，待客要热情，如客人坐炕脱鞋后，小孩子把鞋放到炕栏对面墙底，以免被踩踏，客人下炕时，又把鞋拿给他穿。给客人敬烟、敬酒、敬茶要殷勤。倒茶斟酒，要"茶七酒八"（即只倒入杯子的十分之七和十分之八），双手递送。客人走时要送出大门外，并让他

"有空再来"。在客人面前不可高声说话、浪言浪语等。

5. 和睦乡邻教育。对村里人要尊重，有礼貌，见了面要问候；说话要和气，待人要真诚；邻家有困难，不可袖手旁观，应邻里相帮，互助互敬。主动帮有困难的家庭干活。婚丧过事或修房、打墙等，要谨守规矩，对邻里尽力帮助；在村里玩耍，不可和其他小孩子打架斗殴，"人之发肤受之父母"，如果受伤，也是对父母的不孝敬；借人东西，不可损坏，及时归还。借人米面，要"平借高还"（如用升子借面，借时面和升口是平的，还时面要高出升口且冒尖），再借不难；逢年过节，邻里送些饭菜和礼物，必须相接相送，且要礼尚往来等。6. 祭祀礼仪教育。即如何敬神、关香、烧表，如何向长辈拜年，如何祭奠祖先等。过去，在一些传统文化气氛较浓的村子，孩子小学毕业后，个别老人自动把他们召集起来，教葬礼中"行礼"的赞礼词。20 世纪 60 年代后，敬神礼仪多不传用，标志着人们的习俗在不断进步。

五、勤俭节约教育。农耕社会，农民独立创业，辛勤劳动一年，难得温饱，他们深知"一粥一饭，当思来之不易；半丝半缕，恒念物力维艰"的道理，十分重视对子女进行勤俭节约教育。他们教育儿女"黎明即起，洒扫庭院，要内外整洁；既昏便息，关锁门户，必亲自检点"。"人有计划，天年无常"，无论风调雨顺还是遭遇灾年，都必须勤俭，不能坐吃山空，"命薄一张纸，勤俭饿不死"。节约更为重要，"不怕钯子没齿，就怕匣子没底", 挣的再多, 如果花销无度, 放钱的"匣"是无底洞, 将一事无成。教育子女不破费鞋袜, 不弄脏衣服, 吃饭不掉馍渣、米粒, "吃饭时把碗舔不净, 娶下的媳妇满脸疤。"赶集上会不乱花钱。更不能沾染不良嗜好, 挥霍浪费。出了这样的子弟, 就是家门不幸, 有辱祖宗, 是绝对不能允许的。对于教育无效的, 就要按族规"出户"(即开除出户族)。

在对子女的教育中, 宜川人民利用世代相传的一些名言、谚语教育孩子, 如:"孝敬父母不怕天, 缴粮纳税不怕官""勤用功, 嬉无益""一年之计在于春, 一日之计在于晨, 一家之计在于和, 一生之计在于勤""一寸光阴一寸金, 寸金难买寸光阴""要知书内有黄金, 夜点明灯下苦功""欲昌和顺需为善, 要振家声在读书""少壮不努力, 老大徒伤悲""枯木逢春犹再发, 人无两度再少年""积钱积谷不如积德, 买田买地不如买书""帮人望报非君子, 知恩不报是小人""天道酬勤, 厚积薄发""人无礼仪, 不如牲畜""养不教, 父之过; 教不严, 师之惰; 女不贤, 娘的错""玉不琢, 不成器; 人不学, 不知义""有志者, 事竟成""冻死不烤灯烟火, 饿死不吃猫的食""冤死不告状, 饿死不偷人"等, 这些话, 几乎多数农民都可脱口而出。

中华人民共和国成立以来, 特别是我国在 20 世纪 60 年代初建成独立完整的工业体系之后, 再不能简单地用"耕读教育"来概括宜川教育。宜川教育已经完全成为一种全新的社会主义教育。但是挖掘整理耕读教育，可以使我们较完整认识宜川文明进步的渐进过程。宜川县人民坚持"耕读一体"的理念，执着地追求文明进步。一般农民坚持耕读教育，其教育目的，就是为了把以农为本的家业搞得更大更好，不单是为了让子弟彻底脱离"农门"；其教育手段，既重视学校教育，更重视家庭教育，这也符合自给自足小农经济的心理要求；其教育内容，主要是过去的启蒙教育、各种礼仪教育、一般识文断句和适用教育，充满了儒家思想、农耕社会传统的道德和荣辱观教育。进入高一级教育，当然内容有所深化，旧社会多数有钱人子弟上学读书的目的也是"学而优则仕"，为统治阶级服务，实现"报国忧民"的个人和社会价值。对耕读教育我们应该继承和发扬，对有些明显带有封建色彩和愚昧落后的，则应坚决予以摒弃。因而我们再次强调，对耕读教育，我们应采取批判继承的态度，切不可全盘吸收。以上内容，只是宜川耕读传统的几个方面，只有进一步深入研究挖掘，才能更加系统和完整的汲取其精华内容。

2007 年 6 月写于西安
2009 年 6 月修改于宜川

回忆与祝贺

云岩小学，是一所历史悠久的学校。20 世纪 30 年代前，宜川只有城关、云岩、交里、罗子山、集义五所完小。云岩小学为云岩、宜川县以及周围邻县地区培养了大批人才。正因为有这样一所陕北高塬上驰名的学校，从民国时期到现在，云岩街成了宜川、延长、延安三县交界处的文化、经济中心。云岩小学曾是共产党人在这一带开展早期革命活动的地方。

我于 1957 年 8 月转入云岩小学三年级念书，1961 年毕业升入云岩中学，可以说那时是云小历史上最辉煌的时期。

我们上学时，云岩小学面积很大，占了半个云岩镇（那时的云岩镇仅限于城墙之内），西到老云岩镇的北城门（北城门处西北方，门洞朝正北，即现在小操场三座教室西北方位），南、西都以城墙为界，北到山根底（现财政所地基是云岩小学于 1985 年让出来的）。现在云中的两个操场，当时都属云岩小学使用。城墙根下的大操场，曾是张载在翠微亭讲学处。旧时这里是永宁薛家"天德元"的园子，解放后成为云岩镇的一个公共体育文化场地，大部分时间由云小使用。原来的云岩小学，除了两个操场外，共有4座院子。上院北侧有6孔石窑，是教师办公室，东西两侧各为10间学生宿舍，南边是较新的两座教室（共7间，包括一间过廊，20世纪40年代修建），教室中间过廊挂着"横渠遗风"的牌匾。教室下边是块平台，平台东西各有两间厢房。平台下边是中院。中院是校园中心，也是各种大集合场地，可以列队站近千人。中院东西两侧各10间由过去的教室改成的学生宿舍（民国初年修建），南边是学校大门，大门东西两侧各有一间门房和一座教室。中院和东院之间是大礼堂，这个大礼堂原是云岩县的"夫子庙"（即纪念宋朝云岩县令、大教育家张载的庙），四五百人在里面听报告也不拥挤。大礼堂东边是东院，即原"夫子庙"旧院址（包括大礼堂在内），东院的东边是戏楼，戏楼两边各3孔石窑，北边是学生灶房，共10间，南边是1959年新修的10间学生宿舍。戏楼内左右过门上木刻着薛观志手书的"古衣冠""今人情"门匾。整座建筑建得很考究，雕梁画栋，龙脊飞檐，集中反映了云岩人民的工艺水平，可以容纳几千观众在这里看戏。东院中间有两棵大槐树，直径大概有80多厘米。东院灶房北边，一直到山根下，和上院平行有一块空地，后来成了新灶房院。西院东边是中院学生宿舍墙，西边是城墙，南边是解放后修建的两座教室各3间，教室中间还有一大间教师宿舍。西院北边是一座教室和3孔石窑。

西院较小，且受城墙限制北窄南宽。整个校院，以大门和上院两座教室中间的过廊为中轴线，上下分3层，即东、中、西院—平台—上院，中、东、西院在一个水平面上，从中院上两层，每层10级台阶（两层石阶中间是平台）到上院，鳞次栉比，坐落有序。云岩小学的大门，气派宏伟，门楼为砖木结构，外墙一砖到顶，7米多高，10多米长，上部为"凸"字形，门外10级台阶下到大路上，两扇黑色门板，厚重且庄严，它的一开一闭，显示着教育事业的非同一般。一进校门，抬头便可看见"百年树人"的牌匾。大门外墙和东院学生宿舍，中、西院教室的南墙在一条直线上，墙外一条笔直的大路直出北门，通往小操场和大操场。（参看我绘制的云小示意图）学校的钟声柔和、洪亮，学生的朗朗读书声婉转、悠扬，催人奋进。体育锻炼、文艺演出，街道上列队通过的学生，云岩小学的一切活动，都成了云岩镇一道道靓丽的风景。从操场到山根底，云岩小学建筑呈现梯形，4个院子皆为四合院，当时云岩小学的建筑水平，是云岩镇公用、民房中最高的。这样的建筑，这样的一所学校，是云岩人民数百年奋斗的结晶，是多少热爱教育事业的志士仁人奋斗的结果。也说明云岩人民有着光荣的优良传统，有着追求文明、摆脱愚昧、告别落后、敢于进步的志气和行动。

随着时代的发展，1958年至1959年云岩初级中学成立，开始是中小学合办，1959年后半年分治。以城墙西边为界，墙东为小学，墙西还有一条上山公路，路西是中学。20世纪60年代后期至70年代初，各村都办起了小学，云岩小学由一所县重点小学变成了几个大队办的小学，1970年至1972年和中学合并，到后来分开时，将云小两个操场、西院划给云中。20世纪七八十年代把大礼堂和戏楼拆掉。

我于1983年到云岩公社（后来改称云岩镇党委和政府）工作，担任过公社书记、管委会主任、镇党委书记。1984年，我们开始修建云岩大桥、接通牛家佃到云岩的高压线路、整修街道等，同时按照宜川县政府的要求，开始改变教育落后的状况，实现学校"一无两有"。云小作为重点，镇上筹集7万多元（包括县上投资），对原中院百年老房进行重修，并新修了两座教室和数间学生、老师宿舍。此间，云岩行政村开展过集资，对云岩小学重修作出了贡献。

从20世纪60年代开始，由于云岩人口的发展，原云小东院已不适合演戏，在大操场城墙根坐南向北筑了个简易台子，每年就在那里演戏并开展物资交流大会。云岩中学师生对此很有意见，事实上也影响了中小学教学秩序。1985年初，镇上决定在南河滩修戏台。云中原有操场，在现在云中的西北角，占地很大，后来挪作他用。为了解决云岩小学的操场问题，1985年后半年，县政府副县长刘保存在云岩召开县长办公会，曾决定：云中向小学归还西院，并将小操场连同小操场上的3座教室划给云岩小学使用。当时我提出，大操场属镇政府所有，不属于云岩中学所有，可由中小学共用。但鉴于云岩粮站在 1972 年占用了中学地基，仍将大操场使用权归中学，把原粮站半山腰的 10 孔粮仓窑归镇政府所有，并划给云岩小学为学生宿舍。按刘县长的意见，将此仓窑作价 1.5 万元，作为公社配套资金，争取了县上给云小的 3 万元投资。会开过不久，即 1985 年 9 月 1 日，我离开云岩镇，到省党校学习。后来，西院和小操场未归还给云小。云岩中学也是我的母校，我非常热爱云中，她的教学成绩，曾一度是宜川、云岩人民的骄傲。

欣闻云岩小学新建了一座教学楼。这是古老的云岩小学向现代化迈出的可喜一步，也是云岩人民多年的愿望。我赤子之心，高兴异常。我向母校祝贺，向云岩小学的师生祝贺。为母校的建设，我还要尽微薄之力，以表心迹。我相信，母校展新颜，将为期不远，云岩人民感到又一次自豪的日子一定会到来。

1998 年 10 月 3 日

20世纪50至60年代云岩小学示意图

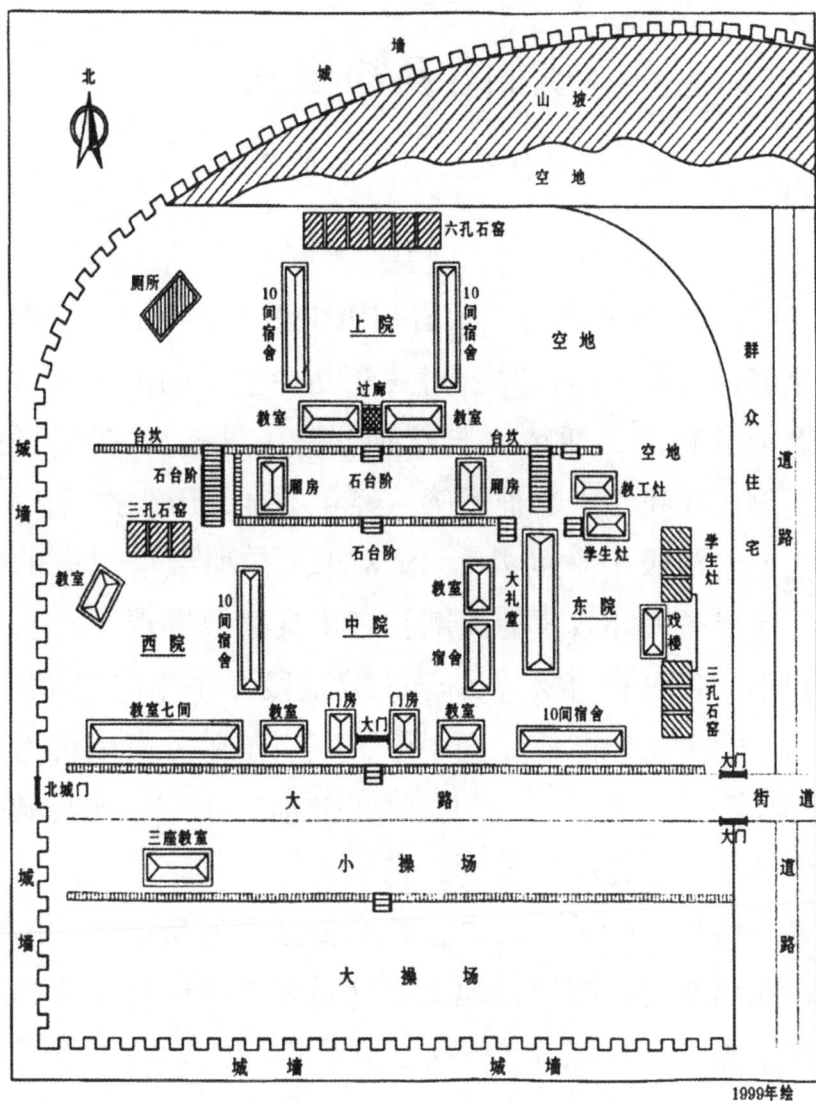

说明：1. 路东头出校园和街道连接，戏楼以东是群众房屋。

　　　2. 城墙以西是上塬公路，公路西边是云中。

　　　3. 图中未写明间数的教室，皆为三间，三间为一座。

成如容易却艰辛

——我对云岩中学的回忆

我于 1964 年 7 月从云岩初级中学毕业以后，每次回老家路过云中大门口时，对三年初中生活的回忆、对那时老师的怀念，便情不自禁地涌上心头。50 多年过去了，母校在我心中的神圣感，经年不衰，历久弥新。

云岩初级中学创办于 1958 年。在那激情似火的年代，形成了大办教育的高潮，宜川县很快实现了"村村办初小、各公社办完全小学、分地段办中学"的布局。宜川中学由初中办成完全中学，宜川子弟上高中再不用"上延安，下西安"。宜川县委、政府还决定，在县城办西郊师范，培养小学教师；在云岩镇、甘草镇、集义镇各办一所初级中学。云岩公社党委把云岩初级中学的校址选在镇北门外的川台地上，这是云岩村的耕地，当时已种上稷子（即糜子）、豆子等秋作物，要动工修建必须等到秋收之后。云中开办之初，是在云岩小学六年制的基础上办"七年制"学校，人们称为"云岩小学戴帽中学"。1958 年 7 月以"戴帽中学"的名义招收了云中第一届学生。在招生中以招收云岩小学应届毕业生为主，还在阁楼、良村沟等小学应届毕业生以及前两年小学毕业的社会青年中招生，共招生96名，即云岩中学第一届学生——"六一级"，分甲乙两班。我于1958年8月升入云岩小学四年级。开学后在中院举行开学典礼，增加了两班学生，而且是个头较高大的学生，中院几乎被学生站满了。那时五年级以上的学生年龄普遍偏大，"七年级"学生的年龄多在18岁以上，20多岁的还有不少。我们低年级学生感到很新鲜，称这两班"大学生"为"七年级"。云小原来的校长杨兆年调走了，井文玉担任了"七年制"学校校长，刘景财任副校长，薛天勇担任代理教导主任。井文玉主管云中筹建，刘景财负责小学教学工作。开学后，"七年级"两班学生都在云岩小学大礼堂（原张载祠大殿）中上课，等于两班学生用一间教室。原云岩镇戏楼属张载祠院内建筑，1941年划归到云岩小学院内。戏台后边有三孔大石窑，每逢演戏时，演员住在这三孔石窑中。"三孔石窑"就成了"七年级"的临时宿舍。薛天勇、白青云给"七年级"教语文，李生明教数学，一位姓韩的老师教物理化学（韩老师名字可能叫"福全"），历史老师李正道，地理老师师锋，井文玉兼政治教师，张克良负责云岩中学的基建筹备工作。

云中开办之初，一切都是白手起家，因陋就简。"七年级"学生坐的板凳，是开学前几天云岩镇附近10多位木工匠人集中赶制的；没有课桌，学生把木板的两头支在砖上，就算简易课桌。开学 10 多天后，才请了几位木匠在大礼堂东院赶制课桌。云岩小学五、六年级也各增加了一个班次，教室、宿舍都非常紧张。全体师生笼罩在一种"自力更生、艰苦奋斗、勤工俭学"的气氛中，各班纷纷写决心书，要为创建新的云岩小学和中学而奋斗。

双肩担出的云中校园场地

新选中的云岩中学校址，坐落在云岩镇祖师庙山的东坡下，背靠逶迤的北山山岭，南临云岩河。许多老年人看着这个选址称赞说："选了一块风水宝地。"新选的校址，从云河北岸延宜公路边一直到山根的路边，共呈现四层，第一层（靠延宜路）是坡地，大概有 10 多米宽；第二层属缓坡地，地的北边比南边要高出一米多；第三层基本属于平地；第四层是平地，但比第三层要高出 10 多米，且和第三层的结合部是一片几百米长的陡坡，上面长满酸枣刺和其他灌木。上了这个陡坡，第四层虽然较平，但又挨近山根，场地较狭窄，显然不宜修建教室。整个校址地形是中间略高，两头低，土地的自然形状东宽西窄。经过勘测，把第三层和第四层中间的陡坡土填到第二层和第一层，就能平出 40 多亩地的一块理想校园。在 1958 年秋分前，学校师生帮助云岩大队抢收庄稼，白天割糜子，晚上把庄稼背到打麦场。第二天，云岩公社党委动员全社 26 个大队的全体社员和机关干部来平整校址，学校全体老师和五年级以上学生都参加了平整校址的劳动。一时间这里人声鼎沸，红旗招展，激情震荡，热火朝天，展现了一个宏大的劳动场面。那时人们运土的工具十分简陋落后，最好的工具是独轮土车，一个大队也只有三四辆，主要办法是用筐子担运。男社员担土，女社员挖土、铲土。5 天时间，把那个陡坡土取完了，一处 45 度左右夹角的陡坡变成 90 度垂直的土崖（人们俗称窑背面子）。云中校园初显端倪，剩下那些"大平小不平"的修补工程，全由"六一级"学生在"勤工俭学"时间完成。

师生搬运修建教室、宿舍的建筑材料

校址大体平整后，云中建校筹备处请宜川县建筑社派工队开始修建教室、宿舍。"六一级"学生天天晚上到工地抬夯打地基。一至六年级学生，每天下午饭后到砖瓦厂（即后来的食品公司收购组所在地），往中学校址搬运砖瓦，大学生用绳背，小学生用手拿，我记得我们四年级的男生一次搬四块砖，女生搬两块砖，每人搬五回。

修建教室和师生宿舍所需的木料，全部是老师在云岩地区各农村买好，然后组织学生搬运到修建场地。盖教室的管椽多从雪白山里砍伐并运回；盖宿舍的管椽，多数是买的农村旧椽；大梁、檩条等木料，买的是农村零星生长的树木。在搬运木料中，初中"六一级"和小学六年级男学生主要抬运大梁，一根 7 米长的大梁需 16 名学生往回抬；五年级学生 4 至 6 个人抬一根檩条；三、四年级学生每人撅（方言，即"扛在肩"的意思）一根管椽，女同学两人抬一根管椽。我们在水生、公城、云许、刘家庄、高楼、高堡、玉皇庙、皮头、南海、落东、君子等村都搬运过木料，最难的是去雪白山撅椽。第一天校长、总务主任带着高年级男生，在县林业站技术人员的指导下砍伐椽材，并把椽运出林子，第二天全体学生去撅椽，高年级学生每人撅一根，低年级学生两人抬一根。早上 7 点钟吃过早饭后，带上干粮动身，晚上 10 点左右才能回到学校。肩膀上红肿起来的肿块还未完全消退，又得去再次撅椽。最苦的是"六一级"学生，他们去关道沟、刘家庄、高楼、雪白等村抬运大梁、檩条木料，来回要走六七十里路，每人肩上都系一块厚厚的棉垫布，男生抬运大梁，女生撅管椽，校长井文玉、刘景财、全体老师和学生同甘共苦，几乎每星期都有两天建校劳动。

　　盖教室、宿舍需要的栌子，都是高年级学生去距云岩 30 多里的君子沟（属雪白山系）背回来的。那时学生灶上做饭用的柴，大部分是学生在星期天去山里背回来的。砍柴时，"六一级"学生去君子沟砍伐四五公分粗的黑桦、黄栌两种杂木，背回来把它用斧子破开，便是上好的栌子。我记得"六一级"有位男生叫李根泽（沟口村人），一次能背180多斤栌料，学校把他评为劳动模范，号召大家向他学习。在某种意义上讲，最初的云岩中学是"六一级"、"六二级"学生勤工俭学建成的。

1958年刚开始筹建云岩中学时，建校筹备组就首先雇佣工匠，在祖师庙山南头东侧台地，打了10多孔靠山土窑洞（这些土窑现在还保留着），负责基建人员、建筑工人住在里边。后半年又让"六一级"学生在校园北土崖根底打土窑洞10多孔，入冬前全部安上门窗、盘好炕，成了学生宿舍。我1961年升入云中后，还在北边土窑中住了一年才搬入房子宿舍。刚开始基建时，总务主任张克良老师，在工地上搭了一座类似农村瓜田里"瓜庵子"式的简易棚，住在工地上照管建筑材料、管理基建事宜。

云岩中学建设速度十分快，一个重要原因是县建筑社工人师傅的辛勤努力，也在"大跃进"。他们白天要干10个钟头，吃过晚饭后，还让学生给他们点上"汽灯"（那时无电，晚上教室点汽灯上自习）夜战2个钟头。他们的工程不但进度快，而且质量好。1958年、1959年盖的教室、师生宿舍，都是瓦房，40多年后，云中拆除旧房盖新楼校舍时，原房还无一处漏水。

　　经过一年的奋战，到 1959 年 8 月新学期开始时，云岩中学建成教师办公房 9 间、教室 6 座 18 间、灶房 6 间，并依靠师生勤工俭学劳动，在后山根修了简易露天厕所，修起了几千米长的土围墙，建成了云中大门。这个时候云岩小学也在扩建，在刘景财以及总务老师刘培银、张玉堂的领导下，云岩小学在原小操场西边修教室 2 座 6 间，戏楼院北边新修学生宿舍 10 间。云中、云小这时建成的校舍虽是砖土木结构，却是当时云岩最好的建筑。从此，云岩中学和云岩小学分开办学，中学校长井文玉，云小校长刘景财。1960 年 8 月新学期开学时，云中新增学生宿舍 20 间、教室 3 座 9 间、教师会议室一座 5 间、教师办公房 10 间，还新修厕所 7 间。云岩小学在新的一年里也新修灶房 6 间。

　　在开展勤工俭学劳动的同时，学校贯彻党的教育方针，教育学生走"又红又专"的道路，培养了一批有道德、有文化、能吃苦、具有延安精神传统的好学生，教学质量在全县名列前茅。县文教局举办的初中学生各科统考中，云中在 1959、1960 年的语文、数学成绩是全县五所初中的第一名。"六一级"学生的年龄较大，初中毕业后大部分回家参加了农业劳动，其中有 20 多名学生于 20 世纪 60 年代后期，担任了大队支部书记、大队长，有 10 多人参加"社会主义教育运动"后当了国家干部；有 30 多位担任了农村民办教师，成为小学教师骨干。报名参加升学考试的只有 20 名，考入高中和各类中专学校的有 10 多名，在全县各初中应考学生中的录取比例是最高的。云中考生杜养福、高银娥，由于升学考试分数高，升入高中后又被选拔为延安卫校第一批学生。"六二级"学生的成绩更为优秀，在参加 1962 年宜川高中录取考试中（宜川、黄龙两县 7 所初中的 300 多名考生参加，高中和中专只录取 60 多名），第一至第三名都是云中考生，第一名宁思俊，第二名刘玉兴，第三名薛天生。1963 年宜川县高中和中专录取考试第一名，是云中考生周景龙，被西安中学录取。1964 年我们"六四级"升学考试时，宜川、黄龙（黄龙县无高中）两县参加考试的学生 400 多名，宜川高中录取 50 人，中专录取 30 人，共 80 人。云中参加升学考试的学生 32 人，被录取 20 人（其中高中 7 人，中专 13 人），升学考试前五名中有云中学生 3 人，前 10 名中有云中学生 6 人。后来，未被宜中录取的学生，全部被子长、安塞、志丹县高中录取。这样骄人的成绩，多少年来一直被云岩人民传为佳话。

1958 年以后，群众性的体育事业发展迅猛。1959 年宜川县全民运动会上，云中取得优异成绩，男运动员万米长跑第一名是云中学生张建仁，女运动员万米长跑第一名是云岩小学六年级学生王样子，云中在田径比赛中取得 6 项第一名。球类比赛中，云中男篮球队获得冠军。

1958 年县上规划的云中校园占地规模十分庞大，仅平整的校园就有 40 多亩。学校西至祖师庙山，整个祖师庙山山体都划给了云中，由云中栽树、使用、管理，北至上纳衣村和半山云岩粮站的公路（公路紧靠石崖底），东至云岩镇北城门外的公路，南至云河边的延宜路，川道占地有 80 多亩。

难以忘怀学校和老师的恩情

天涯海角有尽处，只有师恩无穷期。我于 1961 年 8 月升入云岩中学初"六四级"乙班。这 3 年的初中学习中，最难忘的是那些老师的恩情。初中是少年人增长知识、养成好习惯、形成人生观的重要岁月。我一生的学习、工作轨迹，品行修养、为人处世原则，无不带有初中阶段的烙印。初中老师的榜样力量、表率作用以及他们传授的知识，使我终身受益，好似自己的身影，须臾不离地伴我走过了大半生。

我进入云中后，紧张的、大规模的建校工程已经结束，除了工人们正在为我们修建 20 间宿舍外，再无其他建校活动，学生的勤工俭学劳动相对较少，学习的环境比前几年好得多。但是勤俭办学、自力更生、艰苦奋斗的作风，还十分突出地体现在学校工作的各个方面。学校的经费比较紧张，老师的教案本子都是他们自己裁纸装订的；老师们上课写板书的粉笔都有限制，每节课最多可用 3 根粉笔；冬天取暖，给每个老师办公房只发

300 斤煤炭，相当于云岩小学的一半……这都是因为学校要把节约下来的钱，用于给阅览室购买图书。老师们自己在云岩逢集时买"棒子"柴，把柴锯成 2 寸长的木块，放到火炉中燃烧取暖。当时正是国家困难时期，老师的生活十分清苦，每人每月只有 29 斤粮食，哪天如果下午参加了劳动，睡到半夜就会饥饿难耐。家在本地的老师，还有些洋芋、南瓜可充饥；家在外地的老师，困难更大。白青云老师是延长县罗子山乡人，他的夫人和两个小孩在老家生活有困难，学校为了照顾他的家庭，让他把家属带到云岩中学山根的土窑洞中居住。学校放寒假后，白老师每天都去官道沟砍柴、背柴，寒假期间要备足一年的柴火。遇到逢集日，他背着柴经过闹市区，见了熟人还会打招呼，脸上丝毫没有羞于见人的表情，因为他认为劳动是光荣的。无独有偶，1968 年冬，我于高中毕业回家劳动时，村里人称盐、买灯油的钱，靠逢集日去云岩镇卖柴换取，我家也是如此。刚开始时我怕人笑话，不好意思背柴去卖，后来想到白老师背柴过闹市的情景，就和村里人背着一捆 100 多斤重的柴去卖。我在家劳动的一年多时间里，几乎每到逢集日都去云岩镇卖柴。那时一斤柴可卖一分钱，100 斤柴可卖一元钱，是我村人一笔很"可观"的收入。

我们在云中上学时，校园中空地较多，学校划给各班种植蔬菜。1962 年我们"六四级"乙班在校园东边高台上（后来在此处修了云岩粮站）种了洋芋，秋后收获 3000 多斤，交给学生灶后，我们班学生半年不用在家里拿菜给灶上交纳。刨洋芋时，班主任王笃老师给我们讲什么是"块根"和"块茎"作物，从此我们懂得红薯是"块根"作物的代表，洋芋是"块茎"作物的代表，并学习了一些栽培知识。老师们的菜园在办公房前的空地里，他们种了白菜、甘蓝、水葫芦、西红柿、豆角等蔬菜，每天下午都有老师自发去菜园劳动，师生把这种劳动称为"共产主义星期六义务劳动"。老师的菜园年年喜获丰收，之后每年 6 至 10 月份，老师早上再不用到集市上买菜了。学生灶上的大师傅们，在大灶管理员强德兴老师带领下，办了个小养猪场，每年出栏六七头肥猪，宰杀后改善师生的生活。

　　勤俭办一切事业，是云中办学的重要宗旨。1961 年国庆节前夕，各班编排文艺节目，迎接国庆节的气氛一天浓似一天，可文艺节目在哪里演呢？学校总务主任张克良和教音乐的老师陈根堂想了个好办法，他们领着同学们在中院北边筑了一块高 0.8 米、宽 8 米、长 10 多米的土台，台前两角各栽两根木椽，木椽上头横担一根长木椽，就形成了舞台台口，挂上两块幕布，两边贴着迎接国庆的对联，就是一座很好的简易舞台。9 月 30 日晚举办迎国庆晚会时，中学、小学学生席地而坐，把板凳留给来看晚会的云岩街群众和机关干部。晚会开始后，中院挤满了人，离云岩镇较近的农民也来了不少。国庆节后，学校还挑选了 10 多个文艺节目，让学生去较偏远的村子演出，深受农民欢迎。20世纪六七十年代，气候温度比现在低，云岩河水流量较大，水面宽阔，人们平时踩着大趔石过河，冬天人畜都踩着冰面过河。每到冬天，吃过下午饭后，体育老师马力田、徐少堂带着学生滑冰，河两岸站满观众，大家饶有兴趣地观看滑冰运动，成为云河一景。冬季云河初冻后，老师领着学生在南窑沟口河床较宽处，往冰面横堆一道小土坝，再把上游的冰扒开，让河水顺冰面流下，连续几天后，就有了一个20多米宽、六七十米长的天然滑冰场。冰鞋也是简易的：冰刀上面焊一鞋底样的厚铁皮片，铁片四周有10几个小铁环，把细麻绳穿在铁环中，左右交错地绑在脚上。穿这种简易冰鞋，必须穿上棉鞋再穿冰鞋，而且要绑紧才安全。这种冰鞋由老师设计，云岩街上的几个铁匠铺制作。据说，买一双正规冰鞋花的钱，可制作30多双简易冰鞋。

　　学校的生活虽然十分艰苦，但校园纪律严明，办学工作有条不紊；老师认真，学生刻苦；学生负担适宜，"一张一弛"有度，真正体现了"团结、紧张、严肃、活泼"的校风。学生早上6时起床，6时20分统一上早操，师生排成整齐的队伍，在体育老师的号令下"齐步走"、跑步、做体操。无论冬夏，无人迟到。早读和两节课上完后是早饭时间，中午12时前上两节课，12时至下午1时30分午休，午休后再上一节课和两节自习，下午4时至下午4时30分吃下午饭，晚7时至晚9时上两节自习，晚 9 时睡觉。师生必须严格遵守作息时间，上课时间无论老师还是学生不能迟到早退，更不能不请假便无故缺席。当天的作业当天完成，在下午饭前值日生必须把作业送到各科任课老师那里，老师当天晚上把作业批改完后，于第二天早读时把作业送到各班教室，凡有做错的题，学生必须重做。在每天下午饭前两节自习里，如果学生把作业做完，就可去学校阅览室或在教室自由阅读。晚自习主要是复习当天所学内容，预读明天要学的课文。那时的学生负担很合理，一般情况下，学生在下课前就可把当天的数、理、化作业做完，作文、周记在下午饭前也可写完，有比较充裕的时间阅读许多课外读物，还可以根据自己的爱好安排一些学习时间，如练习毛笔字、到音乐老师那里学习乐器知识弹奏乐器等。下午饭后是学生自由活动时间，有的在操场打篮球、排球、乒乓球，有的到云河边散步，还有的在教室或校园看书。每遇学校体操和歌咏比赛，各班在自由活动时间做赛前练习，校园中歌声、号子声此起彼伏，婉转悠扬。学校经常举办篮球、排球、乒乓球比赛，每学期还举办一次爬山或长跑比赛。这些体育比赛活动，既有益于身心健康，又能增强集体主义观念。我们都争先恐后地报名参加，一场好的比赛，大家能热议几天时间。速算竞赛、珠算竞赛等，每学年有一次；讲演比赛、诗歌朗诵比赛不定期举办，我在三年云中学习中参加过三次这样的比赛。学校鼓励参赛者自己创作讲演稿、诗歌朗诵稿，否则得分较低。举办这些活动时，先由各班举办，然后推荐班里的优胜者参加全校竞赛。这些活动的举办，增加了学生的学习兴趣，提高了学生的实践能力，全面提升了学生素质。

我们的老师，在学习、生活、品行修养等方面都是学生的表率。凡要求学生做到的，老师首先要做到。每学期开学前两天，学校的校长、老师都提前返回学校，做好了一切开学准备工作。晚上学生休息后，老师们在煤油灯下继续备课和批改学生作业。老师在批改学生的作业时，发现学生普遍存在的问题，第二天上课时一定会再讲解一遍。批改学生的作业，老师一丝不苟，十分详细。比如数学老师杨群在批改作业时，连某位学生等号画不直的问题，都要用红笔画出来，如未引起学生注意，仍然画不直，就可能在课堂上点名批评，并让该生把那天的作业全部重做一遍。老师们认为，对学生要求严格，是他们的责任，对学生犯的错误和学习中未学懂的问题放任自流、视而不见就是失职，"误人子弟，如杀人之父兄"。我们的班主任王笃老师，对学生要求十分严格，如发现某位学生上课迟到，就会把这位学生叫到办公室予以严厉批评。即便是穿衣服不整齐这类"小事"，王老师也要管，他说："学生衣履整洁，行为端正，是品行修养的重要内容，不能忽视。"王老师既对学生严格要求又十分关心爱护学生。1962年冬天，我班一位学生因母亲患病，穿不上棉鞋，脚上生了冻疮，走路都很困难。王老师自己掏钱，在云岩集上给这位同学买了一双棉鞋。我班学生对王老师又爱又怕，但更多的是尊敬和感激。"且喜满园桃李艳，莫悲两鬓霜雪寒。"王老师就是这句话的身体力行者。王老师是陕西彬县人，1974年调回彬县任教。1975年我随宜川县委组织的"农业参访团"去彬县参观时，适逢彬县召开教师会，我曾去他的住处拜望过他，从此再未见面。后来听说他患病而英年早逝，令人悲痛不已。但王老师的高风亮节，在我心中的高大形象，永远不会磨灭！

我们的老师，无愧于"诲人不倦，为人师表"8个字。他们"甘做人梯托俊彦，但求薪火有传人"，坚守信仰，安贫乐道，勤于事业，遗风久远。语文老师强泽民，对课本上的课文，基本上都要求学生背诵，他说："学好中文的办法，就是两条：一是背诵，二是多写作文。舍此，没有什么捷径可走。"他要求学生在朗诵和背诵课文时，深刻体会课文中用词、文意的精妙，学习文章的写作特点和技巧，并且在自己写作文时能去应用它。他不单给学生讲解课文里的知识，还结合课文的文章类别、修辞特点，讲许多课本上没有的知识。如他给我们讲过许多汉语语法知识，如句子结构的成分有哪些？如何确定一句话中的主语、谓语、宾语、补语、定语、状语？怎样才算一句完整的句子？还结合课文里的标点用法，讲解标点符号的重要性，分析各种标点符号的例句，让学生掌握使用标点的基本方法。还给我们教各种应用文的写法，如怎样写总结报告、怎样写信、怎样写合约（合同）和各种便条，提高学生的知识应用能力。我记得 1962 年寒假期间，云岩公社党委调我们 10 多名中学生参加农民夜校筹办工作，我和公社一位副社长在谷堆坪大队工作了半个月。工作任务完成后，副社长让我写一份"谷堆坪大队办夜校"的总结报告，我很快写成了这份总结。公社党委召开"办农民夜校"工作总结会时，党委书记在讲话中，多次引用了谷堆坪的事例。

我在初中时，阅读了许多现代小说，如《钢铁是怎样炼成的》《保卫延安》《烈火金刚》《野火春风斗古城》《林海雪原》《红旗谱》《创业史》《暴风骤雨》《红岩》等，有时看到一些引人入胜的情节，就谎请病假，在宿舍偷着看，学校教务处在全校大集合会上严厉批评过我。初二第一学期期中考试中，我的数学成绩只有 70 分。强泽民老师给我面批完作文后说："爱阅读是好事，但不能影响其他课程的学习，更不能撒谎和旷课。你要知道，你现在学的每一门课程都很重要。从现在开始，你要停止看小说，等到你的数、理、化、俄语成绩考到 100 分，其他学科考到 90 分以上，再抽空看小说吧。"他还给管理图书室的梁济民老师建议，不要再给我借阅小说。我按强老师的要求，补习了两个月数、理、化，在期末考试时各科成绩达到了他的要求，成绩名列全年级第一名。放假时他才让梁老师借给我一本《苦菜花》、一本《吕梁英雄传》。强老师还给我说：

"你以后看小说要有所控制，应该再背些唐诗宋词，那同样是中国文学的精华。"他给了我一本《唐诗一百首》，让我两学期背完，而且要弄懂其中的典故，还要用白话文译出来。后来，每过一段时间，强老师就问我"背了多少首?"并抽查几首，让我背一遍，用白话文译给他听。在强老师的督促下，我于1963年过旧历年时，背完了这一百首诗。

"师者，所以传道受业解惑也。"这是中国历史上对老师职能的最精深透彻的解释。我们的老师，不只是简单地教学生知识，他们还重视引导学生树立正确的世界观、培养学生良好的道德品质、教育学生如何为人处事等。那时的云岩中学，把"教书"和"育人"紧密结合起来，坚持培养"又红又专"的社会主义事业接班人，授"马克思主义毛泽东思想"之经，传社会主义之道，学校思想政治工作的氛围很浓。我们上初中时，每学期举办两次"时事政治报告会"，多由校长井文玉做报告。通过时政报告会的举办，学生了解了不少国内外大事，增强了青年学生"胸怀祖国，放眼世界"的情怀。学校有时还请有关部门和上级党委领导做报告，提高学生对党大政方针的认识。如中央《农村人民公社工作条例》（即"人民公社六十条"）颁布后，学校请县委农工部部长和云岩公社党委书记做报告，让师生了解"六十条"的主要内容以及县社贯彻落实情况，以便学生回到家后能正确认识一些农村问题。我们在初二时，政治课的课本就是毛主席写的《中国革命和中国共产党》一书。那时，我们还是十五六岁的娃娃，预习课文时，许多地方看不懂。在课堂上，通过听取政治老师李青元深入浅出的讲解，我们对中国的社会发展简史有了进一步了解，知道了中国是世界文明发展最早的国家之一的辉煌历史，使我们更加热爱自己的祖国。学习中，对中国革命的对象、任务、动力、性质和特点有了较深的了解，从而认识到"中国革命的终极的前途，不是资本主义的，而是社会主义和共产主义的"，懂得了没有共产党就没有中国革命，没有共产党和毛主席的正确领导，就不可能建立新中国，只有社会主义才能够救中国的深刻道理，从小坚定了跟党走的意志，确立了为实现共产主义而奋斗终生的理想信念。

学校还对学生进行爱国主义教育，让学生学习岳飞、文天祥、戚继光、史可法四大民族英雄的事迹，学习邱少云、黄继光、董存瑞等现代革命英雄的光辉榜样，开展"学英雄、见行动"的班会讨论，激发学生的爱国热情；请贫下中农代表来学校做"忆苦思甜"报告，增强学生的阶级观念和阶级感情；学校非常重视对学生进行忠诚老实、艰苦朴素方面的教育，如教育学生不能说谎话、不能欺骗家长和老师，学习中要聚精会神、独立思考、不耻下问，不能抄袭别人作业和试卷，"知之为知之，不知为不知"，自觉养成踏实认真的学习态度、实事求是的作风，不能弄虚作假、自欺欺人。我们在中学学习期间，把照抄偷看别人试卷看作最卑鄙龌龊的事，考试中从来没有发现有抄袭别人试卷的人。学校教育学生要衣着朴素，不乱花钱，养成不慕虚荣、勤俭节约的美德；对学生进行礼仪教育，要求学生见人要谦虚有礼，对待师长要恭敬，校内校外见了老师要敬礼，同学之间要互相帮助、互相学习。要热爱劳动，虚心向劳动人民学习；大力开展"学雷锋，树新风，见行动"活动。学校要求学生把雷锋作为社会主义新时代的精神楷模去学，通过开展学雷锋活动形成新时代的学生风貌。我们在学雷锋活动中利用课余时间，给大师傅洗衣服、帮助大师傅拉水（那时无自来水，在云岩前石砭井中取水），主动打扫环境卫生，还在云岩镇逢集日去街上给父老乡亲理发、打扫农贸市场等。总之，在校内校外，学习雷锋蔚然成风，好人好事层出不穷。

"看似寻常最奇崛，成如容易却艰辛。"一所很平常的陕北中学，却走过了艰辛发展的道路，且使她的学生终生保持在云中学到的艰苦奋斗精神，牢记老师的恩德，在为人民服务的道路上能坚持、不懈怠，她是多么伟大，又是多么神圣的母校啊！

一些学习生活的记录

2014年冬我整理母亲的遗物时，发现她老人家保存的几本我在云中的作文本、周记本，其中有那时作的几首小诗，虽然诗作水平很差，但也反映了当年的云中生活，我抄于此：

星期天早晨在云河边背诵诗

云河水，哗啦啦，
两岸景色美如画。
晨风送爽好时光，
背诗读文记忆佳。

昨晚送别即将毕业离校的初三学长

云河水载三年情，
今夜学子伴月明。
岸边娓娓话离别，
歌声笑声惊生灵。

三九天在云河滑冰

云岩河里冻凌厚，
下午冰上争英雄。
简易滑鞋天然场，
师生个个乐悠悠。

1961年8月，我刚上云岩初中时，校长是袁成文老师。1962年正月开学时，袁校长被调离，云中的老校长井文玉又被调到云中任校长，一直到我们毕业时仍是他任校长。我在初一的第一学期，云中教导主任是孙立老师，他是黄宜合县后从白马滩中学调来的，同他一块从黄龙调来云中的还有一位教语文的于老师，年龄较大，给我们教了一学期语文。第二学期，孙立和于老师都被调走了，教导主任由薛天勇代理。学校总务主任是张克良老师。给我们"六四级"乙班任过班主任的老师是师峰（第一学期报名后，只带过三周班主任）、郭民屏（第一学年）、王笃（邻县人，第二、三学年）。我还能记得名字的老师如下：

语文老师：于伯溪　薛天勇　白青云
　　　　　马力田　强泽民　杨培贤（女）
　　　　　程向玉　付　哲　冯自强
数学老师：卫永奇　杨　群　李生明
　　　　　王耀华　雷天洲
历史老师：李正道　郭民屏　袁玉魁
俄语老师：陈根堂　杨培贤　袁玉魁
　　　　　余东来（皆为兼任）
政治老师：李青元
地理老师：师　峰
农业常识：王　笃（兼）
生物老师：王　笃
化学老师：韩福全　王　笃（兼）
物理老师：余东来

音乐老师：陈根堂　李生明（兼）

图画老师：贺玉轩

体育老师：马力田（兼）　徐少堂

教导干事：梁济民

学生灶管理员：强德兴

（记忆不全，可能有遗漏）

在这些老师中，宜川籍贯的大约占40%，而外县的老师多是关中人；大学程度的老师占60%多，老教师薛天勇、强泽民、雷天洲是宜川县解放以来的名师。

2018年5月于西安

（2020年5月23日发表于"惜缘堂"微信公众号）

云岩中学成立之初，县政府把祖师南山全部划归云岩中学，祖师南山和北山下没有校外人居住，都为学校所有。空地(1)和空地(2)都属云岩中学所有。

图 例

原云岩镇城墙
土墙或石崖
学校的土省墙
云岩中学图墙

云岩小学
云岩镇北寨门
新教室
云小大操场
云岩村桥地
上山公路
延宜公路
云岩河
空地(1)（文革后建丁栽姆）
空地(2)
上北山路
灶房
教室
教师办公房
厕所
学生宿舍
陶器舞台
中院
会议室
大门
空地
教室
教室
教师办公房
排水渠
云中操场
学生宿舍
学生宿舍
空地
北山
师祖山庙
云岩道班

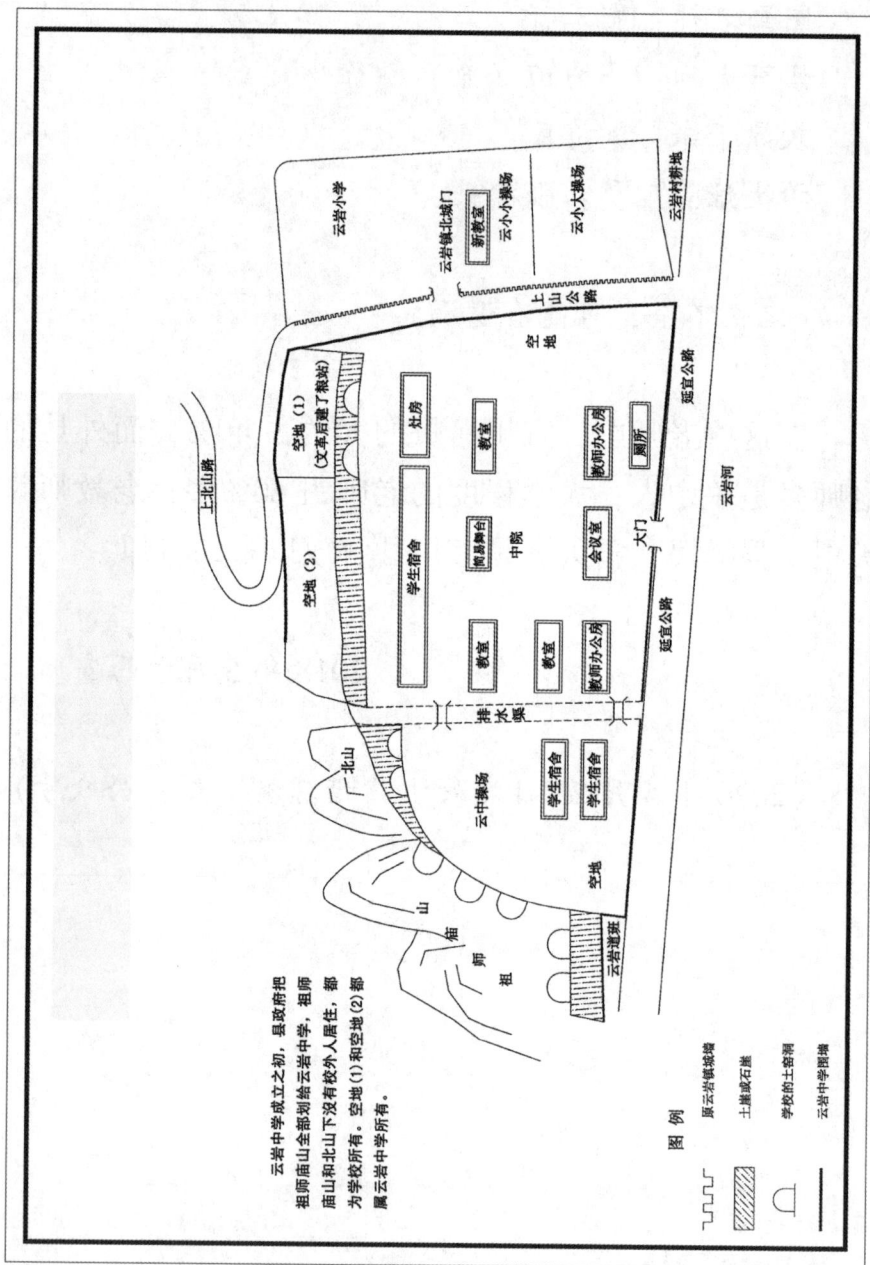

图 1　1961 年云岩中学平面示意图

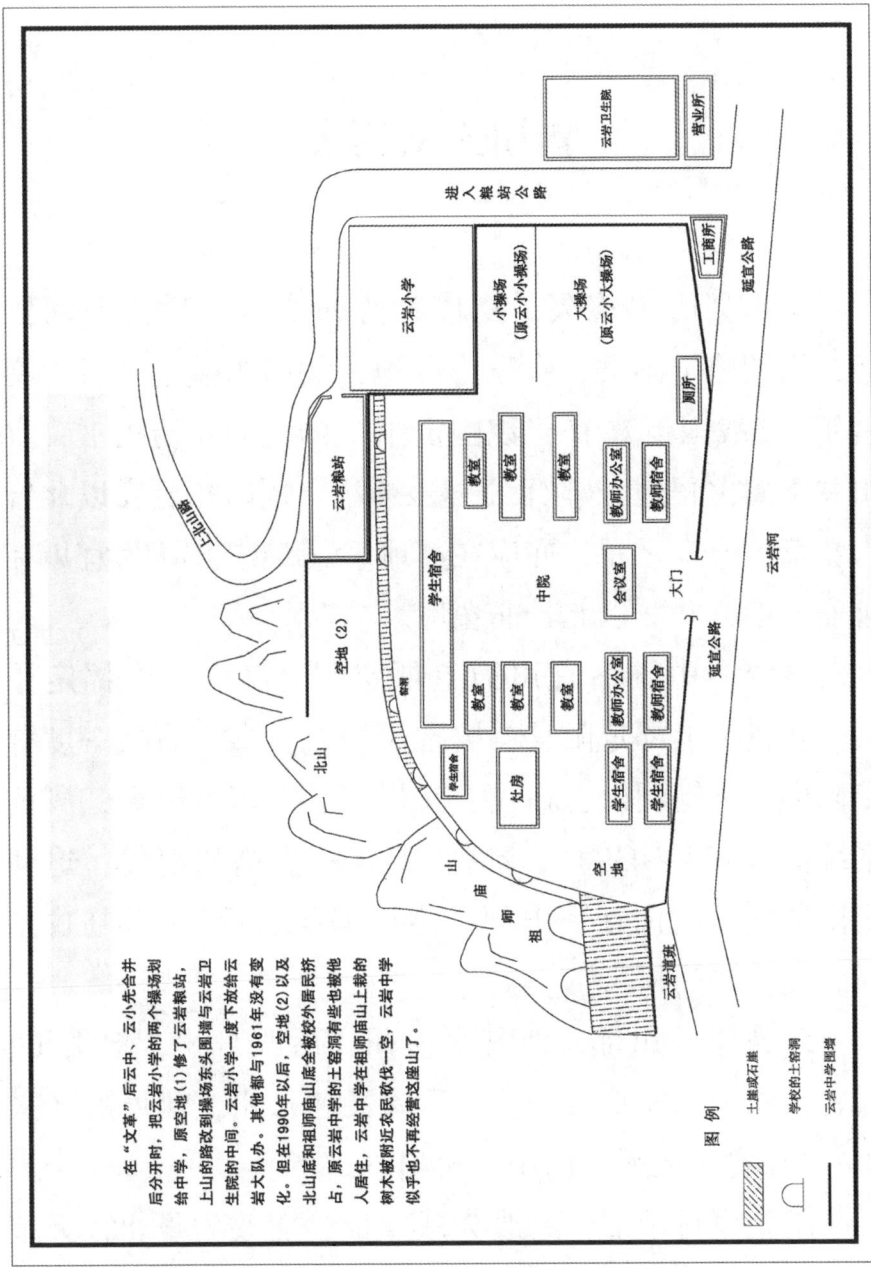

图 2　1984 年云岩中学平面示意图

宜川人文简史

宜川县历史悠久，夏代为雍州之地，后为西河国地，周朝建定阳县，春秋为晋地，战国为魏地，后为秦占领。《战国策》有"魏围定阳"的记载。历史上，宜川并不属白翟地，《陕西通志》载："周时，延安以北皆为翟境，商末之翟，亦应在其地。"《吴志》认为宜川在延安东南，并非以北，非翟境。

秦统一中国后宜川为上郡定阳。汉朝为上郡定阳县。西晋为上郡定阳县，按省《通志》载，晋代一度称定阳郡，下辖阴山、临戎、义川三县。东晋时期，属前秦统治（304—439）。晋时，羌族一支稽胡南侵，迫使定阳郡址三次南迁，史称"定阳羌胡造反"，其临戎县迁到交里北门村一带。

北魏建乐川郡，西魏设汾州，后改丹州，辖义川、云岩、永宁、安平、汾川。后周又名丹州，辖丹阳（义川）、云岩、太平、门山、汾川县。

隋先设丹阳郡，后改为咸宁郡，唐改为丹州，天宝元年又改丹州为咸宁郡，时间不长又复称丹州，辖义川、咸宁、汾川、门山、云岩等县，一直延伸到北宋。

北宋为避太宗讳，改义川为宜川。宋熙宁年间丹州只留宜川（其他三县并入宜川）、门山。金同。元省州，只设宜川县，门山归宜川县。明为宜川县，清同，民国沿清制。1948年延安地区全境解放，共产党政权在宜川县重新建立，把原宜川的雷赤、南河沟、赵家河、安河、罗子山五乡划给延长县，圪台至大岭地区划给黄龙县。

从北魏到明代的历代王朝，有史记载的有23位有功之臣封到宜川为公、侯、伯、子、男，有名的有唐忠武王浑瑊、唐李客师（李靖弟，封丹阳郡公），丹阳公主（李渊女）。唐、宋、明有4个王室宗亲封为丹王或宜川王。唐丹王（李逾，代宗子）、丹王允（唐昭宗子），宋咸宁郡王俣（神宗子），明朝宜川庄靖王志堢（三代袭，隐王三子，王府在西安三里水池坊）。对此，《吴志》论曰："夫蕞尔微区，亲贤食采，后先相望如此，嗟乎！兹地之重，所由来久矣。"

宜川传统文化发展的几个历史高潮时期

历史上，宜川属北方名州、名郡，处于历代边关之南，战乱相对较少，又是汉民族长期定居的地方，有着悠久的文化传统。主要有以下高潮时期：

1. 西汉奠定基础。汉武帝下令全国州县都要办学，并设地方校官。上郡经常处于战乱之中，在崂山以南的定阳县相对稳定，办有县学。西汉时期，宜川地区的儒学开始传授、推广汉礼，尊奉孔孟，民间教授在云岩、交里、黄河沿岸等地出现。

2. 唐代的宜川，儒家学说传授出现前所未有的高潮。唐朝强盛，宜川地区农耕经济得到大发展，又得到咸宁郡王浑瑊的庇护，人口数量达到 8.7 万人，属历史上最高时期。生产力的大发展，对文化教育提出了新的要求。唐朝，宜川办有州学一处，县学 5 处，民间教授大量涌现。史载宜川的第一位进士令狐垣（相传是云岩高堡村人），就出现在唐中期的天宝年间，曾任衡州别驾。由于宜川人口旺盛，经济发达，唐王朝对宜川较为重视。唐肃宗曾来到宜川，其在云岩川走过的路叫"圣马道"，过的桥叫"圣马桥"，后讹传为"闪马桥"。唐德宗把大功臣浑瑊封在宜川，称"咸宁郡王"，死后谥"咸宁忠武王"。浑瑊是羌族铁勒九部浑姓人，在奉天城救过唐德宗，对唐朝平定叛乱、维护国家统一作出过贡献。宜川成为浑瑊的封地后，浑瑊利用"出将入相"的影响，进一步保护、促进了宜川文化经济的发展。宜川人民在凤翅山建有"浑瑊祠"，并在云岩三冢村建有"忠武王墓"，长期纪念这位对国家统一有过贡献的大功臣。由于经济发展，宜川较为富庶，曾在唐朝中晚期建有"九殿、十八庵、二十四寺"，道教、佛教盛行，宜川地区的儒、道、佛亦相互融合，影响了宜川后世的人文观念。

3. 北宋时期，宜川教育事业大发展，儒家文化在民间得到广泛传播，宜川民间形成了以儒学为正统的民俗文化。北宋统一中国后，宜川相对稳定，人民渴望出现经济文化繁荣的局面。此时，有两位宋朝的理学（新儒学）大师曾先后到宜川做官，促进了宜川教育事业的大发展。一位是理学泰斗、理学创始人"三先生"之一的胡瑗，他生于公元993年，殁于1059年，字翼之，创苏湖教学法。泰州海陵人，学号"安定先生"。1040年范仲淹知延时，任其为丹州推官。他在宜川莅政之余，教授学生，史载"随贤愚训之，士赖造就，见者即识为安定先生弟子"。后任宋太常博士，天章阁侍讲，"学派势重"，《宋史》载："礼部所选士十有四五为其弟子。"他是宜川理学的奠基人。

另一位是张载，他生于1020年，卒于1077年，字子厚，学号"横渠"。宋嘉祐二年（1057）进士，1057年—1067年期间的某几年，在云岩任县令。河南大梁人，后居陕西眉县横渠镇。创宗旨为"为天地立心，为生民立命，为往圣继绝学，为万世开太平"的关学，是唯物主义哲学家，大教育家，关学创始人，"庆历五子"（周敦颐的濂学，程颢、程颐的二程洛学，邵雍象数学，张载关学）之一。

4. 明朝时期，在宋代的基础上宜川理学传播研究出现高潮。明朝早期和中期，宜川经济快速发展，农耕社会较前发达。全县人口恢复，出现了"开山到顶"的现象。随着棉花产业的兴起，全县经济中心向产棉地区特别是黄河沿岸转移。明朝是宜川经济总量的历史高峰时期。在生产力大发展的形势下，人民对文化教育事业提出了更高的要求。明朝以理学立国，张载倡导的理学在宜川得到进一步发扬光大。明代前期宜川出了两个县官，一是张绎，一是张伦，皆被省《通志》记为名宦。此二人适应人民的要求与愿望，发展了宜川文化教育事业。其中张伦任宜川知县仅半年，被调任蒲城知县，宜川士人和百姓联名上书并派代表赴京上疏挽留，张伦复归宜川任知县，课桑农，兴利除害，政绩卓著。特别是在县城办"圣谟阁"，扩建学宫、县学，恢复书院，修建孔庙，兴盛理学。在恢复丹山书院后，又促进农村办学，当时百口人以上的大村多数办起学堂。富户请私塾教授，全县尊师重教，盛况空前。至今许多村有"书房湾"、"书房院"等地名，皆为那时留传至今。

明代在教育文化大发展的基础上，宜川出现了两位理学大师，研讨理学，成果显著，誉满秦豫。一位是刘子诚，举人，一生未仕，从事理学研究和教育事业。著有《刘伯明遗训》，《吴志》中录其《教子应世说》一文，广为流传。除了在宜川城办学、教授理学外，还经常去河南讲学，和河南的一些知名学者交流研究成果，过往甚密，在秦豫两省理学界影响巨大。刘子诚的曾祖父刘翱从安徽颍上县来到宜川秋林杏渠村，义行乡里，拾金不昧；刘子诚祖父、伯父、父亲皆为七品官员；刘子诚二弟子纳为贡生，未仕；三弟子诚为贡生，官至横州知府，在文学上也有造诣。子侄多为官员和学者，《宜川县志》记载了刘家从 1465 年至 1645 年内 180 年间的五代事迹（其后人现住县城、秋林村和屯里村）。

另一位明代的理学大师刘玺，举人，其兄刘琛为进士，其弟刘琰为举人，皆为官员。刘玺一生主要致力于教授、研究理学。在宜川多次举办理学研讨，后又应邀去河南讲学。至壮年随其兄弟迁居西安，关中称"三牌楼刘家"。到西安后继续研究理学，发表了许多有价值的学术文章，并在西安办学，曾教授数百人，人争师之，许多关中理学者皆出其门。刘玺外甥冯从吾，自小受刘玺指教，明万历时及第进士，官至御史、工部尚书，后弃政从教，是明代关学的代表和领军人物，在陕西影响巨大。

明朝万历年间，宜川知县贾明孝修建供奉胡瑗、张载的"二贤祠"，至此，宜川明代理学传播进入高峰。

明灭亡后，宜川文人学士受儒家正统学说的影响，对清朝统治一下子很难接受，康熙年间，宜川又经瘟疫天灾，人口减少，文化处于低潮。直到乾隆年间，随着清朝对汉人学者政策的放宽，宜川文化又一次出现高潮，但仍然是以发扬张载理学为主要内容，以实践张载的《东铭》《西铭》为宗旨。清康熙年间恢复瑞泉书院，嘉庆年间开始恢复训导建置，恢复秀才、贡生考试制度，定例三年考 2 名贡生。乾隆年间吴炳重修瑞泉书院，并开始县财政供费。清朝出现许多热心兴教办学的人，如白晟（迭村人，现被划到延长县），举人，曾任太原知县，后弃政从教，其弟子给其写有两联称赞："五陵春色烟霄近，万里扶云瀚墨新""雄文笔底寒星落，古剑床头夜雨鸣"。王彦褒，乾隆举人，堡定人，设教下寺，"慕道张载，一时宿儒仰之"，"从学者百人，成名大半"。道光五年乙酉拔贡周吉士不入宦途，讲经乡里，在衣锦办学，德教碑联为："有恩有义百千载，同心同德七十人。"赵思清，进士，在交里赵家河村研究经文，未仕而卒。清朝学子皆背诵《东铭》《西铭》，此风气延续到民国初。

清朝出了几个有名的宜川县官，如范式金，被《府志》记为廉洁模范，著有《五篑约》，对宜川教育亦有贡献。吴炳撰修第一部官方《县志》，系统总结提高了宜川的传统文化，记述了宜川政治、经济、文化、社会发展的脉络。吴炳是宜川历史上第一个把学校纳入县财政预算供费的人，他禁止了宜川民间临死之人被"麻绳勒项"的陋习；给宜川人民传授了缫丝技术。他是第一个写壶口专著的人。乾隆五十二年，县官路学宏重修"二贤祠"，掀起传播《东铭》《西铭》的又一次高潮。光绪末年县知事樊增祥为宜川人民上书减税减粮，离开宜川后官至陕西藩司，并在民国初年（1912）创办关中大学、西安优级师范等。

清朝宜川文化的特点，基本是明朝的延续。

5. 民国初期，受新文化运动的影响，宜川文化出现了新气象。清末民国初年，宜川出现了一批很有影响的人物，虽然从思想体系上说，还属于儒家正统思想，但也有旧民主主义的成分，在封建社会即将崩溃之时，他们是宜川传统文化的承前启后者。从《县志》中记载的薛观骏《辛亥革命记》等文章看，他们赞成共和制、反对清朝封建统治。如：黑宪章（赵家河乡固州村人，现划入延长县）担任宜川民团团总，跟随杨虎城多年，被任为西北军旅长，较同情民众，敢于和封建官吏斗争，被蒋系国民党宪兵杀于宜川城，西安革命公园曾立有其纪念碑。邹均礼，集义镇马头岭村人，曾在民国初年代理宜川知事，在文学诗文上很有建树。张肇文，县城人，民国二年（1913）任县议长，对宜川脱离清政府统治有贡献。李国华，益枝村人，代理过宜川县知事，是宜川办学兴教的主要倡导者之一。薛观骏，永宁村人，曾是宜川县新兴地主和民族工商业的代表，撰有《宜川续志》，属当时县上文化教育界领军人物。还有曹伯箴、李国器和李善辅（益枝村人）等，都为民国初年的文化教育事业出过力。与清朝相比，民国初年文化方面的新气象主要有：

①商业文化兴起迅猛。随着当时全国民族工商业的短暂复苏和发展，宜川县城以及云岩、北赤、安河渠、圪针滩、集义等重要集镇的店铺增多，并开辟出多条商路，出现了永宁村薛镜明家的薛观志、薛光第经办的

"天德元"铺子，名震县内外。县城张家兴办的商馆也有数省商人云集做生意。晋、豫商人大批涌入宜川。商业的兴起，有力地冲击了农耕文化，如薛观骏写的一段话，就使人们振聋发聩，他说："宜民素重农，而不经营商业并百工之艺，坐视利权外溢。乡里无殷实之户，以致习士子业者，多因财力维艰，半途而废，弃儒从农，尽力南亩。余凤昔为之隐忧，惟望嗣后青年学子，欲以根本解决者，毕业后以商业为前提，工艺为急务，庶几富而后教人文蔚起。"这一段话，直到现在也不过时。

②清朝末年废科举制后，宜川第一批大学毕业生成了文化骨干和领军人物，带来了清新之风，营造了新气象。这些人虽然还站在地主资产阶级的立场上，但也宣传孙中山的三民主义，宣传科学救国、实业救国、教育立国的理念，为保守的宜川地方文化注入新鲜血液。比如薛光汉，永宁人，民国六年（1917）毕业于西北大学，宜川第一任教育局长，是宜川大办学校教育的最早发起人和倡导者之一，后来追随杨虎城，任西北军联运所（后勤保障机构）所长。呼延立人（厚山村人，现划入延长县），民国七年（1918）毕业于山西斌业大学，县第二任教育局长，主持重版《吴志》，筹资支持教育，倡导繁荣商业，后任杨虎城军的临潼管区司令。薛光枢，永宁村人，民国八年（1919）毕业于西北大学，曾和胡适一起办报纸，后回宜川任财政局长，也是云岩小

学的第一任校长。还有一批毕业的大学生，陆续回县。如李仲毅，民国二十四年（1935）毕业于北平文理学院，宜中骨干教师。齐济，民国二十五年（1936）毕业于北平农村学院，曾任第三任宜中校长。张季玉，民国二十六年（1937）毕业于北平朝阳学院，曾任宜中第一任校长。李立楷，民国二十六年毕业于北平师范大学，第二任宜中校长。那时全国的大学屈指可数，少而神圣，大学毕业如同考中进士，又出身富户之家，这些人在全县人民心中的分量非同一般，他们的各种言论和活动，自然受人瞩目，可以起到带头作用。

③民国初年到20世纪40年代初，宜川的教育事业发展较快，大办学校之风蔚然兴起，1906年，在县知事林歧饶、本县名流范友韩等人的努力下，办起了县立第一高小，从此宜川有了较之科举制度更为先进的学校教育。1923年至1928年，相继办起了安河、云岩、集义、交里等高小，还办起了一批初小。1940年，办起宜川初级中学。至此，宜川县有一所初中、7所高级中心小学、43所初级小学。在陕北各县中，宜川学校数量之多、门类之齐全名列前茅。抗日战争爆发后，阎锡山消极抗日，只为保存实力，退守壶口西岸，同时把山西省立联中、省立师范、省立初级实用职中、省立第二高小、山西大学搬在宜川境内兴办，客观上方便了宜川子弟就读学校。1948年，共产党创办的延安大学迁到宜川党湾沟办学一年多，为宜川子弟上学提供了方便。

这一时期，宜川办学的显著特点，就是在适应人民要求进步的前提下，县上一些有识之士和名流首倡、当地富户捐资捐产兴办学校。这一时期宜川发起的办学运动，既是张载学说及其理念的延续，又体现了宜川人民追求进步的时代精神，更是宜川传统文化发展的一次高潮象征。

在这里值得指出的是，民国初年宜川的一些文化名人和第一、二批大学毕业生，在共产党领导的人民革命日愈深入、更加全面的形势下，发生了深刻的分化，有的人在全国解放后继续为人民做事，有的人坚持了顽固的反人民、反革命的反动立场，成为人民的敌人。

进入 20 世纪 20 年代后期，范世昌、赵正化（后改名赵方，二里半村人）、黑志德（赵家河乡固州村人）、白思俊（东庄村人）等一批知识分子，开始在宜川宣传共产主义和革命思想，并在安河、云岩、县城学校中最早建立秘密的共产党组织，为建立共产党的红色政权作了各种准备和努力。这时进入各种思想强烈碰撞的年代，宜川传统文化开始处于扬弃之中。

宜川县壶口旅游文化由来已久

大禹治水，从壶口开始。中国从战国时期的《禹贡》起，各种国家史籍、地理文献都有明确记载。相传大禹的妻子涂山氏是依锦村人。壶口两岸，从大禹治水时，已有人类的文明生产活动，这也是宜川自古为名州名县的重要原因。自有人类的文明史以来，宜川人民素以壶口胜境为荣，以大禹为楷模。两千多年前的定阳时期，宜川人民就在交里乡北门村建有"禹王庙"，后来又在依锦村建有"姑夫庙"。历代修建的纪念大禹的庙祠有几十处之多。宜川人的壶口情结，集中表现在对大禹的崇敬，对造福于人类的伟人的热爱，对抵御天灾的重大工程的崇拜，对幸福、安定、美好生活的向往。

除了本县各种史籍对壶口的记载以外，宜川民间有关大禹治水、壶口胜境的传说长久不衰，内容十分丰富。从隋、唐开始，宜川人已经充分利用壶口名胜开发商业、通航等事业。明朝，宜川人民对壶口旅游业的开发已经上升到文化领域。明朝宜川举人刘子诚、流寓惠世扬等一批文人，相继吟诗作赋，歌颂壶口。如惠世扬写的"源出昆仑衍大海，玉关九转一壶收"等。至今，有关描写、歌颂壶口的诗文，还很少有超过刘子诚、惠世扬诗文的艺术水平的。清朝时期，宜川人民对壶口文化的挖掘进入高潮，尤以吴炳作第一篇有关壶口的专论文章为标志。他写的《壶口考》使壶口的地理位置、景观形象、内涵文化更准确地呈现在世人面前。清末民国初年，壶口西岸的商业、交通超过以前历史上的任何时期。民国八年（1919），宜川县政府将壶口瀑布南长12里、北长12里内的土地收归国有，不许民间私相买卖，进行了有效保护。

经过宜川人民世世代代、生生不息的努力，壶口旅游文化的内涵和特征已经十分完整，主要有：一是根据文物和史册考证，壶口是黄河文化的根源地。二是壶口是大禹事迹和文化的萃集地。三是壶口是河船文化的重要枢纽地。四是壶口是历史战争的重要遗址，是中国军事文化的重要载体。五是壶口景观是融自然与人文景观于一体的完美结合。总之，壶口瀑布已成为中华龙的象征，成为中华民族精神的象征。以上几点，再不展开来讲，请大家阅读壶口文化研究会有关此方面的研讨文章。

宜川传统文化的几个特点

1. 从西汉一直到民国初期，虽然各个历史时期宜川文化的表现形式有所不同，文化的内容成分有所增减，但儒家文化一直占主导位置，源远流长，博大精深，有较强的正统性。除了合理的内容外，宜川传统文化较强地依附于各个封建统治时期的主流文化。比如，宜川民国以前的各部《县志》，对人民反抗统治阶级的行为缺乏记载，甚至对明末农民起义首发在宜川的史实也不记载，对王左挂、罗汝才这样的农民起义领袖、宜川历史上的重要人物只字未提，对清末民国初年宜川人民反抗官府的正义行为，一概诬为"匪"等。

宜川民俗中有较强的儒家传统，如流传至今的葬礼中的"行礼点主"，充分体现了《论语》中的许多观点，也有许多封建糟粕。

2. 历史上宜川交通不便，传统文化有强烈的地域性、保守性，延续时间较长。

3. 宜川传统文化具有包容性。历朝历代的统治者在宜川安置了大量的外地灾民，人员流动多。宜川文化吸收了晋、豫、鲁、皖等地许多文化，至今在风俗中相互都可找到不少雷同之处。清朝以前，宜川虽然偏僻，但经济、文化较发达，社会较安定，许多外地学者愿意到宜川居住，一些朝廷贬官也把宜川作为安居乐业的避难之地，史册上把他们称为"流寓"。如明朝土木堡事变后受到贬斥的京官马中锡，曾在宜川住过，从他《宿云岩邮亭》诗中"悠然忽感当年事，曾拜金门夕照中"可看到当时的心情。清涧人惠世扬，曾是明朝廷阁臣，先受魏忠贤党羽陷害，后又遭皇帝猜忌，明天启七年（1627）后寓居宜川多年，曾作"源出昆仑衍大流，玉关九转一壶收"的壶口诗文。明代河南进士许用中，遭贬后居宜多年。清朝清涧举人白寿宸、安定举人南仪、河南进士李模、任枫、张鸣凤等都曾在宜川居住，从事理学研究与教学。这些人也为宜川文化繁荣作出了贡献。

4. 历史上宜川耕读文化盛行，特别是明、清、民国初年更胜以往。宜川的耕读文化，除了邹均礼、永宁

"天德元"等大户耕读兼备、商农皆营的模式外，主要可理解为"有文化的小农经济"家庭。当然这种家庭在农村是少数，但影响较大。一般人为了看家护院，跻身上流社会，都要教育儿孙读书识字，形成了一套家庭、学校教育的规则，民间有耕读教育的箴言谚语。对此，我在《宜川县耕读传统暨兴教办学简况》一文中进行了较详细说明，这里不再赘言。

这种"有文化的小农经济"，精于打算，善于经营，比没有文化好，但是仍然脱离不了小农经济的一般规律和特征，因为他们没有先进理论作指导。宜川人少地广，大多数村里是中农即自耕农占多数，小农经济的保守性、狭隘性，中农的忌妒性、自私性仍然表现强烈。旧社会，有文化的农民既受农民尊重，又是被封建教育荼毒较深的人，在他们的思想和行为中，掺杂了清高、不交往、排他等缺点，封建意识较为浓厚。各个历史时期这种小农经济思想都有不同的表现形式，形成了宜川人性格及其文化的重要特征。

正确认识传统文化，使优秀的传统文化与时代精神相结合

1. 要认识了解传统文化的重要性。任何社会都是历史发展的一个过程，既不能割断历史，又不可能终结历

史。任何社会制度和形态都是在历史的基础上形成和发展的。不尊重历史、不学习历史知识的人，不会成为一个完全合格的领导干部，起码是一个知识有缺陷的人。马克思创立无产阶级科学理论时，在总结欧洲工人阶级运动经验的基础上，吸取了德国古典哲学、英国古典政治经济学、法国空想社会主义中的合理部分，才形成了马克思主义。毛泽东思想是马克思主义与中国革命实际相结合的产物，这个实际中就包括中国传统文化中的合理部分。现代青年人中有一部分人，认为了解传统文化"无用"，更有甚者从个人主义、实用主义、投机主义出发，认为"研究传统文化不能解决个人的现实问题"，还有的人认为传统文化都是"封建和守旧的东西"，新时代用不上。有的人只看到商品价值和物欲横流，认为还是"钱"最重要，这都是极端错误的。总之，不重视学习传统文化，不善于吸取民族传统文化中有用的部分，是一种不好的现象。

2. 要用唯物史观看待传统文化，认识它们曾经起到过的重大历史作用。"凡是传统的，都是过时的"这一看法，是十分偏颇的观点，如同"孙儿不知道爷爷名字"一样幼稚可笑。

3. 要用先进的革命和建设理论去正确地认识和吸收传统文化，取其精华，去其糟粕，为建设有中国特色的社会主义事业服务，为提高个人素养、传承优秀人文精神服务。宜川的传统文化，有许多糟粕，如封建礼教、男尊女卑、思想保守等；也有许多优秀传统，如重视教育、乐于助人、安分守己、礼貌待人等。只有树立坚定正确的理想信念，一分为二地看待传统文化，才能继承优良传统。

4. 努力做到继承优秀传统文化与发扬时代精神相结合，为建设新宜川服务，为发展宜川的社会经济服务，为实现共产党人的远大理想目标而奋斗。这样，优秀传统文化才有活力。了解传统文化，离不开时代精神的引领；发扬时代精神，离不开从优秀传统文化中吸取营养，离不开历史基础，二者缺一不可。

我对宜川传统文化的了解十分浅薄，今天给大家讲的也不一定完全正确。只是利用这个机会，相互交流。我个人退休之后，出于对家乡的感情，和一批志同道合的人致力于宜川传统文化的探讨。但我反对"厚古薄今"的倾向，更反对食古不化和复古倒退，赞成"古为今用"，致力于与时俱进，以便努力做到发扬优秀文化传统与时代精神相结合，更好地传承文明。

以上仅供参考，请批评指正。

2008 年 8 月

（这是作者应宜川县委书记姚靖江之邀，在宜川县委举办的"丹山讲坛"讲演的提纲）

师生情谊忘不了

——在宜川中学建校 50 周年校庆大会上的贺词

首先，让我代表各位校友热烈庆贺母校宜川中学建校 50 周年。借此机会，向宜中教职员工、同学，向曾经在母校工作任教的老师们，致以节日的问候和崇高的敬礼！

在宜川中学——我们的母校建校 50 周年的喜庆日子里，凤翅山在欢笑，仕望河在歌唱，全县 10 万人民都在庆贺。这充分说明，我们的母校具有强大的吸引力和凝聚力，恩泽丹州大地，情牵四面八方，受数万人注目，被全社会尊重，她既平凡又伟大。自从 50 年前宜川一批有识之士正式建起这所中学以来，近万名学生从宜中走向社会，走向祖国天涯海角，为宜川乃至整个社会文明发展，做出难以估量的贡献。特别是 1948 年宜川解放之后，在共产党、毛主席的领导之下，宜川中学得到翻天覆地的变化。新的宜中，"横渠遗风"犹存，时代进步英姿焕发，自强不息，厚德载物，知行统一，教学相长，为社会主义革命和建设培养了许多又红又专的建设者。解放初期，宜中响应毛主席给延安人民光辉"复电"的号召，成为本县恢复文化建设、经济建设的坚实基地。从此，宜中由小到大、由旧变新，不断地前进着。

1966年前，宜川中学在校长王克俭的领导下，在一批学识丰富、道德高尚的优秀教师的努力下，达到她历史上最有为、最光辉的鼎盛时期，被誉为陕北高原上一朵光芒四射的教育之花，当然就结出了令人刮目相看的丰硕成果。虽然历经风雨和磨难，但母校依然是那样年轻、那样执着、那样朝气蓬勃，为宜川建设奠基，为人类进步作着无私的贡献。这几年来，尊师重教蔚然成风，宜中的发展和贡献，更上一层楼，人们对母校更加爱戴和敬重。

我们这些昔日的宜中学子、今日的宜中校友，抚今追昔，倍感亲切；点点滴滴，不能忘怀；千言万语，一时难尽。人一生对许多事都会遗忘，唯独对学生时期不能忘，特别对当年的老师、同学，一生情牵梦绕、神思不断。可谓"世上只有妈妈好，师生情谊忘不了"。回忆当年我们在校之日，悦耳的钟声，上课的情景，犹如昨天之事。春天到来，宜中校园树木繁茂，鲜花盛开。一年四季，校园内书声琅琅，歌声嘹亮，生龙活虎，一派生机。当年在母校学唱的《全世界无产者联合起来》《我们走在大路上》等歌曲，伴随我们走过了半辈子。老师循循善诱、苦口婆心的教诲；同学们亲密无间、单纯无邪的情谊；当年我们不畏寒暑、照灯苦读的勇气，还有那些不辞辛劳为我们烧水做饭的师傅们，这一切永存脑际。我们虽然已离开母校，走向社会，奔赴到五湖四海，但一谈起母校，关切之情顿然而至、油然而生。热爱母校、思念老师的一颗赤子之心，永远是那样亲！永远是那样热！

最难忘的是我们的老师。"天涯海角有尽处，只有师恩无穷期。"老师对于学生，其情长矣，其恩深焉。回忆起老师们辛辛苦苦、孜孜不倦教导我们的情景，使人由衷地感谢。老师不愧为人类灵魂的工程师、辛勤的园丁！"踏踏实实做人，兢兢业业为师"是对我们老师最真实的写照。老师们经常深夜难寝、埋头书案，备课和批改作业。天刚拂晓便早起，照料学生的起居；夜深了，还要在学生宿舍前转转，看他们睡着了没有。一生中吃了多少粉笔末，饮了多少墨水，谁也说不清。一届又一届学生走出校门，一批又一批新生进入校门，过了十多年，学生的儿女又来当学生，老师仍然一如既往，执鞭上课。送走一届又一届，教了一代又一代，一头青丝变成了白发。"春蚕到死丝方尽，蜡炬成灰泪始干。"这是多么高尚的人格和品德！用来形容老师这个光荣而伟大的职业，当之无愧。所谓当之无愧，正在于老师默默无闻、兢兢业业的奉献；正在于老师不图名、不图利，把所有的知识毫无保留地教给学生，把宝贵的年华毫不吝惜地献给社会。老师给予学生的甚多，得到的甚少，他们最欣慰的是桃李遍天下，学生的成就超过自己。我们的老师，清贫而有操守，平凡显示伟大，为人师表，堪称楷模！因为有这样的好老师，学生们感到自豪和骄傲！大家知道，宜中具有光荣的传统，其中最感人的是老师这种伟大的品格一代一代地传下去，并不断发扬光大。现在宜中受到社会称赞的、忠诚于党的教育事业的新秀老师，不正是这种传统的体现者吗？老师啊！没有你们呕心沥血的教育，便没有我们的今天，便没有今天这样进化的人类文明。我们感谢你们，全社会感谢你们！你们过去是我们的老师，今天是我们的老师，永远是我们的老师。

我们的祖先曾总结了一条真理，即"国将兴，必尊师而重傅"。办好教育利在当今，功在千秋。历代有远见的政治家，对教育都十分重视。共产党和人民政府始终把教育放在优先发展位置，用教育奠基，正体现了共产党是人民利益的代表者。办好教育，使人民与愚昧告别，推动人类社会文明进化，是共产党人为之奋斗的重要目标和任务。基于此，近年来各级政府为宜中的发展做了不少事，宜中为社会的前进尽了最大的努力。从"丹山书院"到宜川中学的近千年历史中，成千上万的宜川子弟在这里学习知识、学习做人、走上社会。"春催桃李遍天下，雨润栋梁满九州。"假如宜川县没有这样一所中学，后果将难以设想。办不好宜中，宜川人民也不能允许。没有这一所宜川中学，宜川人民就很难跨过崂山、翻过大岭、冲破金锁关，更不要说进入五湖四海、越过太平洋。宜中对于宜川人民太重要了。没有这样一所中学，外地便没有宜川人做事，县内人民的文化素质得不到提高。宜中的教职员工正因为明确自己这一光荣、艰巨的历史使命，才扎根教育，努力工作，不间断地为人类文明进步奋斗着。

纵观全县，整个教育事业正在蓬勃发展。但令人忧虑的是，这几年农村中、小学的基础教育还有许多问题，教学质量有待进一步提高。人皆望子成龙，便出现了大批农村学生涌入县城，县城学校受不了，农村学校"吃不饱"的现象。面对这样的形势，各级政府乃至全社会，更应重视教育，特别要重视提高农村教育质量，重视宜中的规模扩大和质量提高工作，着眼于全县人民文化素质的提高，为宜川培养更多的有知识的农民，为国家培养更多的人才。同时，我们恳切地希望，现在在校学习的宜中学生，要奋发图强，认真学习，珍惜光阴，提高个人素质和做人素养，努力使自己成为"四有"新人，成为合格的社会主义建设者和优秀的公民。

我们这些校友要继续加强学习，努力工作，不辜负老师、母校的教育，用实际行动报答母校的恩情。要时时关心母校的建设和发展，有力的出力，有钱的出钱，既从舆论上支持教育，又从解决实际问题着手，为母校的发展、为宜川教育事业的振兴尽自己最大的努力。

最后，祝我们的母校——宜川中学成为全省一流学校，成为实践党的教育方针的先行者。感谢张思福校长筹办了这次庆典活动，祝愿母校永远年轻！祝母校的师生员工身体健康、学习工作进步，祝我们的老师愉快、长寿、万事如意！

谢谢大家！

1991 年 9 月 15 日

（该文 2022 年 1 月 8 日刊登于《洛川文学》）

古稀之年　壮心不已

能来参加延安市十大社科名家、十大社科基地、十大社科成果表彰大会，我十分高兴。

这个表彰大会是延安"理论自信""文化自信"的表现，对于进一步激励我市社科工作者的积极性、创造性，加强社科宣传普及，繁荣社会科学事业都有重大作用。我写的《张载生平及其对宜川的影响》一文，也被评为十大成果之一，这是市社科联和各位专家对我的鼓励和鞭策，我非常感谢，并希望对我的文章多提指导意见。我还要向其他受表彰的个人和集体认真学习，不断提高自己的学术水平。

去年冬天，市社科联在宜川县云岩镇召开了"千年张载　德耀云岩"的研讨会，受到广大群众好评，对挖掘整理张载事迹，弘扬横渠学说起到很大促进作用；对延安地区社会科学的进一步发展，有突出的推进和重大影响。随后，市社科联开展"百名专家进百村"活动，深入基层宣讲中央会议精神，评选社科名家，确定十大社科基地、表彰社科成果等等，使我市社科工作呈现出一派繁荣景象，出现了可喜的新局面，这本身就是延安社会科学的最大成果！

　　宜川县云岩镇从北魏建县，历经 600 多年，如果按每任县官平均任职 6 年计算，也应有 100 多名县官，但史志记载的只有张载一人。张载是我国古代一位伟大的唯物主义哲学家、教育家，是宋朝理学的"五子"之一，是关学的创始人。延安"五贤祠"、宜川"二贤祠"有其位，云岩镇原建有"张载祠"。张载在云岩任过县令，后来云岩县并入宜川县，张载对宜川县乃至延安影响巨大、深远。张载在陕北首倡书院，其关于"为天地立心，为生民立命，为往圣继绝学，为万世开太平"的 4 句名言，充分体现了中国传统文化的"仁者气象"和"天地情怀"，是中国士人对人文精神的最高概括，具有超越时空的价值。毛泽东主席在青少年时期，把"横渠四句"作为自己远大理想和政治抱负来追求。习近平同志在讲话中引用"横渠四句"，要求人们予以继承和发扬。但是近百年以来，对张载的宣传不够广泛深入，人们对张载的名字已很陌生，对张载以来的许多优良传统说不清、道不明。

　　我从 2005 年退到二线后，用了两年时间编印、校注宜川 4 部旧志，在县志中发现了对张载的突出记载，我便查阅《宋史》《县志》《张载文集》等历史资料，又在宜川县深入广泛调查研究，走访了 30 多位有文化的古稀老人，搜集整理了张载的生平事迹以及他对宜川的影响，撰写成《张载生平及其对宜川的影响》一文，介绍了张载对宜川教育、文化、政治、风俗的贡献和影响，综述了宜川县许多传统的脉络。"落红不是无情物，化作春泥更护花"。退休了，能做一点力所能及的事，也是自己的愿望和情怀。2007 年，宜川、延安有关刊物、微信公众平台把我写的此篇论文发表后，引起强烈反响，人们找到了许多优良传统的源头，张载名字及其创立的学说、倡导的人文精神再一次在民间鹊起。《张载生平及其对宜川的影响》一文，是近代以来论述张载对宜川影响的比较重要的论文之一，"横渠遗风"再次回归社会，深受人们欢迎。但是，我对张载事迹、横渠学说的挖掘整理仅仅起了一个"抛砖引玉"的作用。

"但开风气不为师"，我自己不是专业社科工作者，文化、理论、历史知识都很浅薄，加上我已年过古稀，提笔忘字、丢三落四已屡见不鲜，再深入学术研究有许多困难。古稀之年，壮心不已。我要继续努力传承优秀文化，同时我希望，有更多的青年人研究、继承张载学说，有更多更好的社科成果问世！

2021 年 5 月 11 日

（此文系作者在延安市"十大社科名家""十大社科基地""十大社科成果"表彰大会上的发言）

感人的尊师活动

宜川人民有尊师重教的优良传统。吕长民老师在宜川中学任教二十多年，在学生、群众中享有很高威信。他突然英年病逝，丹山悲悼，丹水呜咽。2022 年 1 月 9 日，群众挡道而奠，送葬队伍有几百米长，许多学生掩面而哭，场面十分感人。

曾记得在 1979 年 11 月 15 日，宜中老教师薛天祯逝世，家人在宜中大操场为天祯开追悼会，在无人通知、无人组织的情景中，操场上约有 5000 多人参加追悼会，许多机关单位停止办公，街上行人闻声而来悲悼，可以说是万人空巷，人皆悲伤。

还有一件事更值一书。1991 年 10 月，宜中校长全国教育劳模许朝荣老师退休，准备回老家大荔，他的已经走上社会的历届学生，都知道许老师一生清贫，自动发起募捐活动，为许老师捐了一万多元用于购买照相器材，让许老师利用他的摄影技术为乡亲服务，也可聊补家用。

许老师搬走的那天，机关干部、街道市民、学校师生从宜中门口开始，站在街道两旁相送，送别队伍有二里多长。几十名许老师曾经的学生乘坐大车一直把老师送到大荔县老家。

这动人的一幕幕，今天又在吕长民校长的奠礼上出现。安定遗韵，横渠遗风，岂有偶哉！师道之尊，师表之范，宜人深怀不忘。

还有许多位老师，宜中校志都赫然在目！

（该文 2022 年 1 月 8 日刊登于"洛川文学"微信公众号）

但开风气不为师

——对壶口文化研究会的回忆

2005 年 8 月，我退到二线，任农牧局调研员，实际上就是提前退休了。"眼睛一睁，忙到熄灯"，忙忙碌碌几十年，突然间"饱食终日，无所事事"，还真是不习惯。寻思良久，我能做啥呢？一天，和几位宜川老乡闲聊中，听说宜川县的几部旧《县志》都找不到了，县档案局无一部完整的旧《县志》，大家很是惊讶。我是宜川人，在宜川工作 22 年，对家乡的历史、人文传统还是了解一些，且对宜川县有着深厚的感情。我认为宜川的旧《县志》不能失传，我应该为宜川传统文化的发掘做点贡献。"落红不是无情物，化作春泥更护花。"虽然退休了，还应有所作为。

我从宜川县档案局了解的情况是：清朝乾隆年间的《宜川县志》（吴志）无原本，只有民国初年呼延立人出版的铅印本，且是复印件，原件无存；《薛续志》无存；清末民初的《乡土志》无存；1944 年出版的民国时期的《宜川县志》（余志），有一孤本。我把《余志》孤本借来翻阅了一下，发现有很多缺页，一些重要记述、诗文都被人撕掉了，已不算一部完整的《县志》了。至于在哪里可以找到这些志书，县档案局也不知道。我从2005年9月开始，到10多家省市级图书馆、档案馆中寻找宜川四部旧志书。清朝《吴志》原本（原本，即第一次印刷出版的版本）为石刻本，台湾图书馆有保存，在大陆未找见，后托一位老友搞到了原本的复印本。呼延立人铅印本《吴志》在省档案局有存；《宜川续志》（薛续志）是我的一位堂祖父编著的。我的次子恩东在陕西省图书馆整整寻找了7天，才翻出了《薛续志》的石刻本原本。为了找到宜川《乡土志》，我去北京大学、清华大学图书馆寻找，又去南京市图书馆寻找，后在陕西省方志办公室找到了《乡土志》原本。历经7个多月，总算把宜川四部旧志书找全了，喜悦心情，不胜言表。

在恩东和他的同事边磊帮助下，请来专业技术人员，把四部旧志的每一页进行电子扫描，制成图片，再传到印刷厂制成拷贝，用现代印刷技术重新印出了四部旧志，保持了每一部《县志》原本模样和内容，以"旧志书集"为书名，在2006年9月西安地图出版社正式出版。《旧志书集》共印350套，出版社存档50套，赠送给县政府200套，县档案局存60套，并送省、市档案局存档，给我自己留40套。《旧志书集》一经问世，受到社会各界好评。延安市、宜川县电台播发了出版消息，一时"洛阳纸贵"，人们竞相索要，我留的《旧志书集》，大部分被爱好者拿去，所剩无几。县政府办公室200套，短短几天时间就一套不剩了。一些外县爱好者也闻风来宜川索求。原延安市政协主席樊高林说："编印旧《县志》，就是传县上的文化之脉。发掘传统文化，首先要保护好市县志书。薛天云同志重新编印旧《县志》，是延安市在这一领域里第一位这么做的人。"

　　但是，旧《县志》有的原版印刷质量不高，有的还是手写石刻印本，且是文言文、繁体字、竖排版、无标点，现代人读起来很不方便。我从2006年10月初开始校注《余志》，即用简化字、横排版，增加标点符号，对一些难理解的字、句进行注释，用现代技术印刷。校注文言文和旧书籍，看着容易，做起来难。《余志》共27卷，50多万字，对宜川政治、经济、军事、文化、教育、风俗、天文、地理等方面历史与当时现状都有记载，"读一志等于读四志"。我花了一个月时间，把《余志》第一卷还没有校注完，照此速度，我一个人要把《余志》校注完需3年！2006年11月中旬我回宜川城，见到我的同学王天翔、范德荣、白玮。这几个人都是爱好文学、且能写作的人。我请他们帮我校注《余志》，他们欣然应允。在商量如何校注《余志》中，我们都感到应该成立一个传承优秀传统文化的民间组织，团结更多的人共同发掘宜川的传统文化，便决定由王天翔、侯波具体负责"壶口文化研究会"的筹备事宜。

　　经过两个多月准备，"壶口文化研究会"的各种报批手续完备。于 2007 年 3 月 6 日（农历正月十七日），在宜川宾馆召开了"壶口文化研究会"成立大会，研究会组成人员名单如下：

主　　任：薛天云

副 主 任：罗焕堂　王天翔

成　　员：白　玮　范德荣　强天星

　　　　　薛继学　李　静　侯　波

秘 书 长：王天翔

副秘书长：侯　波

会　　计：强天星

2007 年冬，强天星因病逝世，2008 年新增成员赵权，并补侯波为副主任。

壶口文化研究会的宗旨是：深入发掘优秀的传统文化，为宜川的经济建设、壶口旅游事业服务。在研究中，要勤奋努力，一丝不苟，实事求是，认真负责。研究会全体成员要有奉献精神，不为名，不为利，为发展宜川做贡献。

由于壶口文化研究会是一个非营利性民间文化组织，参加研究会人员无工资报酬，坚持自愿参加和自愿退出的原则。办公地址暂设在宜川宾馆西楼 305 房间，退休干部强天星是驻会联系人。

在以上宗旨和原则指导下，我们 9 位有志于"领略历史，传承文明"的同志走到一起来了。研究会成立的消息不胫而走，议论纷纷，褒贬不一。有人说："几个退休干部闲不住，还想搞啥名堂?"也有人说:"传统文化不能吃不能喝，发掘它有啥用?"当时，"发掘传统文化"还处在最初起步阶段，有这样的议论并不奇怪。在以"经济建设为中心"的大潮中出现物欲横流、金钱至上的倾向更不足为奇。"一事平生无齮齕，但开风气不为师。"通过我们的努力，引起各级领导对文化传承工作的重视，推动全社会发扬优秀的人文精神，就是我们的夙愿，到那时我们的目的就达到了。"待到山花烂漫时，她在丛中笑。"我们只是"报春"的使者，期待着优秀传统文化的发扬光大!

自壶口文化研究会成立以来，我们主要做了以下工作:

1. 2007年，我研究会出版了《壶口民俗风情》丛书五册，第一册《宜川县志》（余志）校注本，总校注:薛天云，校注人有王天翔、范德荣、白玮、薛天云，杨龙飞负责初稿打印；第二册《壶口风情》，侯波编著；第三册《人间仙境蟒头山》，王天翔编著；第四册《壶口西岸耕读传统》，薛天云编著；第五册《壶口西岸民间风俗汇编》，强天星编著。在一年以内要出版这5本书，任务十分艰巨。参与编著这5本书的人，除了侯波较年轻外，强天星68岁，其他的同志也已到退休或接近退休年龄，要完成任务谈何容易!我研究会召开成立大会那天，王天翔在宜川宾馆大厅跌倒致骨折，直至我们在信合宾馆校对书稿时，他还拄着拐杖。我们在 2007 年 5 月底写成初稿，6 月 1 日至 10 日，全体研究会人员对这 5 本书稿进行集体讨论，提了不少修改意见，在此基础上进入修改和电子稿的校对阶段。6 月下旬，研究会在宜川信合宾馆租房 4 间，集中时间修改和校对书稿，先后在信合宾馆租房 3 个月。首先校对《宜川县志》校注稿。我们对校注本要求十分严格，一个字都不能丢、不能错，必须尽心竭力、认真负责地原原本本把《县志》传承下去。校对中，我们用《余志》原本对照电子打印的校注初稿，逐字逐句对照校对，遇到疑难问题便查字典、集体讨论，决不敷衍塞责、马虎从事。真是"诚惶诚恐，如履薄冰"，生怕有一字之差，对不起历史、对不起后人。研究会给校注者每人买了一本《古今汉语字典》，并搬来我的《辞海》《辞源》《古汉语大字典》等工具书，供大家使用。杨龙飞让他的小儿媳小荣把电脑、打印机搬到信合宾馆房间。我们在纸稿上校对完一卷，马上在电脑上校对，然后再调印出一份继续从头校对，校对两遍后，把电子稿送给建明印务延安办事处编辑，以后每校对一遍都要将稿件送往延安改正。整整九易其稿，才算基本完成《余志》校注稿。当时正值三伏天，我们上午 8 时上班、中午统一在信合宾馆附近的大禹宾馆吃饭，下午 5 时下班，有的同志晚上还来信合房间加班。7 月中旬有 3 天停电，房间无空调，我们几个人热得汗流浃背，只穿短裤在房内关门校对。天翔、德荣、白玮都是宜川有名的文人、老师，从来是文质彬彬、行为严谨、穿衣整齐，那两天也顾不了许多。我调侃他们说："赤膊挥汗对黄卷。"天翔对曰："流风余韵尚斯文"。强天星在修改他的书稿之余，负责生活服务，工作十分忙碌。我们将《余志》校注稿校对9遍后，再把其他4册书稿校对修改了3遍。我于8月中旬把五册书稿送西安地图出版社审稿，期间我与次子恩东多次去出版社联系，督促其加快审稿速度。至10月初，出版社审完稿件，我们又按出版社提出的修改意见，集中编著者在宜川信合宾馆再次修改、校对了一个月。11月上旬，我们把5册电子稿交西安建明工贸有限责任公司（简称"建明印务"）印刷。地图出版社审稿后，因第五册中有些迷信情节，要求将《壶口西岸民间风俗汇编》作为"内部交流"资料。我研究会尊重出版社意见，但仍作为《壶口民俗风情》丛书第五册，与其他4册同时印刷出版，只是在扉页上印"内部交流"4字。

2007年9月19日，强天星同志突发心脏病在延安市医院住院，后转往西安西京医院做了心脏搭桥手术，出院的那一天，即10月20日中午突然病逝于西安女儿家中。他是我会的发起人之一，对于他的逝世我们都非常悲痛，我曾写了一篇文章《强天星的永生》纪念他，发表在宜川《飞瀑》杂志，并编入《壶口历史星空的闪亮》一书。

2007年12月，《壶口民俗风情》丛书（5册）正式出版，是宜川县乃至壶口西岸地区首次较系统发掘传统文化、宣传壶口和蟒头山人文景观的大型出版活动，是宜川县和延安市有影响的文化盛事。宜川县电台、延安市电台报道了这 5 本书出版的新闻。在宜川县委姚靖江书记倡导下，凡来宜川的重要贵宾，县委、政府都给他们每人送一套《壶口民俗风情》丛书。延安大部分县区、榆林市部分县政府及文化单位、个人均向我们索要过这 5 本书。这部丛书共印 2200 套（《余志》校注本加印 800 本，共 3000 本）。由于这 5 本书都记载的是本县的事，索要者甚众，我研究会大多作为赠品，赠送一空。

2. 2007 年 11 月 28 日在宜川宾馆会议室召开了首届壶口文化研讨会。这次研讨会由我研究会的罗焕堂、王天翔、侯波负责筹备，会议由罗焕堂主持，我研究会有 8 人在会上作了学术发言，还有我们聘请的 4 位同志发了言。县委姚靖江书记、县委政府主管文化工作的领导同志、各县级班子部分领导、有关部局负责人参加了研讨会，还有一部分离退休老同志和社会上热心传统文化的人士也参加了会议，共有 80 多人。这次研讨的重点，集中在宜川县历史上主要文化教育界人物、名胜古迹、优秀人文传统方面，共收到研讨文章 15 份。会上我的发言《张载生平及其对宜川的影响》、王天翔《壶口旅游文化的内涵和特征》《壶口旅游文化的开山之作——〈壶口考〉简析》、侯波《壶口斗鼓的现状及其发展趋势》、白玮《古朴平和的宜川方言》、范德荣《宜川丧葬礼仪及其文化意蕴》、薛天定《古城云岩，魅力古镇》、薛继学《宜川传统民宅建筑文化略谈》、王爱云《谈宜川剪纸》等，令与会者耳目一新，受到很大启发。会议上姚靖江书记讲了话，充分肯定了这次研讨会的作用和意义。随后，由天翔和侯波同志将会议上的发言稿整理后，在宜川县《飞瀑》杂志上发表。

2007 年，经过以上两次大型活动，全县干部群众对发掘优秀传统文化的重大意义有了新的认识，许多不为人知的历史人物和历史事件，在全县得到广泛传播，如张载、胡瑗的事迹等。更多的人对宜川县在文化方面的优势和好的传统，有了新的了解，壶口、蟒头山等名胜古迹和人文历史，得到进一步宣传。

3. 2008 年壶口文化研究会的研究重点是疏理宜川传统文化发展的历史脉络、传统文化的特点、主要的优秀人文传统等。我研究会人员每月聚会一天，每次用漫谈方式，畅所欲言、深入浅出地围绕一个主题发表意见。大家认为宜川县的优秀人文传统，主要是尚文重教、耕读传家、壶口旅游文化等，遂决定在 2009 年上半年再开一次关于"尚文重教"的研讨会，要求所有会员确定自己研讨发言的题目，还联系李养赓为主任的"关心下一代工作委员会"共同举办这次研讨会。

4. 根据我研究会成员共同研讨的意见，我写成《了解宜川传统文化，发扬优秀人文精神》的讲课提纲。

2008年8月，应县委姚靖江书记之邀，我在宜川"丹山讲坛"讲了宜川传统文化的发展阶段、特点、如何使传统文化与时代精神结合等内容。听讲的有县级各套班子成员、副科级以上干部共160多人。

5. 出版《王家骥行草书法》一书，掀起宜川各界尊师重教的新高潮。2008年6月，我与同学王卫民联系后决定出版王家骥老师书法集，由卫民负责搜集整理其父亲王老师的书法作品和主要内容，由壶口文化研究会出资印刷，并作为《壶口民俗风情》丛书出版。王老师是宜川中学老教师，从1950年至1970年一直在宜中教语文、教写毛笔字，桃李遍宜川。那时凡从宜川中学毕业的学生，多数写字为"王体"。特别是王老师为宜川中学大门题写的"陕西省宜川中学"匾额，雄劲有力、体稳浑厚、美观大方，宜川人将那座石拱大门和匾额视为文物，引以自豪。2009年1月，《王家骥行草书法》一书印刷出版，4月1日运回宜川，在县城引起轰动。4月7日我会在县老干部工作局会议室召开了这本书的发行座谈会，参加会议的有王老师兼过班主任的宜中"五七级"学生，他们大多已白发苍苍，年过六旬；还有"文革"中毕业的宜川中学高、初级"老三届"学生，共150多人。罗焕堂主持会议，我对本书出版作了说明，王天翔同志代表王老师的学生发言，深情缅怀老师的恩情，高度赞扬了宜中对宜川地区的贡献。随后，大家对照书中刊印的学校旧大门、旧照片和书法内容，争先恐后发言，有的同志在发言中回忆起美好的学生时期、回忆老师的高尚品德，竟然泣不成声。这次会议产生的良好效果，进一步增强了宜川人民尚文重教和尊师重教的人文精神。

2009 年 12 月 15 日，我们壶口文化研究会给宜川中学已退休的许朝荣、刘世信老师敬赠了牌匾。给许朝荣老师的牌匾铭文是"丹州师表"；给刘世信老师的牌匾铭文是"雄文笔底寒星落，名师德高春晖远"。

6. 2009 年 4 月 6 日，我研究会和县"关工委"联合召开了第二次壶口文化研讨会，重点研讨宜川尚文重教传统。研讨会在县老干局会议室召开，80 多位文教战线的老同志和当时文化教育界骨干人士参加了会议。会上我的发言《宜川县耕读传统暨兴教办学简况》、王天翔《宜川尚文重教的传统与传承》、侯波《宜川传统教育与作家群的崛起》、范德荣《宜川县城兴教办学的历史沿革》、白玮《六十八年的峥嵘岁月，两万学子的成长摇篮》、康衡和罗焕堂《宜川县第四高级小学国共两党斗争史略》《深山红花也芬芳》、康衡《余音绕梁六十载，精神永驻在人间》等文章，深刻阐述了源远流长的宜川人民重视教育的传统，使与会者既重温了光荣的历史，又激发了发扬传统办好现代教育的信心，在全县引起强烈反响。

7. 2009 年，我研究会和我会会员李静联合出版了《壶口画册》第一册《千面壶口》，壶口文化研究会出资 3 万元资助印刷。此画册是近年来宣传壶口胜景较出名的一本。

8. 2009 年 5 月开始，壶口文化研究会成员全力以赴修改第一次、第二次研讨会上的发言稿，并由我、天翔、侯波负责，把这些稿子编成《壶口历史星空的闪亮》一书。当年 12 月此书出版，共印 1000 册。运回县城后，很快被索要一空，2010 年 6 月份再印 600 册。这本书，是壶口文化研究会主要研究成果的体现。

9. 支持我研究会会员薛继学出版《记忆失落的文明》一书。2007 年我编著《壶口西岸耕读传统》时，让我的族侄、我研究会会员薛继学画了些家具、农具的插图，以备书中选用。继学画了 10 多幅，我感到画得十分逼真，遂鼓励他多画，将来出版一本白描画册。继学经过几年的努力，完成了书稿，但这时我研究会财力困难，无法负担全部出版经费，只资助他一万元，其余由继学自筹。继学的书中，再现了农民自给自足的生产方式、耕读传统、风俗习惯、生产生活用具等，是一本不可多得的抢救失落文明的历史画卷。

10. 2011 年，研究会和宜川县政协文史委员会联合，共同搜集有关宜川战役的历史资料，并对壶口军事文化进行了一些有益的发掘整理，如王天翔同志写的《历史上在宜川地区发生的重要战例》、侯波《糊涂的官　屈死的兵》等。2012 年 2 月，出版《宜川战役》一书，正确地宣传了中国人民解放战争中这一光辉战例，传承了光荣的革命传统。

11. 壶口文化研究会参加全国一些重大研讨会，进一步宣传壶口、宣传宜川人文精神，推动了壶口、蟒头山旅游事业的发展。如：2014 年 2 月 16 日，王天翔代表壶口文化研究会参加了"延安新区城市建设"研讨会，讲了如何在城市建设中突出传统文化的意见；2014 年 9 月 25 日，王天翔代表壶口文化研究会、以陕西省专家的身份，参加了秦晋两省举办的"晋陕大峡谷经济论坛"，作了《秦晋联手打造黄河中游旅游区》的发言，受到与会专家好评。

12. 2011 年 7 月 15 日，以我和王天翔的名义，向宜川县委、县政府提交了关于修建宜川战役纪念馆的建议，县委书记刘小军对此十分重视，曾在县委常委会上研究，决定将此项目立项。

壶口文化研究会成立以来，为壶口两岸、宜川县的传统文化发掘做了大量工作，以上所记仅是其中主要部分，细微之处亦难详言。综上所述，我们所做的贡献主要是：

1. 第一次较完整系统地介绍了壶口、蟒头山等自然景观和历史记载与传说，有了"一册在手，游遍壶口或蟒头山"的导游书籍，而且图文并茂、系统全面。

2. 我会研究活动是近代以来，宜川出现的第一次全面整理、发掘宜川史志的重大活动，使宜川历史文献得以保存和传承，并向全社会普及了这方面知识。

3. 全面系统地发掘了张载、胡瑗等历史人物对宜川文化的贡献，《张载生平及其对宜川的影响》和我研究会对教育传统的研讨，也是宜川近代以来第一次对张载的深入研究。

4. 较全面系统地研究了宜川古代、近代教育史和耕读传统，并把"尚文重教"作为宜川主要人文传统去研究。这是宜川近代以来第一次专门研究耕读传统文章。

5. 发表了多篇有见地的壶口乃至全县旅游文化研究的重要文章，尤其是王天翔写的有关文章、《壶口历史星空的闪亮》一书的两篇序言，都是宜川旅游文化的精华篇章。

6. 对壶口军事文化，主要是对宜川战役的研究与记述，为正确宣传宜川战役、学习革命传统起了很大的促进作用。

7. 系统地、原汁原味地发掘、编著、整理了带有儒家色彩的宜川民间风俗。强天星编著的《壶口西岸民间风俗汇编》、范德荣关于宜川丧葬文化的研究文章都非常有学术研究价值。强天星的书，在宜川、延长县流传之广，超过许多名著。这本书将成为当代和后代人研究宜川风俗的范本和基础性著作。

8. 对许多传统文化方面的研究文章，具有继往开来、传承久远的意义，如关于耕读传统的研究文章、薛继学《记忆失落的文明》、白玮关于宜川中学历史的回忆、罗焕堂和康衡关于集义地区共产党革命斗争史的文章，随着时间的流逝、年代的久远，以后也很难出现这样带有强烈时代感和深情至理的文章。

在这个物欲横流的环境中，我们9个人"位卑未敢忘忧国"，无私地为发掘传统文化做贡献，我认为是难能可贵的，具有共产主义义务劳动的性质。虽然我们的工作很少有人过问，但我们研究工作非常有意义。毛主席说过，"没有文化的军队是愚蠢的军队"。不重视文化的社会，也可能是道德低下、腐败丛生的社会。不重视继承优秀的传统文化，必然导致人们崇洋媚外、全盘"西化"，这是关系到中华民族生存和发展的大问题。

可以说，壶口文化研究会从成立到解散，经历了一个"自由发展"的过程。我写这篇回忆也是为了忘却的纪念。2014年10月14日，因为资金短缺、会员年龄偏老，我们宣布自行解散，并相继在县民政、文化、技术监督等部门办完了注销手续。今后壶口历史星空的闪亮中，也一定会有我们增添的一丝光亮！

（该文于2020年3月28日刊登于"惜缘堂"微信公众号，"文出宜川"等微信公众号也予转发）

高原良医　杏林典范

　　宜川县云岩镇上社稷村老中医赵庚云，逝世十多年了，但云岩南原百姓还难以忘怀，逢年过节，经常有人去坟前祭奠，不少老年人要求给赵先生立碑纪念。云岩河南9个行政村主任相商给赵先生立碑，并邀我给其撰碑文，我欣然答应，并捐制碑费用。2001年9月10日，为赵先生树碑，有百余人参加仪式。有十多位曾被赵先生救过的人，放声大哭，泪如泉涌，场面十分感人。

　　我写的碑文如下：

　　　　　　赵家伯父，自学成医。

　　　　　　早年贫困，饱经风霜。

　　　　　　广收验方，妙手回春。

　　　　　　谦和乡里，救死扶伤。

　　　　　　患者相请，风雨无阻。

　　　　　　人品端正，医德高尚。

　　　　　　方圆百里，人人皆敬。

　　　　　　群众不忘，以心为碑。

古镇和风　名医流芳

　　自古良医如名将，都是一方百姓的保护神。农历三月十五日上午，连阴乍晴，草木承阳，云岩古镇，汾川河边，来自南北二塬的上百名群众为 20 世纪悬壶济世医人无数的一代名医郭临全老先生树碑存念。我发起组织云岩在外工作 8 人捐资，并撰以下碑文：

　　　郭临全先生（1898—1978）
　　　　祖籍河津，立业云岩，
　　　　行医一生，医风良善。
　　　　面对患者，嘘寒问暖，
　　　　遇到重危，亲将药煎。
　　　　出诊百村，医人数万，
　　　　医术高超，杏林典范。
　　　　人们不忘，心存感念。

云岩河的知青歌

我把《云岩河的歌》书稿一连读了两遍，伏案而思，感慨万端。读到许多知青对当年艰苦经历的描写，不由得热泪盈眶，感同身受；读到他们对乡亲和第二故乡的诚挚感情，使我这个云岩当地人愧感有加，自叹不如；读到他们对那段插队经历的理性客观的认识，刻骨铭心的记忆，无怨无悔的表述，使人肃然起敬，感佩之心油然而生。

全书 39 篇文章，全部用事实说话，记述的每一件事、每一个人、每一个观点，都是那么活灵活现，都是自己真情实感的写照，让人读后觉得叙事实在，犹如身临其境。字里行间，言谈之中，无矫揉造作之词，更无哗众取宠之意。正因为这都是说真话、表真情的文章，才能沁人肺腑、感动读者。他们对那次上山下乡插队中的个人经历和感受原汁原味的记录，让这本书已不是一般的回忆文章，而是记录历史的珍贵资料。这本书会随着时间的推移、年代的久远而更加彰显其光彩。

读《云岩河的歌》时，过去的许多事情，一幕幕、一件件清晰地浮现在脑海之中。从 1966 年上半年开始

"文化大革命"，学校停课"闹革命"。1968年12月，毛主席发出了"知识青年到农村去，接受贫下中农再教育，很有必要"的号召。此时，全国各类大学暂停招生，初中和高中学校的"六六"级、"六七"级、"六八"级学生，是农村户口的回乡参加劳动，是城镇户口的上山下乡到农村插队接受"再教育"。

1969年1月12日下午，数辆大卡车把400多名北京知识青年送到陕西宜川县云岩公社院内，公社革委会举行了简短的欢迎仪式，宣布了分配到各大队插队的名单，知青们就跟着各队来接的人连夜进村了。前几天，刚刚下了一场大雪，云岩大地白雪铺盖，寒风刺骨。知青们冒着零下20多度的严寒，踏着吱吱作响的雪路，走着蜿蜒崎岖的山道，上山下洼，艰难地行进在云岩南北二塬的山山峁峁上。那时农村的道路都是二三尺宽的小路，并无公路（20世纪70年代"农业学大寨"中才修成公路）。他们中不少人穿着塑料底鞋，稍有不慎，便会滑倒在地。最远的村离云岩镇30多里，他们足足走了五六个钟头。他们在这几个钟头内，走了有生以来最长的山路、雪路，多数人也是第一次走这样难走的路。对他们的第一场考验，竟是冰天雪地、寒风凛冽、雪路漫漫！云岩人民看着这些远离父母的孩子们，心痛难受，不少人为之抹泪。云河也记住了从冰上走过的知青，为他们的壮举吟唱赞行。

从孟夫子的"生于忧患，死于安乐"，到毛主席号召知识青年到农村去，中国的传统文化不害怕人生遇到苦难的磨炼，而把这种"磨炼"看作天赐的人生机遇。中国共产党本身就是历经苦难折磨，才把中国革命引向胜利的，所以格外重视青年人"吃苦磨炼"的教育。

1969年初插队接受"再教育"的知识青年，在农村锻炼几年之后，大多数在国家招工、招干、上学中得到了新的工作岗位。极少数留在农村的知青，当地政府都进行了妥善安置。知识青年们回城以后的际遇不同，对上山下乡运动的看法也有差别。多数知识青年对自己在农村受到的锻炼持肯定态度，认为对自己一生是有益的。

历史上任何一次千百万人参与的实践活动，都是深刻而复杂的，都是需要历史根据当时留下的资料去记载。知识青年上山下乡、插队劳动的实践活动，有什么收获，有什么教训，只有这个实践活动的主体——知识青年本人最有发言权，《云岩河的歌》就是切肤深刻的体会，中肯恰当的评论。云岩河两岸人民群众对北京知识青年历久不衰、弥足珍贵的记忆，对知识青年良好形象的高度评价，更是人间正道、千古评说！

我是回乡青年，有家有舍，有亲人关照，不需做饭，没有生活上的后顾之忧，对插队青年的艰苦生活没有身历其境、甘苦自尝的经历，自然体会不深，但我从自己接触知识青年的过程中，以"旁观者清"的方位，看到了他们的难处，体会到了他们的苦衷。

　　知青来到这黄土高原上宜川农村插队，首先要过"两关"，即"生活关"和"劳动关"。开始时，生产队派人给知青做饭、打柴、驮水，后来他们自己轮流做饭，自己上山打柴，下沟驮水，还要坚持参加集体劳动。做饭的活儿虽不重，但天天、顿顿做饭，却是很难的一件事，而且要把饭做得好吃，更不容易，许多人一辈子都办不到。进山打柴，那是农村最累的劳动，把柴边砍倒边拢到一块，就是农民要做到这一点，也得几年实践。把柴砍好后要捆起来，再从沟底背到塬边。回村的路上，一般都得爬几百米的坡，背柴时肩膀酸疼、汗如雨下，不习惯的人一天也砍不回一捆柴。每次下沟驮水，来回要走几里路，碰到连阴雨天，就得把天上降的雨水集起来，用它烧水做饭。队里给的粮食要在石磨上磨成面粉，小麦、豆类、玉米等粮食各有各的磨法，不然磨成的面粉便不好吃。磨面时，知青们请村里的大娘、大嫂帮忙，有些女知识青年也像农村的妇女一样，拢着头巾，浑身上下沾满了面粉。年好过，月好过，日子难过，天天与柴米油盐酱醋茶打交道，天天刷锅洗碗，我认为是天下最难的事，可许多北京知青却过了好几年这种生活。城市里来的知识青年爱讲卫生，但农村的水来之不易，连烧水做饭都不够，哪有洗澡、洗衣服的水？他们就把衣服拿到沟里、小河边去洗，等天热了到云岩河僻静处泡个澡。这样艰难的生活，他们大多数人经过一段时间的适应，习惯了，熬过来了。

　　至于参加农村劳动，并不像体育锻炼那样轻松愉快，干各种农活都有一个学习、习惯的过程，像豫剧《朝阳沟》中银环初学劳动的体验，北京插队知青人人都亲身经历和体验过，但是他们挺过来了，有的还成为庄稼活的行家里手。我们南海村有个知青程伟明，他的乳名叫"小毛"，乡亲都亲切地叫他小毛。小毛每天做三顿饭，天天参加三晌劳动，社员干什么，他就干什么，一年的出工数不少于农村的壮劳力。他晚上还要看一会书，遇到有兴致的人和事，便写诗作词，抒发一番诗意。后来他被调到南海崕生产队，我村人隔三岔五去看望他，与他一直保持着亲密关系。在北海村插队的几个女知青，她们天天下地劳动，唱着歌上工，唱着歌下工，女知识青年童广兰还被社员选为妇女队长。后来我到县上参加了工作，下乡中每到一个小山村，总有那么几孔窑洞，糊着雪白的窗纸，窑畔上挂着几串红辣椒，门口放着几把锄头、镢头，看似普通的农户，实际是北京知识青年的住处。他们晴天一身土，雨天一身泥，出门一把锁，进门一把火，过着和农民一样的日子。此情此景，让人由衷佩服，更有所思。

　　北京知识青年在过好"生活关""劳动关"，接受"再教育"的同时，很快和村里农民融为一体，农民夜校有他们的读报声，田间地头有他们矫健的劳动身影，农民炕头有他们盘腿而坐亲切拉话的场景，一些艰难险阻的关头有他们带头冲锋的英姿。他们理智地思考自己遇到的人和事，公道地评说农村的是与非，虚心学习农民的善良品德，积极参与生产队和国家的各项建设。他们敢为天下先，做前人没有做过的事。他们有积极进取的革命精神，真是"恰同学少年，风华正茂；书生意气，挥斥方遒。指点江山，激扬文字"，艰苦创业于斯，奋发图强于斯。

纵观北京知识青年在延安、在云岩插队纪实，我认为他们在以下几方面发挥了重大作用：

第一，知识青年给偏僻农村带来了新气象、新风尚。

知识青年组织农民上夜校、学文化、读报纸，给农民教唱革命歌曲，办墙报和黑板报，文化生活贫乏的小村庄，顿时有了生气，活跃了起来。每年冬季，公社革委会把有文艺特长的知青组织起来成立宣传队，到各村巡回演出。知青们自编自演文艺节目，说村里事，演农民身边事。久违了的文艺演出，又来到偏僻农村，农民看完节目能议论好几天。知识青年成了党和政府宣传、组织、动员群众的骨干力量，起到了桥梁作用。

北京知识青年到云岩插队，为云岩大地带来一股强劲的新风，注入了许多新风尚，这是促进云岩社会进步、风气革新的一次里程碑和显著标志。他们穿戴的衣帽款式、平时的言谈举止、见人嘘寒问暖的礼貌语言，都成了当地人学习的榜样。在知青未来插队之前，云岩本地人穿的衣服还是解放初期遗留下的老款式，男女都穿大裆裤，女人多数穿右襟袄。到了冬天，农民穿棉衣时，内衬就只是一件背心、一件短裤，没有内衬的长衫和长裤；棉衣外也没有外套，棉衣一旦穿上，就得到明年换季时才脱下来。从农历九月底穿上棉衣，一直到第二年清明节前后脱掉棉衣，要穿 5 至 6 个月，棉衣内外都很脏。家境好的，过春节时换穿新棉衣，有半数家庭无衣可换。这固然有经济落后的原因，也是一种传统习惯使然。有些围着锅台转的妇女，棉袄襟上有一层厚厚的、硬硬的污垢，有的小孩的棉衣袖上也布满了污垢，可以擦着火柴。自从北京知识青年来插队后，这种穿衣习惯逐步得到了改变。先是年轻人跟着学，过了两三年，老年人也改变了原来的习惯。人们棉衣内都穿长衬衣，棉衣外都穿外套上衣和套裤，农民把它叫"罩衫""罩裤"，隔一个多月把衬衣和外罩洗一下，既卫生又美观。原来的大裆裤换成了西式裤，年轻人把圆帽壳换成了军帽，妇女们穿上了对襟袄，很少见到穿右襟袄的人了。

不要小看这生活习惯的改变，须知许多文明、革新是从吃饭穿衣这些生活细节上开始的；任何大改革、大的社会进步最后是否成功，要体现在千百万人的生活习惯的改变上，就如成立中华人民共和国以后，再也见不到穿长袍马褂的人，这也标志着一个新时代开始了。

知识青年敢于破除迷信，开风气之先。许多当地陋习是在北京知识青年插队之后逐渐消失的。他们在当地的生产活动、红白喜事、逢年过节、邻里交往等事体中，注入了大城市的新风尚，使人们远离了不少陈规旧矩。受到最大冲击的旧观念、旧习惯是"男尊女卑"。当时生产队掏羊粪时，不许女社员进羊圈干活，只能在外边把羊粪往地里担送，说女人进羊圈不吉利。可那些北京女知识青年就敢破除迷信，挑战这种"男尊女卑"习惯，她们带头进羊圈掏粪，让男社员往地里担运，事后并没有不吉利的事发生。诸如此类"男尊女卑"的事例，自北京知识青年插队后就少了许多。

第二，知识青年是农村经济、文化建设的生力军。

知识青年对农村各条战线的发展，都起了带动和促进作用。他们倡导引水上塬、修建公路、新建学校等公益事业，他们为引水上塬等事业购买材料、争取投资，带头参加劳动；他们创办幼儿园、当"赤脚医生"，有的还到农村学校任教；在大搞农田基建、平整土地、兴修水利事业中，更是一马当先，带头冲锋。有的知识青年还担任了大队支部书记、生产队长、公社革委主任等职，在战天斗地、改变面貌中带领群众前进。1973 年，谷堆坪大队女知青殷丽丽担任了该大队党支部书记。陕北的早春二月，冰水依旧刺骨。为疏通谷堆坪村前的一条水渠，殷丽丽率先跳进水渠，挥舞着铁镐，大干起来。其他社员跟着跳下去，清理渠水中的石头、淤积物。两个多小时后，水渠畅通，使一片小麦田得到灌溉。

　　我国著名科学家钱三强的两个女儿钱祖玄、钱民协原在孟家塬村插队，后来调到云岩大队。云岩大队办了一个猪场，一年换了几任饲养员，依然没有起色，猪越来越瘦。后来大队就让钱氏二姐妹去办猪场，渐渐有了起色，越办越好。1972年我在宜川县委宣传部通讯组工作，我们通讯组把钱祖玄、钱民协办猪场的事迹写了篇报道，曾在《光明日报》发表、在中央人民广播电台播放。广播这篇稿件的那天，钱三强同志正在"五七"干校劳动，他听到广播后十分高兴，因为稿子的开头语就是"我国一位著名科学家的女儿……"，他既为女儿高兴，也为自己高兴，这意味着他又可以重回科研工作岗位上了。后来钱三强同志还给我们通讯组送了一套《马恩列斯选集》，表示感谢。

　　云岩河流淌了多少个世纪，从来没有人整治过它的河堤。1975年云岩公社党委决定整治云河河堤，当时北京知青梁和平担任云岩公社革委会主任，他按照公社党委决定，发动云岩公社群众学习大寨精神，连续两年秋冬会战，筑起了从泥湾村至呼家河村的20里云河石头长堤，并把河堤以上2000多亩高低不平的川地平整为水地，从而使云岩面貌焕然一新。在这两年会战中，梁和平背石头、打炮眼、身先士卒、冲锋在前的事迹，至今还是云岩人民传诵的佳话。虽然那时因财力不足，导致堤坝质量不高，石垒大堤后来被洪水冲了不少，也因镇村两级管理不善而被人为地拆了不少，但毕竟给云岩川道人民造福多年，至今多处遗迹尚存，使后人从中看到那个年代的人们是如何的激情满怀、干劲冲天，当年的北京知青是怎样的为云岩大地奉献美好的青春年华！

"老三届"学生是一群"心怀祖国，放眼世界"的理想主义大群体，他们把自己的前途命运和祖国、人民的前途命运紧密地结合在一起，有一种不怕困难、不怕邪恶的大无畏精神，有一种彻底为人民服务的高尚情操。坚定的理想、信念，是北京知青能够经受艰难困苦考验的根本动力。他们对地方工作没有成见，不计个人私利，敢于建言，有新思想、新观念。1969年冬在延安插队的北京知识青年给中央、国务院写信，反映了延安老区人民生活贫困的实际情况，周总理读了信后几次难过落泪，深感对不起老区人民，这才有了1970年春延安人民重新学习贯彻毛主席在1949年给延安人民"复电"精神的热潮，有了北京市支持延安地区发展"五小"工业和整体国民经济建设的宏伟计划和行动，有了北京市派出大批干部支援延安建设壮举，有了周总理1973年关于延安要"三年变面貌，五年粮食总产翻一番"的指示。北京知识青年这次"上书言事"功莫大焉，利在当今，功在千秋，是解放以来对延安建设的一次最大推动。

贯彻"复电"之时，云岩公社把我从皮头初级中学调到云岩公社机关工作，一方面管理职工灶，一方面为公社革委会搞些文字工作。当时公社革委会办了一份小报叫《云岩通讯》，我是主编。收到各队北京知识青年写的大量稿件，除了选登一些外，我把原稿都送给当时的公社领导传阅。我记得张忠智主任有一次给我说："北京知识青年的文章写得好，有观点、有思想，关键是能说真心话，使咱们对原先不了解的情况知道了真情。他们有些建议，提得太好了！这些娃娃，是国家的宝贵财富啊，有了他们，就不愁了。"

在那次贯彻"复电"精神的活动中，云岩的首战是实现"村村通广播，户户安喇叭"和启动兰水月小型水电站工程建设。在通有线广播中，在各大队党支部的领导下，各村的北京知识青年接线、安喇叭，几乎所有技术活都是他们干的。有的知青还在接通公社到本村线路的同时，给村里也置办了一套播音设备，他们自己写稿件，当播音员，发布本村消息搞宣传。不到10天，云岩公社实现了"村村通广播，户户安喇叭"。北京知识青年的建议和积极行动，为云岩公社贯彻"复电"、落实"三变五翻"指示，做出了重要贡献。

第三，知识青年是推广农业科学技术的先锋。

北京知识青年学习做农活，不是简单地学习镢头怎么用，犁耙怎么扶，而是着眼于如何改革耕作制度、如何推广农业实用技术，从科学创新着手学习农业生产经验。"农业科技实验小组""实用技术推广小组""高产粮棉试验小组"，在各村的北京知识青年中如雨后春笋般发展起来。他们有文化，接受科学技术速度快、胆子大，敢于实验，很快就出了成果。1970年，谷堆坪村知识青年和蹲点干部贺生力试种的一块密植良种玉米地，亩产超过千斤（当时一般田是200多斤），成为全公社观摩学习的榜样。1972年云岩北塬东片有一个村以知识青年和基层干部为主的科学实验小组（我对村名记忆不清了，但对这件事记忆清楚），搞条播小麦试验，亩产突破400斤，成为全县塬区小麦亩产最高的田块（当时一般田块亩产小麦70多斤）。谷堆坪插队青年于大华，利用公社卫生院一个淘汰的高压灭菌锅，土法上马，试制成功植物生长刺激素"920"，还试制成功"5406"菌肥和"杀螟杆菌"等微生物制品，应用于大田收到良好效果。于大华把这些微生物制品试制成功后，被请到县农技站讲课，在全县推广。当时知识青年这些农业科学试验，有力地冲击了因循守旧的旧习惯，使人们看到了希望，解放了思想，为宜川县以后大搞科技推广，起了开路先锋作用。

第四，知识青年和当地农民群众建立了深厚的友谊，为地处穷乡僻壤的农村和外部世界的联系，架起了世代相传的桥梁。

知识青年在插队中，感受最深的就是当地农民、基层干部的善良品德和吃苦精神。在插队的风雨之中，他们和当地群众结下了牢不可破的感情联系。《云岩河的歌》中的文章，大部分反映了这一点，热情地歌颂了他们之间的友谊和老百姓的乐善好施行为。事实并不像有些文艺作品或电视剧中描写的那样，农民都是"自私自利"之人，基层干部都是些"色利之徒"，农村一片"黑暗"。知识青年插队之时，党和各级政府对插队工作是十分重视的，农民对知识青年是十分欢迎的，《云岩河的歌》有力地证明了这一基本事实。

知识青年到农村插队，深刻地亲身感受了处于中国社会最底层的群体——农民的生活，懂得了基层，懂得了农村社会，知道了什么叫"劳苦"、什么叫"贫困"、什么叫"磨难"，这对他们走上新的工作岗位后，作决策的思路、干工作的作风，都会有极大影响，可以说是受益匪浅。无论是在普通的劳动岗位上，还是在领导岗位上，这批知识青年都是有特殊经历的人。他们现在大多已年近花甲，有的已退休了，但对儿孙们讲起插队经历，还是津津乐道，回味无穷。我接触过许多北京知青，言谈之间，对他们那几年的插队生活很怀念，对延安乡亲当年对他们的帮助非常感谢，还说，当年插队的磨炼对他们十分有益。

从20世纪70年代至今，云岩的父老乡亲都十分珍惜他们和知识青年朝夕相处、风雨为伴的经历，以及相互之间结成的深厚友谊。1984年春，我在云岩公社党委工作，有一天去崾崄村下乡，和队长交谈公有资产的管理时，队长说："原来的公窑大部分都卖给了个人，个别的承包给个人。只是原来北京知识青年王丽华住的窑洞，大伙不让卖也不让承包，要让队里管理，给大家留个念想。"我们去那孔窑院看时，窑面右边的土崖上用镢刮了个方框，刻着"知青窑洞"4个大字。王丽华是1971年离开的村子，至1984年已经十多年了，群众还记着她。这朴实无华的感情，真是到了"爱屋及乌"的程度。

我和北京知青聂新元同志（原宜川县团县委书记）通过多次电话，说起西迴村时，他用的词是"我们村"。这让我一下子回忆起和许多知识青年的谈话，"我们公社""我们村""我们邻居"等等，几乎成了他们的口头禅。离开村子40多年了，还用"我们村"，可见感情之不一般！他们离开村子后，眷恋故乡，眷顾乡亲，关注农村，和乡亲们保持着千丝万缕、紧密无间的联系，给村里、乡里、县里介绍项目、联系资金，还把自己看作村里一员。乡亲有了难事，找知识青年帮助，有了病找知识青年联系医院。知识青年回到北京或到其他城市工作，乡亲们就感到自己在北京或哪个城市里有了亲戚，娃考不上大学就找知识青年到城里去打工。知识青年在工作中有了成果，乡亲们就像自己的子弟有了成果一样，照样感到自豪。这种联系，促进了农村的改革开放，促进了经济发展。

总之，我们回顾北京知青插队的历史，正确全面地总结经验教训，具有重大的历史和现实意义。"革命理想高于天，困难面前不弯腰"是知青上山下乡最精彩的写照。今天我们要实现中华民族的伟大复兴——"中国梦"，就是要有坚定的理想信念，要有艰苦奋斗、自力更生的创业精神，否则将是一句空话。写到这里，我愿所有的知青和云岩人民，不要忘记那艰苦的岁月，不要忘记那有益的砥砺，不要忘记知青和乡亲们的浓厚情谊。"老三届"知青有特殊的经历，有超凡的思维和创举，他们在中国的历史上将留下可歌可泣、永放光芒的一页！伟大的黄河和它流经延安的支流，当然也包括云岩河在内，一定会长唱知青歌！

另记：这里，我要通过《云岩河的歌》给在我村——南海村插队的北京干部费嘉麟同志说句话，你为南海画的毛主席像还完好地保存着，乡亲们至今感谢你。我还要告诉所有知识青年，为北海和云岩献出宝贵生命的王长翠同志，是在 1969 年 12 月 27 日遇难的，至今北海村乡亲逢年过节都在祭奠她。

后记：2015 年 5 月，作者薛天云和北海村群众在北海村头水池旁给王长翠敬立了纪念碑。

（此文最早为 2014 年出版的《云岩河的歌》一书，后发表于"知青问题研究""昆仑策研究院""黄河文化研究"微信公众号，2020 年 12 月 6 日《延安日报》全文刊登）

对在交里工作的回忆

我于 1974 年 10 月 3 日到交里公社工作，先后任交里公社党委副书记、书记兼革委会主任，1979 年 1 月离任。这期间经历了许多事，有激情岁月的奋斗，也有曲折的经历，总之，是我这一生值得回忆的一段时光。"以铜为镜，可以正衣冠；以古为镜，可以知兴替；以人为镜，可以明得失。"这篇文章中许多事情已成为过去，但可以从中吸取一些经验教训。广大群众创造物质文明、精神文明的实践活动从来不可能间断。把这些记忆片断整理出来，也是很有益的事。

上任第一关

1974 年 10 月 3 日，县委、县革委会派往交里公社的工作组同志和我一起参加交里公社的"三干会"，这次会议的主要内容是分配公购粮任务、促进秋冬农田基建，并在会上宣布任命我为交里公社党委副书记。

1974 年秋季，县上分配给交里公社秋季购粮任务

125 万斤，全年总任务 160 万斤，人均 205 斤，仅秋粮比去年全年任务还多。交里公社有 14 个大队，88 个生产队，2400 多户，7800 口人。交里公社的三级干部会上，各大队支书和各生产队队长面对公购粮任务压力很大，经大小会引导，总算把任务勉强分了下去。孟长镇、四方大队人均 400 斤，乔庄、南岭、太泉、合配人均 300 斤，李家塬、段塬、蝉塬人均 180 斤，交里、兰河、赤良、赵家河人均 150 斤。会后，公社书记韩生玉同志因父亲有病请假两个多月，便由我主持工作。

我那年 27 岁，虽然生在农村、长在农村，但担任公社领导，还是"大姑娘坐轿——头一回"。10 月 6 日，我开始下乡了解情况，发现群众对 1974 年的公购粮任务怨声载道。到北门村我舅家后，几位表兄弟开玩笑说："人家说公社来了个娃娃书记，今年不让农民活了，就是你啊!"虽在我上任之前公购粮任务已决定了，但在这样的场合，我有话说不出，只好默认。

经过几天到各队了解情况，对于如何完成任务，我感到压力很大。全社 1974 年粮食总产可达 566 万斤，人均 800 斤，和去年差不多。交里土地面积广、大家畜多，仅种子、饲料等公用粮，人均留 200 斤尚且不足，人均 100 斤集体储备粮又是硬任务。如果人均完成 200 斤公购粮任务，平均口粮只有 300 斤。按 80% 的出粉率计算，人均只有 240 斤面粉，其中小麦连总口粮的 20% 都占不到。生产队种菜不多，农民平时几乎只吃粮食。

对受苦人而言，一天没有 3 斤粮就算吃不饱饭。这个事处理不好，明春生产真的要出问题。

经过一夜激烈的思想斗争，我向县委、县革委会主要领导同志、分管领导同志写了一份详细的调查报告，陈述了交里土地面积大、粗粮多、细粮少、骡马多，需要的饲料、种子多等特殊情况，请求减免任务。同时，在 10 月 20 日召开的李家塬农田基建现场会上，我让李家塬大队支书介绍了他们大平大整土地的经验，并让他表示了在元旦前坚决完成 50% 公购粮任务的决心。我在部署完全社的农田基建工作后，也只强调了在元旦前如何完成秋季 50% 公购粮任务的问题。元旦前夕，交里公社完成 50% 的入仓任务。春节后，县上的工作重点已经转移，大抓春耕生产，无人过问交纳公购粮的事了，社员口粮得到了保证。

处理民事纠纷

1974 年 10 月 16 日中午，有 3 起民事纠纷中的 6 名当事人到公社打"官司"，各说各有理，吵得不可开交，一时是非难辨。我让他们先回村里，并答应明天到他们村里解决。他们走时还说："书记，你明天可一定要来，不然我们明天下午再来公社。"

公社是"政社合一"的政权组织，既要管经济，还要搞行政管理。那6个人走后，我想这次上访说明几个问题：一是群众把公社当作一杆秤，想让政府给他们主持公道；二是在我们看来，群众上访的许多事是"小事"，但对老百姓个人而言，就是天大的"大事"，我们不能置之不理；三是可能存在各级处理民事纠纷的责任不明确，有互相推诿、不闻不理的错误倾向。我既然答应明天要去3个村处理，就一定要说话算数，不能失信于人，影响党委的诚信度和威信。正在这时，县革委会电话通知各公社革委会主任明天去县城开会，安排部署全县社会治安工作。文书建议另派他人到3个村处理。我说："还是让其他领导代我开会吧，我明天下乡处理那3起民事纠纷。"随后，我给县上主管领导同志打电话请了假，并通知副主任去县上开会。

第二天早上8时，我和公社司法员来到联风村，在大队支书、大队长的配合下，仅用了一个钟头就把事情的来龙去脉弄清楚，处理完了两人打架纠纷。接着又去下昌喜、张窑寨用同样的办法处理。处理后，6个人都很满意。下午4时我们回到公社。晚上召开公社党委会，制定了各级组织处理民事纠纷、接待群众上访的《工作细则》，分层次明确了责任。对于一些影响全局的、较大的集体上访案件，要由党委书记亲自处理，并明确要求，各级领导要关心群众诉求，绝不能因处理不及时而酿成大的事端，接着还制定了护林防火、防止各类突发事故发生的工作办法。到1974年底，把积累的

30 多起上访案件全部处理结案。

吃千家饭

那时干部下乡，到村上都吃派饭。吃派饭时，每天给管饭户 3 角钱的伙食费和面值 1.2 斤的粮票。对下乡干部有 3 条纪律：不能随便吃请，村里派到哪里就到哪里吃饭，不能挑拣；干部必须按规定付给管饭户伙食费和粮票；群众吃什么，干部就吃什么，不能搞特殊化。干部为了执行纪律，在遇到熟人不收伙食费时，就悄悄地把伙食费放在席边下、被褥卷下边。我在交里工作近 5 年，在几百户家里都吃过饭。农民是我的衣食父母。

1976 年早春，我带领工作组到一个大队整顿班子，住在一个村。我吃派饭中遇到两件事。有一天中午到一家人家里吃饭，进门后气味难闻，炕上睡一婴儿，婴儿身下铺一片破席，炕的其他地方土炕皮裸露。女主人给小孩擦完屁股后也没洗手，继续擀面。我心里想："今天这饭吃不成了。"可是有纪律在身，我下决心吃了一碗荞面条，放下伙食费，道谢后离开。第二天又到另一家吃饭，早上到她家后，屋里收拾得还算齐整。女主人 50 多岁，一看来了公社书记，显得十分拘谨。饭是白蒸馍卷子，熬的豇豆米汤，盘子中盛着黄亮的酸菜，还炒了一盘洋芋丝，这是我到这个村吃到的最好的饭菜。主人一脸窘态，说："没什么好吃的，委屈你了。"我连声说好，喝了口稀饭，抓起一个白馍就吃。这时我发现馍皮上有个东西，仔细一看，是一只被蒸得"发肿"的虱子，可能是女主人揉馍时无意中把袖口的虱子掉在面团上。女主人坐在灶头吃饭，我趁她不注意，把有虱的馍皮掀下来扔掉，继续吃着，心想，反正经过高温蒸熟，已消毒了。吃完饭，我把伙食费压在木盘底下，道谢而去。

通过两次吃派饭所见所闻，我决心帮助这里的群众改变环境、移风易俗，把打扫卫生、树立良好习惯列为学大寨活动的重要内容。一是给妇女每星期放一天假，专门打扫卫生；二是搞引水上塬，解决群众饮水、用水困难问题，解放劳动力；三是把公社的救济款、救济棉和布票拨出一部分，专门解决偏远山区有些群众缺衣少被和没有炕席的问题；四是由工作组干部徐忠民负责，组成卫生检查组，每10天检查一下这个大队各村环境、家庭卫生、个人卫生。经过3个月努力，这里的卫生状况大为改观，一些落后习惯也有所改变。

由于经常下乡，又和社员一块劳动，吃"千家饭"，对各村的情况十分清楚。队干部、党员、五保户、贫下中农代表、困难户住在村子哪个方位，我都能找到。哪个村有谁需要救济补助，我不用查笔记本，就能说出他出了什么事、遭了多大的灾、需要多少钱粮才能解决问题。对困难户的问题，有的由公社救济，有的由生产队设法帮助，全部得到解决。贫困户把下乡干部看作他们的知心人，互相来往，无话不说。公共场所和正式谈话中了解不到的一些情况，在吃饭拉家常中了解到了。

"一二三"劳动制度

为了改变干部作风，各级党委十分重视党政领导干部参加集体生产劳动问题，大力推广"一二三"劳动制，即：县上干部参加劳动100天以上，公社干部参加劳动200天以上，大队干部参加300天以上。且由县委农工部统一印制干部参加劳动手册，干部在哪个生产队参加了劳动，由哪个生产队记工员记工，队干部签字。年终考评时，参加集体劳动天数是否完成，实行一票否决。要亲身参加劳动，才能了解民情，增进同人民群众的感情联系。

我生长在农村，自小学习了不少农活，但真正懂得农时、学会农活，是在交里公社工作时学会的。下乡时每到一村，放下背包就下地；有时走在路上碰见队里的劳动场面，便加入到劳动行列。劳动休息时，还和社员比赛摔跤。有时在村里住几天，除晚上开会外，白天都要参加劳动。社员中午不回家吃饭，干部也不回来，在哪家吃派饭，就在哪家带干粮。干部下乡住宿，一般都住在队部，无队部的住在乡亲的闲窑中，或住在"五保户"老人家里，做到"同吃、同住、同劳动"。对于这样的干部，农民才会对你交心，和你交朋友。思想政治工作要做到田间地头，和社员的谈心活动要做在共同劳动中。农活中"提耧下籽入麦秸，扬场使的左右锨"，我都会做。按农时季节该种什么、锄什么、收什么，我心里十分清楚。和农民一块劳动，增加了感情，社员把干部看作"自己人"，有话当面讲，共同劳动之中做了许多工作。

在党政干部参加集体生产劳动的同时，公社企事业单位干部职工，每周一、三、五下午5时至7时，为集体劳动时间，或到附近生产队劳动，或补修公路等。农田基建中，社员每天完成多少土方量，干部也完成多少。1977年冬，公社在联风村搞农田基建大会战，机关干部职工分批轮流住在联风村，睡土炕，上民工灶，参加大会战，每期15天，男同志每天10方土，女同志6方土，由工地民工连给男女干部划方量任务，完不成者夜战加班。会战开始时，应上工地民工600多名，每天实上工地400多人。我发现原因是民工灶伙食太差，清一色的玉米面（是民工交来的），白开水煮白萝卜片，且定量打饭，年轻人吃不好也吃不饱，连饭量小的妇女干部都吃不饱。我让民工连带领民工给交里林场造了3000多亩林，用赚来的15000元工程款，两天给民工灶上杀一头猪，再买些洋芋、萝卜等蔬菜，改善了民工伙食。后来社员争先恐后来联风会战工地，提前完成了会战任务。

规划农田基建

　　"农业学大寨"的一个主要任务，是大搞农田基本建设。1975年宜川县委要求，各公社到1980年人均要完成两亩基本农田的平整任务。每一块经平整的地块，要达到左右水平、下高上低、地边埂结实美观，起到保水、保肥、保土的作用。平整后亩铺粪一万斤左右，冬前深翻，如此两三年以后，就可建成"海绵"田，大大提高单产。

　　1975年夏季，县委组织各公社书记参观旬邑县职田公社农田基建后，开始山、水、田、林、路统一规划，全面治理。在旱塬上，主要是以路为骨架、林为屏障、水不出田为原则进行重新规划。路要修在塬中线高处，像人的脊梁骨，地边埂按"人"字形规划，减少平整的土方量。川道以骨干水渠为骨架，平整方块田。1975年秋收结束后，我们先将各塬面的骨干路修成，把原来弯弯曲曲的人行道即老路整入农田。1975年秋冬，把赤良、段塬、蝉塬至太泉、李家塬、南岭、乔庄、合配塬的骨干路全部修成；把交里到联凤川道原顺河岸公路大部改道在阳山根底，分段截弯取直，增加土地1000多亩。接着按新规划，又在1976年、1977年冬各大干3个多月，加上前几年平整的土地，全社达到7800多亩（这是县水利局逐块丈量的数字），人均一亩。那时平整农田，几乎没有机械投入，全部由人力完成，有如此成效实为奇迹。1974 年冬至 1978 年，公社调 5% 的劳力组成常年农田基建工程队，修拦河坝 5 座、过水渡槽 6 条、修公路桥 8 座，重点修建了店子河至北四方 8 块阳滩平地水渠，增加水地 800 多亩。

1976 年春，交里至县城以及全社各川塬骨干道路，全部栽植上行道树。为了管理好行道树，公社制定了严格的管护制度，并让各村抽调 60 岁以上的老共产党员当管护员，每人包干 3 至 5 里。全社栽植行道树 150 万株，到 1977 年夏，这些道路全部成为林荫大道。川道两边迎川面、塬边峁头栽植刺槐，基本形成护田林网。

农业学大寨中，能不能大干苦干，关键看农田基建。按县委要求，以公社为单位，每年冬春大搞 4 个月的农田治理，集中力量搞好一至两个大会战点，每点大平大整土地 1000 亩以上。我感到这种办法不利于调动各大队积极性，又造成社员长途跑路，浪费时间，所以交里公社主要以大队为单位，按公社统一规划，在本大队中心点开始治理，逐年扩展。只是 1977 年路线教育运动中，抽调全社 20% 的劳力，在联风村村前平整了 400 亩。其他劳力仍然在各大队会战。

农田基建是最重、最累的农活。那几年，每年从 10 月上旬干到第二年的元月下旬，数九寒天，风雪无阻。社员早上 7 时上工，先揭 2 尺多厚的冻土盖，在零下二三十度的严寒中，一会就干得满头大汗。中午不回家，啃一块冻玉米窝窝再干。刚开始，交里各队妇女和男人一块上工，有小孩的妇女休息时还得跑回家给小孩喂奶。1974年冬我到李家塬村下乡，农民早上6时吃早饭，饭后妇女顾不上洗碗就下地，7时到工地时天色还在朦胧之中。后来我们规定，妇女可以迟一个小时下地，早半个小时回家，多料理一些家务。实行定额管理后，妇女干家务的时间更充裕了。

1974年至1978年上半年，全县平整土地9万多亩，人均一亩多，交里公社也达到人均一亩多。那几年平整的土地，在1981年实行家庭承包责任制后，成为农民最想得到的土地，是20世纪80年代农业连续增产的重要基础。治理山河、平整土地，是一件惊天动地的壮举，将会永远载入史册。

抓好植树造林

1974年秋冬，我们在植树造林中抓的第一件事是建立社队林场。公社带头在月儿梁办起社办林场，并进行了全社第一次造林大会战，造林2000多亩。接着各大队办起了大队林场，社、队林场做到了"五有"：有育苗地、有集中造林的荒山荒坡基地、有牲畜、有工具、有场部领导建制。这既壮大了各队林场实力，又增加了全社境内的绿化面积。

从 1975 年春至 1978 年冬，交里公社坚持育苗，社队做到了造林苗木自给，林场和各生产队都开展育苗工作，全社人均育一分地苗木，主要以刺槐、杨树为主，也育了少量的经济苗木。坚持每年冬春搞两次造林大会战，逐步扩大林地，消灭荒山荒坡。每个大队都营造了500 亩以上的成片林，乔庄、南岭、李家塬、四方等大队达 2000 亩以上，孟长镇、岔口等林区队，在川道荒滩营造了 200 多万株速生杨树林；公社在月儿梁、袁家河、段源沟、白家庄至兰河南山迎川面等地造林 5 万多亩，全部成林。每个大队林场和生产队建 10 亩以上的苹果园，全公社至 1978 年挂果的集体果园达 1500 多亩，交里人民第一次吃上了自己种植的苹果。

公社制定了严格的林木管护制度，形成了"育苗地有专人负责育护、成片林有专人负责看管、行道树有专人负责养护"的局面。在全社所有学校开展爱护树木的专题教育，教育群众不许在林地放牧牛羊；对乱砍滥伐、破坏树木的行为要从重惩罚等。

那时造林的目的很明确，就是为了"植树造林，绿化祖国"，很少考虑经济利益方面，是一种为全国整体利益服务的纯奉献。用现在的话说，就是以追求生态效益为主。造林树种以用材林为主。事实上用材林也有很大的经济效益。20 世纪 80 年代中、后期，交里公社以及各大队陆续将 70 年代栽的树伐完，收到一批很丰厚的回报，就是证明。

在植树造林事业中，我对一件事印象十分深刻，终生难忘。

1977年春植树造林再掀高潮，县委决心要在上规模、提高质量上下功夫。要坚持对一个流域、一架山进行"山、水、田、林、路"统一规划，整体治理，全面绿化，不能零敲碎打，留有"死角"，做到工程措施、绿化措施一齐上。县委要求各公社每年要建造一片5000亩至10000亩以上的成片林。我们交里公社选择在白家庄至兰家河大队店子河村南山迎川面会战，面积12000多亩。但这一大片荒山是交林林场国有林地，交里林场有些意见。经协商，最终达成一致协议，即：公社和林场联合造林，林场做好规划、供苗，公社出劳力、统一管理，收益四六分成（公社占四成，林场占六成）。经过5天会战，提前完成任务。适逢1977年春雨较多，成活率在95%以上，第三年树荫就覆盖地面，20世纪80年代初成为全县的样板人工林。那时我们植树造林的口号是："奋战五年，要用树把坡洼盖起来，把沟壑填起来，绿化全社荒地，改变山河面貌"。公社会战之后，各大队又按统一规划，各自完成数百亩造林任务，有的完成1000多亩。这一年，全社春秋两季共完成3万亩造林任务。

社办林场原在月儿梁，但那里没有川地，育苗十分困难，且离公社较远，不好管理。公社党委为了进一步发挥社办林场在造林事业中的骨干作用，决定把社办林场搬迁到离公社5里地的袁家河村，这里地处川道，有

50 多亩川地可以育优质苗。原月儿梁林地由社办林场统一经营。报经县委、县革委会批准后，把袁家河生产队10 多户社员搬迁到生产条件更好的其他村。我去袁家河村逐门挨户做工作，并让他们自选落户村庄，他们都同意搬迁。随后由搬入队负责修建窑院，在秋收后顺利搬迁。1977 年 10 月下旬，全社劳力在袁家河会战一星期左右，并调公社机站 3 台推土机支援，完成了将川地修为水地、将台地和坡洼地修成宽幅梯田、整修道路三件大事。会战后，又给林场置办了柴油发电设备和抽水灌溉设施，还买了牲畜和手扶拖拉机等。1978 年春，林场在川台地育苗 100 多亩，被县林业局评为"优质苗圃"。

按我们当时的预测，5 年后林场每年可给公社上交20 多万元利润，能解决植树造林中许多问题。但是，20世纪 80 年代初，农村生产体制发生巨大变化，这个计划经济的产物只好寿终正寝。每想及此，我感到对不起袁家河村的乡亲，我不该让他们背井离乡、迁居他村，每遇到他们，我都要表达深深歉意。

交里大部分荒山荒坡属交里林场管辖，他们的植树造林工作从未停止过，而且成效显著。他们对次生林的管护非常严格，若干名专职和不脱产护林员，划片包干，各负其责。只要发现有一根直径 3 公分以上的禁伐树木被砍伐，他们都要追查到底，严格按制度办事。当时交里各村的男女老幼都知道有关的护林法令和制度，他们说有两点绝不能违反，一是公家的林木砍不得，二是森林防火松不得。

看看近几年"退耕还林"的巨大成就，远胜于我们当年的造林效果，我相信，植树造林这项人类的伟大事业、全球生态的基础工程决不会停止，而且会越来越好！

推广农业技术

1973年7月初，为了落实周总理对延安的指示，"三变五翻"是当时"农业学大寨"中的硬任务，即"三年变面貌，五年粮食翻一番"。我认为，交里在1974、1975年已经实现了"三变"，关键是如何实现"五翻"。三年的平均粮食总产450多万斤，翻一番是900万斤，人均1100多斤，比1974年人均增加300斤。这个任务十分艰巨，靠常规办法完不成。要实现"五翻"，必须在农业技术推广上有大的突破。

当时的农业科技主要是全面落实"农业八字宪法"，即在"水、肥、土、种、密、保、工、管"上下功夫，实行科学种田。从交里实际出发，"水"的问题，主要是实现川道水利化，在塬面搞大平大整，建设保水、保肥、保土的"三保田"，这是一项经长期努力才能实现的目标。为解燃眉之急，我们结合县委的安排部署，推广人均完成半亩深翻任务。人力用钢锨深翻，把表土翻入底层，"死土"翻到表层，深翻一尺以上。1974年秋冬，全社人均深翻0.2亩。大型拖拉机深翻七寸以上，人均达到八分地。每深翻一块地，等于修了一座小型蓄水库。但这种人力深翻，劳动强度非常大，1975年后再没有进行。从1975年春开始实施坑田种植，挖边长1尺、深1尺的四方形坑，从坑中心点计量，行距3尺，坑距1.5尺，把表土和肥料填入坑内，死土铺在行间，每坑三角形种3株玉米，株距5寸。公社要求人均挖半亩，实际达到人均3分，后来坑田代替了人工深翻。亩施肥一万斤左右，坑田玉米产量可达一千斤以上。

从1975年春开始，公社大力推广壕田种植，耕壕田较挖坑田省力。省农业厅下放干部王先增，在太泉村发明壕田种植，随后在宜川大面积推广。耕壕田时，把两支山地犁定在最深的标尺上，捆绑在一起，两头大犍牛或两匹骡子拉犁开沟，把农家粪、化肥施进沟内，后边再跟一犋牲口用耧冲沟，双人点籽，株距5寸，行距3尺，然后用6寸宽的小耱在沟内覆土。这种壕田和1982年后延安地区推广的垄沟种植的栽培技术基本一样。玉米长到一尺高时，再用山地犁在玉米行间来回翻，把土培到玉米根底，行间变成壕，达到蓄水保墒的作用。种壕田比原来的平种亩产可提高100到200斤。

公社采用勤垫圈、增加牲畜数量、提倡圈养猪等方法增加肥源，还动员各生产队采用刮壮土、打旧墙、换陈炕等办法增加肥料，队队固定人员担茅粪。除队里集体积肥外，每个劳力每年必须向队里交 3 万斤土肥，到 1976 年春，玉米、谷子中的高产田施农家肥 6000 斤以上，一般田施 3000 斤左右。增加化肥施用量，当时主要施用氮肥，如尿素、碳铵、硝铵等，1975 年全社总用量是 1974 年的两倍。

过去种玉米，是"隔铧子、实步子，种麻子，带豆子"，每亩玉米 700 株左右，农民习惯于"玉米行间能卧牛"。推广壕田种植后，玉米行距 3 尺，株距 5 至 7 寸，亩株增加到 2500 株以上。稀植改为密植，提高了亩产。"宽行窄株距"的实行，使玉米通风透光的条件更好，由平顶用光改为斜面用光，提高了抗旱、抗病能力。大力推广新品种，提高单产。最早推广的玉米品种有"黄白杂交"和农大系列品种，基本淘汰了老品种。随着新品种的引进，玉米产量有了提高，但许多新的病虫害也在蔓延。加大植保力度，重视防治病虫害。公社统一购回 20 台电动喷雾器，培训了 20 名机防人员，组成机防队，一旦发现哪里出现作物病虫害，迅速组织力量打歼灭战。为了防治小麦干热风，要求各家妥善保存草木灰，在小麦灌浆期，各队麦田中都是手工喷洒干草木灰的场景。同时，还用喷雾器进行叶面喷肥，增施微量元素。

推广先进农用工具。有的生产队只有一两支山地犁，有的还用老耩翻地，到 1975 年春，每个生产队所有畜犋都可用山地犁翻地。公社大量购置架子车，平均每户一辆。推广了 20 台小麦七行播种机，帮助各生产队购置手扶拖拉机、耙、石滚子等。此外，还推广过县农械厂制造的移苗器、玉米播种器，推广先进的田间管理技术，如适时间苗、防治病虫害、中耕锄草、追肥、深施化肥等。

1975 年公社引进油菜专种技术，改变油菜和荞麦混种的状况，全社专种 2000 多亩，1976 年平均亩产 200 多斤，是混种的四到五倍，既增加了食用油，又解决了麦油合理轮作问题。1976 年秋播小麦时，按县委的要求，川、塬平地要"淘汰老品种、消灭窝播稀植"，推广农大系列品种，改窝播为条播。但 1977 年早春，小麦返青后温度突然降到零下 10 度左右，新品种小麦冻害严重。1977 年全县小麦大减产，我社小麦总产只有 1976 年的 60%，影响了全年总产。这次尝试失败的原因，一是没有重视播种前农家肥、化肥一次足量深施问题。二是推广没有经过三年试验的品种，不适应宜川春季寒冷的天气；三是在耕作制度改革中，没有经过试点，拿不出一整套切合本社实际的小麦播种、管理经验，准备不足，仓促上阵，急于求成，用减产交了学费。这次探索和尝试，为以后宜川小麦耕作制度改革积累了经验教训。我吸取这次教训，1983 年、1984 年在云岩镇搞小麦耕作制度改革时取得了非常好的效果。

从 1975 年开始，公社每个领导都要选定生产队，亲自种 10 亩玉米、5 亩谷子、10 亩小麦试验田，采用最新技术，使玉米亩产"过长江"（800 斤以上），谷子、小麦亩产"上纲要"（400斤以上），不许社员代种。收获前，要组织基层干部观摩评比。"喊破嗓子，不如做出样子"，实际示范是最好的引导和榜样。各大队都有党员试验田、团员和妇女试验田。播种、管理时各个临时生产小组组长，由党员或团员担任。对社员进行科学种田教育，是夜校课程的重要内容。

公社党委的几个领导干部，每人抓好一个科学种田的先进典型，在这些队召开现场会，推广经验，开阔眼界，起到抓点带面的作用。经大力推广先进技术，1976年比前一年增产20%，人均口粮460多斤，1977年不减产，摘掉了缺粮帽子。

开好现场会，对基层干部进行直观培训，比如在推广壕田的现场会上，参加会的生产队长，要把开沟、冲沟、双人点籽、深施肥料、小耱覆土操作一遍，掌握技术要领。

由于采取先进技术，交里公社的实际粮食总产有所增长，1975年、1976年均比前一年增产，1977年因夏粮减产，全年总产比1976年减产5%，1978年又恢复到1976年水平。在我任内没有实现总产翻一番的目标，成为我终生的遗憾。

（时间久远，有些回忆并不准确，望读者批评指正）

2005年10月10日

回忆宜川县老蒲剧团

　　蒲剧发源于古代山西蒲州，和秦腔一样，是一个古老的传统剧种。明代以来，宜川一直有蒲剧演出。黄河西岸不少县均有蒲剧剧团，20世纪60年代后逐渐被秦腔替代，唯独宜川县蒲剧团一直保留下来，且在全县形成蒲剧文化现象和传统。其中一个重要原因，是"文化大革命"前的宜川蒲剧团和一批蒲剧文化人为此奠定了基础，给宜川几代人留下了难以忘却的记忆。

　　宜川解放初，一批山西蒲剧演员组成民间剧团，活跃于宜川、韩城一带。1953年在这个民间剧团的基础上，县上成立"宜川县人民蒲剧团"，实行"自负盈亏、自主经营"。成立之初，带头人是李汉三，时隔不久县政府委派赵雷兴（云岩镇南苏村人）任团长。在"恢复文化、经济建设"的热潮中，宜川蒲剧团像一株刚出土的树苗，迅速茁壮地成长。时间不长，一个演员阵容强大、演艺出众的剧团，用蒲剧的旋律激荡着宜川的角角落落。先后涌现的名演员有：魏文彦（打板）、岳富泽（板胡）、严景华（净）、王景奎（净）、吴引忠（净）、李四德（生）、梁家让（老生）、张云明（武生）、刘松义（须生）、杨志贵（正旦）、周宏恩、温金龙（须生）、刘金锁（丑）、朱文龙（武旦）、牛伯有（武生）、翁保成（生）、段金贵（净）等，后来薛泾成（丑）、温俊祥（须生）成为新秀，人们称"小三花脸""小胡子生"。1955年前，宜川蒲剧团的演员全为男性，此后有了一批优秀的女演员，如李易君（又名"引菊"，正旦）、王国花（小旦）、阮秀芝（正旦）、王引花（花旦）、贺玉兰（小旦）、刘玉英（小旦）、薛彩群（武旦）等。1958年后又招收了一批新演员，如张明雄（净）、崔志兴（净）、马八锁（净）、冯兰英（旦、小生）、刘永虎、小牛（打板）等，逐渐成为骨干演员。最兴盛时期，宜川剧团有100多名演职人员。老艺人刘天喜能记诵100多本传统蒲剧目，在他的口授下，宜川剧团于1957年前就排练了50多本传统蒲剧，100多回折子戏，连续演10天10夜，不重样。一个仅有几千人口的山区小县城中，有这样一个出众的剧团，自然成为全县人民议论的重要话题，如"剧团前几天来了哪位新演员"、"排了什么新戏"、"到哪里演出受到了欢迎"等。男女演员大多身怀绝技，身材端正，长相不凡，特征突出，他们从街上走过，常引来许多路人注目相看。特别在那比较保守的年代，衣着时髦、容貌漂亮的演员，容易引人注意。

更为重要的是，宜川老蒲剧团平实热情的服务态度赢得了全县人民的好评，出色的演出满足了人们精神文化生活的需要。经过几十年的战乱，解放后人民安居乐业，心情舒畅，工作劳动之余看看剧团演出，在宜川城成了一种时尚。各乡镇所在地、庙会演出，每年都在 2 次以上。我在云岩小学念书时，记得前半年春播结束后云岩镇要演五六天戏，后半年 10 月份召开物资交流大会，又要演 10 天左右。到各地巡回演出，多数演员是步行前往，个别人骑自行车。白天走上几十里路，晚上还要按时演出。演员们经常睡草铺，在庙会演出时，就睡在大殿中。去各处演出，剧团自己办灶，决不给地方添麻烦。群众点什么戏，他们就演什么，群众点名的演员必须上场。无论台下人多人少，无论在城里或是乡下，都认真表演，绝不因观众少或到乡下就马虎敷衍。在宜川县广大农村，每当寂静的山塬有高亢悠扬的蒲剧调飘过，每当剧团的"生旦净末丑"亮相时，"吹拉弹唱打"便将这个地方拨弄得喜气洋洋，生机盎然，给农民群众送来节日般的喜庆和热闹。旷野的舞台下，是一片密密麻麻的人头。乡村每逢重大节庆，都以请来宜川蒲剧团为荣。1959 年云岩公社举办云英渠开工大典时，因宜川剧团外出而请了渭南秦腔剧团，秦腔名角鱼巧云还演了《白蛇传》，但云岩群众因没听上蒲剧调，过不了戏瘾，还闹了一场事。

过去的宜川蒲剧团，把观众当"上帝"看待，只要观众满意，就是他们的喜悦。到农村演出，要在当地聘请几个懂戏文的人，组成"监场小组"，接受监督。只要监场人指出了问题，就一定改正，对出现严重的缺句、缺场、动作失误，还主动退还戏款；在县城聘有"评戏"人员，经常征求意见。每年元宵节在北操场公演 3 天；到各处演出 3 天以上，就要送一场戏，以谢观众。有一次县剧团在南九天庙演完戏后往云岩出发，路过永宁村时，有几位老年人想听演员唱几段，十几位男女演员高兴地答应了，到学校院里给他们清唱了一个多小时的《梁秋燕》。学校院内站满了人，一时欢声笑语，其乐融融。永宁人感激不尽，硬留他们吃了一顿午饭，依依不舍地把演员送出村口。

宜川老蒲剧团受到群众欢迎，在于有一批演唱水平超群的好演员，全团有精湛的艺术水平，有群众喜闻乐见的传统、现代剧目。宜川蒲剧团，不单在县内走红，在渭南、延安、榆林、晋南等地也是名声大振。1959 年延安地区调演中，宜川蒲剧团名列第一；陕西省县级剧团调演中，宜川蒲剧团表演的《柳沙河》剧目被评为第一名。宜川蒲剧团为群众塑造了一个个栩栩如生、个性鲜明的艺术形象，许多脍炙人口的唱段长时期流传于民间，为宜川人民争了光，为宜川文化建设添了彩。50 多年来，多名演员的名字还在宜川得到人们传颂。李四德是宜川蒲剧团中的领军人物、优秀演员，他工小生、武生，还饰须生、武旦等，他既演"文戏"，又演功夫戏；既是演员，又是导演。他在《白玉楼挂画》《黄鹤楼》《反西凉》《貂蝉》《长坂坡》《凤台关》《柳沙河》《烟火棍》等剧目中饰张彦、周瑜、马超、吕布、赵云、吕蒙正、李文忠、杨排风等人物，给宜川人民留下了深刻记忆。特别是在《徐策跑城》中饰演的徐策、《周仁回府》中饰演的周仁，于秦晋两省一举成名，至今一些蒲剧团演《徐策跑城》还沿用李四德的套路。"二花脸"吴引忠，唱腔圆润、高昂、浑厚、悠远，动作大方利索、阳刚有力，他饰演的张飞、包公、马武、常遇春、薛刚、单童等艺术形象非常成功，使人们对这些英雄和忠臣人物无法忘怀。他在《赵氏孤儿》中饰屠岸贾，使人们对这个奸臣恨之入骨。温金龙是个能扎"靠子"的须生演员，功底扎实，戏路齐全，动作优美，唱腔独特。凡他饰的角色，抬手动脚、吹胡子瞪眼都是戏，让人百看不厌。刘松义，绰号"蝎子"，多演文戏，工须生。他演的《空城计》《游龟山》《舍饭》《回龙阁》《青山英烈》等剧目，把诸葛亮、田云山、朱春登、王允、刘宗等人物演活了，似乎舞台上的刘松义就是某个历史人物。最令人难忘的是他的须生唱功，高亢、洪亮、悠扬，吐字顺畅，咬字极真。李易君、阮秀芝工正旦，大多饰些正面人物，她们最大的特点，是作戏细腻、形象端庄，唱腔宏亮、字正腔圆。那时演戏没有麦克风设备，但她们无论是道白，还是唱词，观众都听得一清二楚。李易君演《骂殿》《三上轿》《铡美案》《三娘教子》等戏十分出名，老年人、妇女非常爱看、爱听。看了《铡美案》让人们恨陈世美、同情秦香莲，对

"糟糠之妻不下堂，贫贱之交不可忘"的道德观念愈加信奉。三娘王春娥唱词中"儿无有奶乳用粥灌，可怜儿一尿一大摊。左边尿湿右边换，右边尿湿换左边。左右两边齐尿遍，抱在娘怀可暖干。你奴才一夜哭的不合眼，抱在窗下把月观。数九寒天冻的娘啪啪啦颤，你奴才见月拍手心喜欢"这一段妇孺皆知。王引花工小旦、花旦，在《火焰驹》《西厢记》《拾玉镯》等戏中饰梅香、红娘、孙玉娇等，塑造了一个个性格迥异、活泼可爱、机智大胆、气质鲜明的青年女子形象。张云明、牛伯友的功夫戏，温俊祥的《淮头关》《秦琼观阵》，薛泾成的《审诰命》《十五贯》《起解》等剧目，至今宜川人民还在回味、议论。20世纪五六十年代，他们还分别排演了《梁秋燕》《小二黑结婚》《芦荡火种》等现代蒲剧，红极一时。宜川蒲剧团中那些优秀演员，具有扎实的艺术功底，能够深刻领会剧情，准确把握角色，演出时"音容笑貌传真情，眉梢眼角皆出戏"。观看他（她）们的演出，既是艺术享受，又可寓教于乐。

那时的宜川蒲剧团，从不放过学习真本事、提升艺术水平、发展剧团的机会。他们参加剧团不是为了讨一碗"公家饭"吃，而是为了演艺事业的成功。首先是严格练习基本功。一年四季，演员们早5时起床，练功、练声，到上午9时结束。学徒在3年内基本功达不到要求，便令其退团。剧团经常和一些名剧团同台演出，取长补短。实行严格的师徒制度和按劳分配制度，名角多得，多劳多得，不搞平均主义。团里还组织演员学习蒲剧传统特技艺术，练习多种特技表演动作。表演特技，必须有扎实的基本功为基础。一般常见的功夫，多数演员已练到非常出众的程度，他们便在"绝活"上创一流水平。他们的特技表演主要有：1. 对角翻打。李四德导演并主演的《青山英烈》剧快结尾时，青山英雄攻打恶霸程万里，采用对角翻打特技，气势恢宏，场面壮观；2. 帽翅功。刘松义在《生死牌》中饰黄知县，思考问题时，一会单翅上下摆动，一会双翅同时摆动，把剧情推向高潮。"帽翅功"也是李四德的"绝活"，他饰周仁、徐策等时，都表演过精彩的"帽翅功"；3. 翎子功。李四德饰周瑜，高兴时单翎舞动或双翎舞动，生气时使翎子端竖起来，让观念更能了解周瑜的内心变化；4. 甩发扬梢功。李四德扮周仁，当周仁在他妻子坟前痛哭时，用"甩发扬梢"表现悲愤欲绝、无可奈何的情绪，给观众以震撼。5. 意牵须动，又称"胡子功"。温金龙饰杨继业、李四德饰徐策、刘松义饰刘宗，当舞台人物情绪大起大落时，他们都用吹须、甩须、用两袖从下到上打须，胡须成为特殊功法的载体；6. 舞纸幡。张云明演《五雷阵》时，为了表现孙膑的悲愤之情，把两丈多长，水桶一样粗的纸幡的一头套在头上舞动起来。纸幡一会倒竖起来，一会抡圆舞动，一会像蛇一样在地上蠕动，但人站的姿势不动，只用头去舞纸幡。据说，这要有真功夫的演员才能做到；7. 奇巧椅功，也叫"椅子功"。《挂画》中精彩的一幕，是在椅子上腾、挪、挤、闪，似舞，似杂技，令人叫绝；8. 扇帕齐飞，亦叫"扇子功"、"手帕功"。主要表现小丫鬟、年轻女子性格而运用的表演手法，转手扇、滚手扇，旋转手帕、飞走帕，把帕抛在空中，用扇角支撑继续旋转。繁杂的扇帕功夫，绚丽多姿的表演，用形感衬托情感，是宜川蒲剧团中王引花、贺玉兰等女演员的特长；9. 水袖流云。宜川剧团中男女演员大多会用水袖，李四德、李易君、温俊祥等人，更擅长用水袖表演角色的内心冲突。基本姿势有甩、转、脱、充、抽、翻等；表演云手、车轮袖较难，还有转盘袖、双转盘袖等。盘旋变化的水袖、翻飞盘旋的水袖，多姿多态，异彩纷呈。

在宜川蒲剧团引领下，1966 年前宜川县城乡形成蒲剧文化现象。剧团演出归来，县城的人互相见面第一句话是："剧团回来了，晚上看戏吧？"乡下人进城，以能到"火神庙"看戏为快。剧团到乡下某个地方演戏，周围的群众提前 10 多天都在做着看戏的准备，男人们突击干完手头活，妇女们给全家准备好衣服，家长还要准备一点钱，好让儿女们花用。戏前人们议论着哪个"把式"要来，戏后又评论谁演得好、哪出戏好等。那时当地政府不管演出，由各村负责人、镇上工商联选几个人负责筹备，搞好搭建戏台、驮戏箱、安排演员住宿、收戏款等事宜。庙会是由一社（宜川人读 sha）的负责人安排。如果政府的某个领导干部挡了剧团演戏，人们要骂他一两个月。各乡镇、村搞文艺节目，多是蒲剧腔调，有些村子的"家戏班"也是蒲剧，最有名气的"家戏班"，是郭下村蒲剧团。机关单位搞晚会，肯定有人要唱几段蒲剧；农村人干活中，吼上几段蒲剧词是常有的事。人们调解纠纷、讲述意见时，往往引用几句蒲剧台词去佐证……总之，蒲剧成了宜川人民精神生活中的重要内容。

我从8岁上学起，常爱观看宜川蒲剧团演出，并学到了许多历史知识和做人的道理。每当剧团离开云岩镇时，我都感到若有所失，急切地盼望着下次的演出。1966年以后，我再没有看过宜川老剧团的演出，后来也看过另外几个蒲剧团演出，感到他们与宜川老剧团的水平相差太远，便郁郁离去。1966年12月，我有幸认识了吴引忠、李四德、段金贵（又名四片）、温俊祥等人，那时学校已停课，我常到剧团和他们闲聊，他们也到宜中来。那个时候，剧团已停演半年多，过去排的历史剧大多受到批判，他们只是排了些应时的歌舞，准备应付一些场面。剧团对我来说，过去是"高台教化"，我看演员都是"仰视"而已，现在面对面交流，才发现他们是一批极普通的人，有不少在舞台上"叱咤风云"的人物，竟然识字不多或连话都不多说。有一天吴引忠找我，说他要回山西老家去。他是一个很忠厚老实的人，说他实在看不惯这乱哄哄的局面。从此以后，再没有见过他。李四德在1965年前已当了副团长，我于1966年

12月认识他，他曾找我给他写了几次"检查"材料，交往较多。1967年冬，他在个别群众组织武斗头目胁迫下参加武斗时被打死了。噩耗传来，我一晚上都没睡着觉。宜川县一颗灿烂的艺术之星陨落了！他只有34岁，就这样不明不白地走了，实在是莫大的悲哀和宜川文化史上的悲剧。1969年前半年，宜川县革委会解散了原来的宜川蒲剧团，成立了新的"文艺宣传队"，除留一少部分较年轻的演员演样板戏、歌舞外，大部分有名气的演员安置到道班、林场、服务行业。后来这些演员大多回到山西老家重操旧业，成了几个地方蒲剧团的骨干，在晋南一带走红多年，温俊祥还当了河津蒲剧团团长。1976年后，宜川人民强烈要求恢复蒲剧团，朱文龙、温金龙又回到宜川，和张明雄、薛泾成等人一起呕心沥血、历经艰难，为宜川新的蒲剧团培养了一批新秀，使蒲剧文化传统得以维持到今天。原来那批老演员，已有70岁以上，不少人进入耄耋之年，其中还有离开人世的，健在者的近况不得而知。但他们对那时宜川剧团的出色业绩一定记忆犹新，宜川人民也没有忘记他们。李四德离开人世近40年了，他的艺术形象、唱腔遗韵还在宜川大多数人中流传。但是从1967年至今县上领导人换了十多任，人们记得的并不多。这既是文化艺术的力量，又是演员个人的魅力。至今，有些老艺人还在为蒲剧文化奔忙。老艺人段金贵退休后，一直没有离开宜川城，他办了个蒲剧"自乐班"，仍然践行着发扬光大蒲剧传统的目标。宜川人民对蒲剧感情深厚，长久不衰，一直在蒲剧的普及与提高上下功夫。当然现在地方剧团也面临诸多问题，处境困难，举步维艰。在现代影视高度发展的情况下，这些问题只有在改革中才能解决，靠吃"皇粮"维持不下去。要改革机制，走民营公助之路；要符合群众的要求，群众的要求就是剧团的生命；要有灵活的聚集"人气"机制，在分配制度上想办法。关键是剧团要有一个好带头人。但无论如何，宜川蒲剧演艺事业要发展，必须有一个高水平的蒲剧团去引领。

写于 2006 年 7 月 12 日

（该文仅凭回忆写成，错误难免，文章最早在《飞瀑》杂志发表，2020 年 4 月 20 日刊登于"黄河文化研究"微信公众号，还在"宜川宣传""文出宜川"等微信公众号发表）

宜川地名之浅见

宜川地名很文雅，有大学问，从中可学到许多历史、人文、文学、地理知识，等等。

（一）以历史名人的名言为名。如集义镇，"集义"意思为积善，指行事合乎道义，最早出于《孟子·公孙丑上》。历史上多位先贤大师对"集义"二字都有引用与阐释，明朝王阳明谓"集义"是致良知。秋林镇"秋林"二字，取自明朝抗蒙入侵的大政治家于谦一首《秋林》诗名。

（二）以山川形胜为名。如壶口乡就是以名闻天下的壶口瀑布为名。从县志上翻阅，壶口乡名在明朝便已存在，可能更早就有。而对岸吉县的壶口乡是 20 世纪 90 年代末才将"文城乡"改为壶口乡的。还如孟门山、睡女峰等都是壶口美景之一。传说大禹的妻子是壶口镇衣锦村人，大禹和妻子在这里住过，故称"姑夫村"，这里的大禹庙也称为"姑夫庙"。蟒头山是人间仙境，将军台乃人文造化。惊羊村对面有白陵洞，曾有一个"惊羊"的优美传说，故取名"惊羊"而非"景阳"。寿峰川的河叫白水河，因为这里生态好，河水满年四季清澈见底，水流呈白色。解放前延长县的狗头山属宜川管辖，名为"高山"，后以其形胜宜川统称为"石阁山"，更显文雅形象。

（三）以地形特点、地上文物命名。从春秋战国到东汉末年，宜川属定阳县管辖，"定阳"二字即缘于水名，当时姚家坡至云岩的河称为定水，县址建在定水之阳的古县村，所以叫"定阳县"。宜川古称丹州，就是因盛产牡丹而得名，欧阳修曾著文称"牡丹出丹延"（即丹州延州）。又如寿峰缘于"陵寿之峰"（即寨子山高峰），云岩因"石崖高耸入云"而得名，并没有叫"石崖湾"。高柏是缘于九骆驼庙中一棵高大的柏树而得名，传说此柏树在方圆五十里内都可以照见。英旺乡，原名鹰窝乡，县志记载，在清朝以前此处有两棵大槐树，树上各有一大鹰窝，直径丈余，故名"鹰窝村"。还如流湾头、谷堆坪等地名村名都很形象、有趣且文雅。有的村镇以附近寺院、历史建筑特点命名，如寿峰寺里村、云岩上寺（崇圣院）、云岩下寺（兴龙寺）、南九天村（南九天圣母庙）、二里半村（离南九天圣母庙二里半路）等等，这样类似的村名乡乡都有。有的以寨堡取名，如牛家佃乡的堡里、古州、白浪堡三村，村内均有地形险要的寨子古堡，古州村为古丹州州址。还有石堡寨，也是因石头寨而得名，曾是汾川县址。云岩的堡定村有一土寨，因堡而定，堡址今还在。还有的以当地特产命名，如甘草村、盛开牡丹的看花塬等。

（四）因历史沿革而得名。如定阳村（据传说定阳县南迁至此）、古州村（丹州在唐朝前的州址）、太平村（太平县址）、阁楼（阁楼寺所在地）、汾川村（汾川县址）等等。由于东晋时期稽胡造反，定阳郡南迁，郡属临戎县迁至北门塬，县城北门的村叫北岭村，临戎县撤销后，为了纪念，老百姓把北岭村称为"北门村"，也曾传为"柏门村"。有的村和道路以曾经有过的驿站、驿道为名，如官亭驿、官道沟路。还有的村镇以历史上的市场取名，如北赤集（现在叫前集后集）、新市河（1958年刚成立集市，故称新市河）；黄河壶口附近的圪针滩集，曾集两岸客商，辉煌一时，这里的圪针（枣刺）没有小钩，不挂客商的袍子，所以一直沿用这个俗名。还有以渡口、古关隘为名的，不一而足。

（五）因人物典故得名。如晋师庙梁，据历史记载，晋文公曾驻军此处，后人修庙纪念，便称为"晋师庙梁"。骠骑村，源于这个村在东汉时出了一位将军，封号为"骠骑"；圣马桥，在今云岩川谷堆坪行政村，县志记载，唐肃宗曾在这里休息且喂过马驹，后世建桥纪念，称为圣马桥，因方言转音俗称"闪马桥"；张载在云岩任县令，兴办教育，敦本善俗，留下许多人文佳话，"依善村"、"君子村"、"辛户村"、"崇圣院"、"翠微亭"都和张载的传说有关。阁楼的依锦村又称"姑父村"，就是因大禹传说而得名。交里赵家河村以赵姓为名，清朝赵思卿考上进士后，由利壁村迁来赵家河村居住，等待官文喜报送来，但等了三年没有等到，郁郁寡欢，心情苦闷，身染沉疴，喜报刚到院子他便咽了气。死后就葬在赵家河，人称"状元坟"，赵思卿就是赤良村赵姓先祖。还如孟长镇（孟良镇守）、焦赞村（焦赞驻守）、交里（孟良焦赞常在此会面）、三冢村（忠武王浑城的衣冠冢以及其家将坟，共有三堆坟）、七郎山、八郎山、郭下村（义川县城城郭下的村子）等等。

（六）县城周围的山川名称十分文雅有趣。虎头山、丹岭（亦称七郎山）、凤翅山、太子山、文峰山（文峰塔），西川称银川，南川至十里坪称县川，交里川至黄河口称仕望川等。县城街道、巷道名皆文雅，中山街、北街、南街、魁星阁、文庙、城隍庙、丹山书院、圣水泉等，仅县城的旧巷道就有二十几条，名称朗朗上口、雅俗共有，如二贤祠巷、文庙巷、书院巷、厚学巷、砂锅巷、程家巷、呼家巷、薛家巷……

（七）因名山、名水、名景而得名。除了壶口胜景，宜川还有不少历史悠久的人文胜景，远远超出人们曾称道的宜川"八大景"。盘古山因盘古在此卜婚而得名，当地人建庙纪念。盘古庙建于何时已不得而知，但可肯定的是此庙非常悠远了，证明宜川大地曾是人类文明的发祥地之一。县川古土村南的人祖山，也值得挖掘其历史，古土村建有人祖庙，是古老的土地，因而命名为"古土村"。华夏民族称黄帝为"人文初祖"，既有人祖山，说明这里也曾是黄帝活动的地方。还有安乐山、老虎梁等名山都有说不完的历史故事，这些难道不值得挖掘吗？

（八）宗教文化对村名地名影响很大。这也是祖先遗留下来的一份文化遗产，不能因为破除迷信而全部抛弃。宜川仅九天圣母庙就有九座，即蟒头山、南九天、西九天、北九天、东九天、前九天、后九天（又称土九天）、左九天、右九天。还有著名的汾川庵、多处玉皇庙、龙王庙、布政寺、石台寺等，最具宜川特点的是禹王庙，两千多年前的大禹庙有北门、衣锦两处。在定阳村有"风后庙"，风后是黄帝的大臣和左膀右臂，此庙建于2000多年前。寿峰寺是金朝修建的庙宇，建筑辉煌，壁画优美。我们不能把这些统称为迷信，这也是宜川灿烂人文精神的一部分。宜川许多地名都与这些庙观有联系，如西九天庙东边的3个村，其中上社稷、下社稷两村，因村内有土地神（社神）和五谷神（稷神）坛，官员以及大户人家拜圣母前需先拜社稷神而得名。最东边一个村叫"落东村"，意即西九天庙东边一个村落。

（九）有些村名与古汉语字意、民族融合有关。如"水生村"，俗称"shūxiè"村，宜川人把水字读"shū"，可能是古音；"生"，用于形容词时宜川方言读"xiè"，如"馍是xiè的"，用于动词和名词时宜川方言读"séng"，如"séng娃""学séng"等，这也可能是古音。还如桃博峁村，应是"桃钵峁"村，一棵树就是一钵，在这里把"钵"当树的量词用了。桃曲、杏曲村，古汉语中"曲"有偏僻的意思，即有桃树的偏村僻壤村叫"桃曲村"，也是古人的一种谦称。历史上"五胡十六国"时期，鲜卑人曾在宜川居住，"叱干"村名就是证明。"叱干"曾是鲜卑族人的一个姓氏，孝文帝改革后把这个姓改成某一汉姓了。"吐浑村"名亦疑为鲜卑姓氏，待考。还有些村名，民间发音和普通话不同，如堡定村，方言读"būtié"，堡念 bū，定念 tié，在农村人们有时说"某事定好了"，就说成"某事 tié 了"。把永宁说成"悦你"，这也是有历史渊源的。这样的方言村名还不少。

（十）有的村名地名很有诗意，寓意平安吉祥。宜川有不少村中都有"书房湾""书房窑""书房院"，考究其源，多是在明朝办过学堂的地方。西迴村处于云岩东方，但向东走到西迴坡底上塬时，却是向西行走，故名"西迴村"，多么文雅，有曲径通幽意境。我们南海村，原名"南杏村"，杏多且味美，村名很有诗意，但宜川人把"杏"念"hié"，久而久之就叫成"南海村"了。明朝时一位朝廷大员路过云岩，曾作诗一首，诗中有"青旗出杏村，骏马嘶槐里"，杏村即南海，槐里即"坪里"（谷堆坪），宜川方言把"坪里"说成"pié里"。又如"如意"川，这个名字多么惬意啊！长命村虽有些直白，但这蕴含了人们美好的向往。永宁村，永远安宁。太吉村，应是"泰吉"村，既安泰又吉祥。太原村、石家庄，两个大城市村名，直使当年阎锡山流连忘返。桑柏村，被桑柏树荫庇的村子，穷苦人在此处可以安居乐业。"水南村"，明明在黄河西岸，却要说成水南，这记载着杨姓祖先迁徙的厚重历史。水南村原名"石家庄"，水南杨姓祖先从洪洞县水南村开始，转辗河南，又来到壶口圪针滩，后在石家庄置地定居，成为主户，便把石家庄改名为水南村，以资纪念。

还有以姓氏和其他渊源命名的村子，名称种类繁多，每个村子、每处地名，都有一段优美的传说，一直传承至今，丰富文雅的地名文化，是宜川县人文精神的重要组成部分。

2022 年 10 月 26 日

（2022 年 10 月 25 日发表于"黄河文化研究"微信公众号，后"志说延安""宜川艺苑""延安社区文化"等微信公众号转发）

一位老共产党员的高尚精神

贺生力同志，因患糖尿病并发症，经多方治疗无效，于1991年1月7日下午4时在宜川县医院逝世，享年59岁。我们怀着十分悲痛的心情，悼念这位一生投身革命的老同志。

生力同志生于1931年元月十日，宜川县新市河乡西良村人，家庭中农成分，初中文化程度。1949年1月参加革命工作，同年7月加入中国共产党。贺生力同志18岁参加革命，21岁担任区委书记。一生中，为宜川建设做出了突出贡献，是党的好干部，人民的好公仆。他一生兢兢业业，勤勤恳恳，任劳任怨，克己奉公。他艰苦奋斗，勤俭办事；他朴实无华，生活上低标准，工作上严要求；他光明磊落，心直口快，刚正不阿，心胸坦荡；他关心群众生活，热心为群众办实事，对农民有深厚的感情；他有高度的事业心和责任感，从不得过且过、无所用心。贺生力同志在工作中曾犯过错误，受过党纪处分，但他虚心接受批评，不因受处分而一蹶不振。人们对他曾有争议，但他用实际行动消除了争议。"好人犯错误"不同于"坏人办坏事"。他用自己的行动，赢得了宜川人民的尊敬。生力同志的精神风貌和优秀品质，是我们学习的榜样。

今天，我们悼念他时，更要学习他的革命精神。贺生力同志就有那么一种革命的拼搏精神，有那么一种为实现共产主义而"小车不倒只管推"的作风，有那么一股旺盛的革命干劲。他的一生，风风雨雨，坎坎坷坷，饱经忧患，历经磨难。失败挫折面前，他不灰心、不气馁、不后退；错误教训面前不消沉、不麻木；不公正的指责面前更是不躺倒、不放弃。无论是顺利之际，还是失意之时，他从没有埋怨过组织，也没有向人民讨价还价，更没有衰退意志、减弱干劲。跌倒了，爬起来再走；做错了，改了再干。他不怕任何邪恶歪风，更不惧艰难困苦，敢于向世俗观点挑战，敢于同旧的传统决裂。这种革命的"硬骨头"精神，被全县许多干部和群众誉为独树一帜的"贺生力精神"。他的一生，革命不止，奋斗不息，求索不停。他一生拥护党的路线和政策，坚信只有社会主义才能救中国、发展中国，具有坚定的共产主义信念。难能可贵的是贺生力同志作为一个普通的共产党员，能经常关心国家命运和前途，并能付诸于自己的实践活动。前几年，当有人在他面前诋毁共产党的领导时，他拍案而起，毫不客气地予以反驳和斗争；当他前年卧病在床，听到国家发展的一些好消息后，常常兴奋得一夜不能入睡；1990年后半年，他从西安住院回来后，身体一度有所恢复，眼前出现一片红色的云彩，有了生的希望，他感到斗志昂扬、意气风发、浑身是劲，向县政府提出，还要带几十个待业青年回西良村搞个500亩果园。点点滴滴、桩桩件件，充分表现了一个老共产党员的革命气节和忧国忧民的革命精神！在他的身上闪耀着时代的光辉和毛主席教育培养的成果！

贺生力同志与世长辞了，他静静地走了，但他仍然活在宜川人民心中，他经办的许多事业不会消失。在这些事业中，有他奉献的心血、汗水和奋斗成果。如阁楼原的公路、云岩河的护岸、谷堆坪的松柏、农业生产中的技术推广……难道人们能忘记那叱咤风云、雷厉风行的贺生力吗？他永远是一个奉献者，他永远是人民的战士！他永远是党的好儿子！

贺生力同志逝世的前夕，再三嘱咐家属，在他葬礼中不要铺张浪费，一切从简。他只有奉献，没有索取。在他的教育下，家属对生力同志的葬礼没有提出一点过分的要求，这种高风亮节，更值得我们认真学习。我们要化悲痛为力量，学习他的高尚精神，为振兴宜川多做贡献。

1991 年 1 月 9 日

强天星的永生

　　强天星突然离开了人间。这对于我和壶口文化研究会的同仁来说，与其家人一样，都是一个难以接受的事实。前几天，我会编著的《壶口民俗风情》丛书、强天星整理编著的《壶口西岸民间风俗汇编》刚刚出版，编委会人员准备开会庆贺并安排今后工作。我会编委会原应到会 9 人，我给 8 位打过电话后，算来算去还差一人。那位没给打电话的是谁呢？过了一个多小时，我才猛然醒悟过来，"啊，强天星逝世了！"我们总感觉他还在身边，以致开完会用餐时，不由自主地又按 9 位摆了餐具。应该由强天星用的餐具一直在那里静静地摆着。往日，我们在一块儿吃饭时，又说又笑，欢欢乐乐。可这次，大家都不说话，看一眼强天星的餐具，心头便泛起思念的波澜，泪水不由夺眶而出。如果人死后有灵魂的话，他一定会坐在那里，和我们一起分享喜悦。这是天星逝世后，我会人员第一次聚餐，也是我会成立以来，第一次没有强天星在座的聚餐。

　　强天星，宜川县下东良村人，初中毕业，1962 年参加信用社工作。我认识强天星，大概有 40 多年了。记得上云岩初中时，他已在云岩信用社上班。1969年，我到云岩公社机关工作，写一些文稿，给干部灶上当管理员。我不会算伙食账，到月底，都是他帮我结算。他的人缘很好，和各村的队干部、农民关系十分融洽，每到云岩逢集日，他的房子挤满了人，人们说："云岩逢大集，天星房内逢小集。"各村哪一家有兄弟几个，哪一家的主要亲戚是谁，他都十分清楚。20世纪80年代，他调到新市河信用社担任主任，我到新市河下乡，也曾见过几面。后来我调到外县工作，来往少了，但他留给我的印象，始终非常深刻。他个子较矮，人却机灵异常，记忆力很强。说话幽默，处事灵活，不失原则。天星乐于助人，凡有求助于他的事，他一定办好，实在办不了的，也要给求助他的人说明情况，"回个话"。他善于排解纠纷，队干部之间、村民之间有了矛盾，天星基本可以圆满解决，这与他熟悉农村、了解农民有关。在乡镇机关单位，从领导到一般干部，大家都称他是个"好人"，是个能托付事、说"私下话"的人。1996年，天星办理了退休手续，按说能安度晚年了。可他孩子多，拖累大，除了小儿子接班参加信用社工作外，其他5个子女都留在农村。2005年，其二儿子因病早亡，上演了一幕"白发人送黑发人"的悲剧，天星因此受到巨大的精神打击。所幸二儿子的几个孩子十分争气，分别考上大学和高中，又是对天星莫大的精神安慰。天星在困难之中，毫不犹豫地供孙儿上学，把对儿子的思念和满腔希望，寄托于后辈崛起。

天星十分热爱传统文化，他能背诵许多唐诗、宋词、《古文观止》中的名篇名句，经常阅读一些反映传统文化方面的书，还用骈体文写祭文。他在工作之余研读《易经》，退休后又收集整理宜川民间的婚嫁丧葬礼仪文化，开始学习堪舆学。他钻研此学说的初衷，是为了弄清民间传统文化的一些来龙去脉。但一些亲戚朋友知道后，出于"找天星看风水不用花钱"的想法，纷纷叫他看坟地、选风水。由于他父亲早逝，自小独立闯荡社会，在各种困难的夹缝中学会了用"中庸之道"处理人际关系，一时抹不开情面，给个别人看了风水，逐渐在群众中传开，后来便身不由己，一发不可收拾。2006年冬，在水生村我岳父（天星姑夫）的葬礼中，我见到他，这也是近十多年来我们第一次见面。叙谈之际，我劝他不要再给人看风水，专心整理民间文化，争取出一本民俗汇编书。他听后很高兴，说"我明天就开始写"。

天星对宜川民间传统文化的执着和至爱，到了视为生命如痴如醉的程度。我们在水生村见面的第二天，他就到县宾馆来找我，并拿了份整理民间风俗汇编的提纲，征求我的意见。时隔一个多月，他来西安，到他女儿家过春节（他女儿在西安经营个体商店），一下车就到我的住处，让我看写成的《壶口西岸民间风俗汇编》初稿。我拿着100多页厚的初稿，十分惊讶他在短短的数10天，能写出6万多字的书稿，不要说我自叹不如，就是一些专业作家也勉为其难。他说："我对这些内容搜集、思考了多年，写起来就停不下。"是啊，只有写最熟悉的东西，才能文如泉涌、信手拈来。2007年春节前，我将他的书稿看了两遍，对一些不准确、不通顺的字句进行了修改，还提了些结构调整意见。大年初五，他到我家取走书稿，又埋头补充、修改起来。今年正月十七日，壶口文化研究会正式成立，他作为发起者之一，成为第一批会员，担任文化丛书编委会委员，还担任会计。当我会确定把他的书稿作为《壶口民俗风情》丛书内容出版时，他欣喜若狂、情绪高涨，在庆祝研究会成立的酒宴上，差一点喝醉。从此，他一方面负责我会日常事务，一方面抓紧修改书稿。到今年五一，已将书稿打印成册，专程到西安送给我看。这期间，我领他到西安鼓楼北"榜眼府"参观，他看得十分认真，把几十副对联一一抄下来。那种一丝不苟的学习精神，令我感动。参观完后，他给我说："我今年66岁，能在有生之年把自己知道的民俗文化整理出来，给后人留一份精神遗产，就算没白活。"我说："是啊，那也等于生命的延续"。他接着说："李白、杜甫死了一千多年，他们的诗赋文章还照样闪耀着光辉，等于永生！咱们应该向他们学习。"这句话，有力地碰撞着我的心扉。一个平凡的人，说出了一句不平凡的至理名言。

今年7至8月，《壶口民俗风情》套书除《宜川县志》校注本外，修改、校对工作基本结束。强天星对他的书稿修改、校对得十分认真。他书里赞礼词中的"伏扶"二字，宜川许多人扮礼生时唱为"伏弗"。天星请教了10多人，最后定稿为"伏扶"（应是"扶伏"）。虽然"伏扶"亦不准确，他却尽了心。他多次请我会会员给他修改书稿，严谨、谦虚的治学态度，为我们树立了榜样。我们在宜川信合宾馆集中修改、校对了4次文稿，每一次都是他管理大家的食宿，服务得非常周到细致。9月中旬，他的心脏病复发，9月18日还到延安对自己的书稿进行了最后修改校对。当时，他对自己的病不以为然，打算到市医院检查一下就回去。但我观察到他的精神不如前一段时间，力劝他住院治疗。9月19日到延安市医院检查后，医生说他病情严重，不让他离开医院，必须马上住院。他在市医院治疗了10多天，又按儿女的意见，转到西安西京医院，做了5根血管支架手术，花了13万元医疗费。10月19日上午，我到西京医院去看望天星，他虽然红光满面，可我听他说话的声调忽高忽低，不免有些担心。天星说："医生同意我明天出院，在女儿家住几天就回县。"还说："我还想再出一本民俗文化集。"我告诉他："你的书再过10天就印出来了。不着急出院。"我怕言谈过多，影响他的情绪，便起身告辞，在病房外给其妻叮咛了些要注意的事项，建议他们再住一段时间院为好。当天下午，因我母亲突然在宜川住院，我连夜赶回县城。第二天，也就是10月20日中午1时30分左右，天星的女儿给我打电话，说他父亲出院后刚到她家，一上楼梯就发病了，说着哭起来。当时我正在宜川医院，只能告诉她："你赶快打120，或送回西京医院。"据说，给我打完电话10多分钟后，天星的心脏停止了跳动，永远地离开了人世。当天晚上，儿女们把天星送回下东良村，他生于斯，长于斯，最后也要长眠在这里。10月21日，我和壶口文化研究会的同志到下东良村悼念强天星，给他写了悼词。在他的遗体前看着他那安详的面孔，我们喉咙中似乎塞了块硬物，一句话说不出来。这样一位活生生的人，隔了一两天，便到了另一个世界，人生大限之无情，人生苦短之遗憾，阴阳隔世之悲哀，有谁能说清？当时他家里人让我们给大门、灵堂门写几副挽联，我悲弥心间，实在写不出来。幸好见到一位叫强天新的兄长，正在给天星葬礼过事情挖地锅，他说："往常，村里死了人，多是天星执事照料，这次是人们埋葬他哩。"说着，语句哽咽，泣不成声。我受此启发，给天星写了两副挽联，一副是："经世六旬多，一村凡事周旋；归西无限长，五尺之孤何托？"另一副挽联是："生于良村，关爱良村，英年早逝恨终天；追求文化，传承文化，著书已成期永生。"天星还是蟒头山民间协会成员，其会长王天翔也给天星写了一副更贴切的挽联。

11月3日，我会编著的《壶口民俗风情》一套四册、强天星编著的《壶口西岸民间风俗汇编》正式出版，运回宜川，和广大读者见了面。强天星给宜川人民献上了一份丰厚的礼物。他的书，是用热爱宜川文化的心写成的。他在书中，较完整地介绍了宜川县 20 世纪 60 年代以前的民俗，原汁原味地记录了宜川独有的婚礼、葬礼、欢度各种节日的风俗文化。特别是完整地记述了"行礼点主"的程序、赞礼词、祝文文例等。他第一次用文字系统地记录、介绍了宜川民俗文化，并正式成书出版。许多专家学者认为，这本书有一定的学术研究和文化发掘价值。强天星身后，人们无论如何评价他，总抹杀不了他对宜川文化的贡献。他留给后人一份无价的精神遗产。强天星虽然静静地走了，他的书将长时间在宜川民间流传，这就是他的永生！

2007 年 11 月写于西安

（原载《飞瀑》总 12 期，2021 年 6 月 9 日刊登于"黄河文化研究"微信公众号）

环子表姐和兴子表兄

大姑是我大爷的独生女，她和我爷爷的三位女儿，按排行论是老大。我父亲给大爷承嗣，在大爷、大嬺（大祖母，"嬺"读 nüé）逝世后，大姑每年都到我家"停娘家"，走动频繁，大姑、大姑父和我父的兄弟姐妹情如亲生，在"行门入户、婚亲礼仪"上从来不分彼此，外人以为他（她）们是一母同胞。大姑家住雪白村，二姑家住高楼村，三姑家住高堡村，四姑嫁到北海村（后迁到南海村落户），我父母一辈人平时称他们为"雪白家""高楼家""高堡家""北海家"。我的 4 位姑姑端庄贤惠、心地善良、为人和善、勤劳节俭，受到村邻的称赞。4 位姑父都是勤劳本分的庄稼汉，是云岩南塬上出了名的大好人（《薛氏家谱》中有载）。大姑有 3 个儿子、3 个女儿，长女环子，长子兴子，环子生于 1938 年，兴子生于 1940 年。在我童年时期，环子、兴子常在我家住，一住就是一两个月。我们这一辈兄弟姐妹中，他（她）两位是最大的，和我相处十分亲密。那时我家孩子少且年龄小，我是男孩中的老大，二叔父、三叔父家平时不在南海村住，经常见不到我的几位姐妹、弟弟，过一段时间，我就很想念环子姐、兴子哥，经常趁他们跟着大人去云岩镇赶集路过南海村时，挡住不让他们回去，他们也乐意住在我家。

在我四五岁时的记忆中，环子姐已是一位大姑娘了，她很懂事，来到我家后十分勤俭，主动干不少家务活，我母亲对环子姐就像对亲生女儿一样。环子天天给我大爷熬茶、端饭、打扫窑内卫生。我那时是父亲唯一的孩子，大爷、爷爷、奶奶都很娇惯我。有时我让环子姐背我，她不背时就拽她头发，惹得姐姐哭鼻子，大爷还偏向我，让姐姐背我一会儿。姐姐总是忍让我，擦干眼泪又领着我玩。1955年正月十九，环子姐出嫁到李家塬村，姐夫叫宋志珊。她出嫁后到我家来的很少，一两年才见一面，但每次见面，她仍像从前一样对我十分亲近。我的表姐夫宋志珊参加了革命工作，先后在税务局、县委组织部当干事，1965年被提拔为县政府办公室副主任，1969年后历任县革委会"斗、批、改"办公室主任、秋林和云岩公社党委书记、县林业局长、县经委主任、县长助理等职。我在高中读书时，于1965年10月患急性阑尾炎住院。那时切除阑尾手术就算县医院的大手术，医生给我缝伤口时，把一块医用纱布缝在伤口内，致使伤口化脓，久治不愈，临到过春节时我才出院，每过3天还得去县医院换一次药。那时环子姐随姐夫住在县城北窑仁爱沟，父亲就把我安顿在环子姐家，腊月二十七父亲才回去过年。环子姐每天给我做好吃的，督促我按时去医院换药。过年时，姐姐、姐夫高兴地说："今年过年多一口人，真好!"除夕那天，我给院子里几户邻家写了春联，姐姐高兴地夸个不停，我写好一副，待墨迹干后她便主动给人家送去，还说："我弟还小，写得一般，可这过年的气氛有了。"姐姐态度格外热情，话语中带着由衷的自豪。

志珊姐夫，虽然在公家部门干事，但对亲戚朋友非常友爱，不分穷富，以礼待之。环子姐的几位舅家、姨家的红白喜事，大多数志珊姐夫会亲自去行门户，如他在外出差或公务缠身不能前往时，会设法说明情况，并礼到问候到。我们家在县城要办什么事，父亲母亲一定会说："去找环子女婿，让他办一下。"他只是一位外甥女婿，可在我们家人的眼中，就是自己亲女儿的女婿。

兴子哥大名刘致超，长我7岁，对我童年、青年时期的学习工作影响很大，既是兄长，又是老师。我四五岁能记事时，兴子哥来我家和大爷住在一起，那时大爷管理我家一处8亩大的梨园，还养着50多窝土蜂，兴子哥领着我跟着大爷在梨园忙碌，我主要是玩，感到和兴子哥在一起很高兴。他13岁开始念书，除了学校放假便很少来我家了。兴子哥在初小念了两年后，以第一名的成绩考入云岩小学五年级，小学毕业后又以第一名成绩考入宜川初中，在宜川中学高六三级毕业。中学阶段，兴子哥担任班长、学生会主席，品学兼优，是宜中出了名的好学生，也成了我小时候心中的偶像。他上初中时写过一篇作文《梨园》，回忆我大爷即他外爷务果的辛劳以及他和外爷在梨园相处的美好时光，至今我还记得他作文中的几句："春天梨花盛开，梨园成为洁白、纯净的世界，只听见蜜蜂嗡嗡地在花间飞舞，偶尔也能听见外爷劳作时的咳嗽声。""秋天，收获的季节，金黄的斤梨挂满枝头，梨园飘香醉人，引来行路者驻足闻观。""外爷一年的辛苦，尽在这一担担沉甸甸的梨筐之中。"父亲让我把这篇作文背下来，要我像兴子哥一样写出好作文。1960年兴子哥考上高中，这一年正值"三年困难时期"，大姑家儿女多、拖累大，靠吃糠咽菜度日，凑不齐兴子哥上学的报名钱。兴子哥来到我家，很无奈地给我父亲说："大舅，家里经济困难，我父让我停学。"我父亲向来对兴子看好，对他寄托着很大希望，便十分关切、又毫不犹豫地对兴子说："绝不能停学。你明天把我家那头大闶阆（kāngláng）猪赶到云岩集上卖了，拿钱去报名吧，还能够你三个多月的伙食费。"第二天，兴子哥把猪赶到云岩集上卖了28元钱，上县城报名去了。那时的高中学费、书费，每学期只有4元钱，每月伙食费5至6元，这头猪钱解决了他大半学期费用。1961年暑假中，他来到我家带来两本书《钢铁是怎样炼成的》《青春之歌》，让我在假期阅读。我那时刚从小学毕业，读这些长篇小说还有些困难，他鼓励我下决心读，于是有不认识的字我就查字典，看到引人入胜的情节，母亲叫我吃饭也听不见，用20多天时间读完这两本书，这也是我首次阅读长篇文学名著，从此引发了我的阅读兴趣，语文成绩较前有所进步，也开阔了眼界。我因此对兴子哥很感激，心中不禁涌现一种"香不过猪肉，亲不过姑舅"的情意。

兴子哥在高中毕业后，参加了当时的社会主义教育运动（简称"社教"），是秋林公社社教团部干事。1965年县委在社教积极分子中招干时，当时因他父亲在旧社会当过保长，政审未通过，他未被录取，回到云岩公社当了民办教师。1969年我在云岩公社机关灶上当管理员，兼写公社革委会的文字材料，身份是"亦工亦农"。1970年9月我到县商业部门工作。离开云岩公社时，云岩公社革委会主任张忠智问我："谁能像你一样，既能写文章又可当管理员？"我向他推荐了兴子哥，我走后张主任调来兴子哥当了管理员。1972年他被县委调到县农工部内的"基本路线教育办公室"工作，并在民办教师转为公办教师名额中转为正式干部。转正后，县教育局让他回教育系统，县农工部不让他回去，所以转正后把以前当教师的工龄没有续上。1980年以后，他先后任县政府办公室副主任、秋林公社党委书记、县志办主任、农工部部长、县委办公室调研员等，曾给13位县委书记写过文字材料，他亲手写的文字稿纸在一张单人床上满满地摞了一米多高。他还为宜川县培养了诸如陈宜生、张永清等七八位"笔杆子秀才"，这些人称他为"刘师父"。我曾把一首古诗稍加改动送给他，即：

"一生写作尚未停，中指长磨留笔痕。曾著公文数百卷，难挑一页写己身。"他为宜川县的进步和发展，呕心沥血、殚精竭虑、夙兴夜寐，"冥思苦想"了半辈子，作出了难以磨灭的贡献。他文章写得好，毛笔书法更造诣颇深，他的同学戏称他为"圣手书生"。

兴子哥是他家的"顶梁柱"，从他结婚以后，家中大事多由他料理，两个弟弟以及巧珍女婿的工作都是他设法安排的。他的一生大多时间处于"经济困难之中"，生活十分简朴。他对亲戚特别是对舅家，情深意厚、恭敬仁义，我父亲、三叔父逝世后，他极度悲伤，在灵柩前哭泣不止。我二叔父、我母亲逝世后，他已是病魔缠身，行动不便，由几个儿子代为祭奠。兴子哥晚年不幸患了老年痴呆症，从 2013 年后半年开始记忆全失，2017年 7 月病逝，享年 78 岁。我给他写的挽联是："雪白骄子，爱亲爱家爱国，敢于担当，精神永在；宜川俊杰，有德有功有才，勤奋奉献，风范长存。"

2019 年 12 月于西安

写给病中的表妹

　　最近，在微信上没有看到表妹王养环的消息，我打听了一下，说养环的病加重了，近几天进食都很困难。我和老伴非常担心养环的病，前几天到她家看望过一次，对她的遭遇深表同情。有关养环的往事，历久弥新，难以忘却。

　　养环是我四姑的二女儿，生于 1965 年。我 1968 年结婚时，她 3 周岁了。我和四姑的家都住在南海村，见到四姑的机会较多。我记得养环小时候十分腼腆，凡有人和她说话，便害羞脸红，低下头，赶紧藏于四姑的大袄衿下。我婚后不久便参加了工作，几十天回一次家，很少见到四姑和养环的面。1983 年我被调到云岩公社党委工作。有一天，我在云岩中学大门外遇到一群学生，其中一位女同学走到我面前问道："哥哥，你回来了？"我看她十分面熟，却不敢贸然搭话，她接着说："我是养环啊，认不得了？"我面前的养环已长成一位大姑娘了，衣着朴素，仪态端庄，如果不是她自我介绍，我还真不敢相认。第二天我回到家中，和妻子芬芳说起见到养环的情景，芬芳说："女大十八变，一年一个样，不敢认也正常。"接着芬芳又把养环妹夸了一番，说她长得越来越美丽，白里透红的皮肤，漂亮的面孔，匀称的身材，水灵灵的大花眼，是村里长的最俊俏的女子。这时，我母亲也说，养环不单人长得俊，念书也是好样的。听村里娃娃说，她的作文水平是同年级中领先的。我们都赞叹和庆幸四姑家里出了一个人才，真是"家贫出凤凰"啊！

1985 年，养环在云岩中学毕业，7 月间曾来找过我一次，说她毕业后还想考大学，但家里拖累大，经济条件不允许她再上学，想让我帮她当个民办教师，还把她写的一篇文章给我看。记得她的文章写得很好，使我十分惊讶与赞赏。从她的文化水平看，完全可以胜任民办教师的工作。我给她说："教师是否缺额，要到寒假才能确定，到那时我想办法帮你去教书。"不巧的是，1985 年 8 月，宜川县委免去我的云岩镇党委书记职务，让我离职去省委党校学习两年。上党校前我给镇上主管教育的副书记推荐了养环，他答应解决。过了三四个月，这位副书记也调走了。在这两年的时间里没有帮助她实现理想，是我终生的遗憾。我从党校毕业后到县农委工作，此时养环已经结婚，出嫁到公城村务农。那时，我帮她当个民办教师还是可以办到的，但想到她已有了家庭，当了教师是否会影响家庭和睦？且养环没有再找我，我也再未提及此事。

1992 年我被调离宜川，先后在延川、子长、延长、延安工作，20 多年里几乎再没有见过养环一面。我退休后，从 2008 年到 2015 年，大部分时间住在南海村老家侍奉母亲，养环回娘家看望四姑时见过她几面。她来我家时，最爱翻看书籍杂志。别人闲聊，她坐在一旁看书，走时还要借上一两本。2014 年四姑病重，养环拖着刚出院的病体，侍奉四姑很长时间。是年 9 月 8 日，四姑病逝，养环陷入极度的悲伤之中。她执笔起草，并在追悼会上恭读了悼词。悼词的遣词造句、文法结构都属上乘作品，情感充沛，表达真切，语言凝炼，文意深沉。听着她念诵悼词，宛若活生生的四姑站立在大家面前，其音容笑貌，历历在目。读到悲伤之处，全场人声泪俱下，悲声震天。我一边听养环读悼词，一边不由自主地想："养环真是位才女啊！"是啊！20 多年的岁月风霜和现实的生活经历，使养环由一位好学上进、不甘人后、意气风发、光彩照人的少女，变成了一位拖家带口、疾病缠身、面容憔悴、历经艰难的家庭妇女，她为人妻、为人母，在琐碎的家庭事务、繁重的体力劳动中，也该把学生时期学习的东西忘却了吧？可听听她念的悼词，竟是那样的声情并茂，文采四射！这样动人的悼词，一些刚从大学毕业的文科学生也未必作得来！

我的四姑家境贫寒，生活清苦，但她性格刚强，处世有方，在村里威信很高。逝世后，我给她写了一幅挽联："五十五载党龄，曾当先锋模范；八十四岁高寿，乃是圣人之年。"横额："村民楷模。"养环认为这幅挽联准确地评价了姑母一生，十分贴切。姑母在世时曾经对我说过，她这辈子最后悔的事，是没有供养养环上大学。我想，四姑也不必遗憾和自责。养环的实际水平在某些方面并不亚于大学文科生，四姑应为自己有这样的好女儿而含笑九泉了。

10多年来，养环的丈夫在油田打工，养环料理家务，光景还可勉强度日。她的大女儿大学毕业后，被招聘到陕师大附小教书；二女儿学医护专业，大专程度；儿子于今年考上大学。她家的情况，在农村可谓"比上不足，比下有余"。可是从2012年以来，养环先后患宫颈癌、肠梗阻等病，在西安两次住院动手术，接受化疗、放疗，受尽病痛折磨。今年春夏之交，癌细胞扩散，病情加重。她今年才51周岁啊！真使人感到天地有日、病痛无情，人之大限残酷至极啊！

自古有"红颜薄命"之说。我一直对此不以为然，在妇女解放的新社会不应如此！但养环妹的人生确是时运不济、命运多舛！我常想，假如养环在学校毕业后能从事教书、文学创作等可尽其才的工作，使她的聪明才智得以更好地发挥，或许会好些。这样合情合理的想象，在她身上却变成了悲剧。处于弱势的人，在人生的关键时刻，如有人能帮她一把，结局便会迥然不同。惋惜的是，她没有碰到这样一个人，这就是时运！她的际遇，在农村，在处于芸芸众生的普通家庭，并非个例！到什么时候像养环这样的人，完全靠自己的才能和奋斗可以实现愿望呢？

　　写到这里，我没有帮助养环实现愿望的负疚感，更加重了……

　　　　　　　　　　2016 年 12 月 24 日

还原历史　纠正错误

——对宜川明代刘翱氏的考证

　　吴炳、余正东等人分别编撰的《宜川县志》中，从明朝成化年间至崇祯末年，即 1465 年—1645 年间的 180 年内，皆有刘翱（其祖先从安徽颍上县转辗来宜居住）及其子孙的记载，五代煌煌有其名，可谓宜川各氏族之最，他们也为宜川的文明进化做出了贡献。

　　刘翱的曾孙刘子诚是明朝嘉靖四十三年举人，以此推断，刘翱"拾金不昧"故事应发生在明朝成化年间，即 1465 年之后。刘子诚三弟刘子諴逝于崇祯甲戌年，享年 80 岁。崇祯年始于 1628 年，终于 1645 年，即明朝灭亡，甲戌年应是 1634 年，此时其长子刘桂胤也应有 50 至 60 岁左右了。据推断，刘桂胤、刘广胤考取贡生，应是明朝万历年间之事。

　　1. 刘翱，居杏渠村，数年冬扫沟雪数 10 里。在黄河渡口拾 200 两白银不昧，奉还于失主，品德高尚，子孙昌炽（葬杏渠村，刘子诚弟兄曾重修其墓园）。

　　2. 刘继，刘翱子，任卢氏县令（葬茹渠塬）。

　　3. 刘廷珩，继之长子，任广安州通判，后辞官归宜川训子育人。

刘廷瑚，继之次子，任延津县令，皇帝曾赐其"一等官员"匾。

4. 刘丁香，廷瑚女，随其父居延津县任上，流贼破城，随其母郭氏保节投井而殉难，宜川城为郭氏立"节妇坊"，为丁香建"烈女坊"。

刘子诚，廷珩长子，举人，明代陕西理学大师，未仕。

刘子讷，廷珩次子，贡生，未仕，居宜川城。

刘子諴，廷珩三子，任横州知州（今广西境内）。

5. 刘都，子诚子，任滨州知州，辞官后居址不详。

刘桂胤，子諴长子，贡生，居秋林。

刘广胤，子諴次子，贡生，任河南开封府通判。

据考证，现代秋林村、屯里村有刘翱氏后代。县城还居住一支，可能是刘子讷后辈。（刘子诚兄弟三人，均葬于党湾九台山，即现党湾至卢塔村峁头。）

谁经营杏渠灵园，当决定于家族分配。很可能是刘子諴后人获得家族分配的灵园管理权。而秋林、屯里有刘家后人迁居所至。秋林村和屯里村两刘家，在民国还因灵园继承管理权打过官司。

清朝再无刘家子孙做官的记载。但清朝初年，为了笼络汉族知识分子，朝廷曾给一些明朝望族后裔赐给"大学士"、"翰林"等名号，刘子诚弟兄三人的孙子辈中也有人得到了此清誉。

　　2007 年，我等在校注民国《宜川县志》中，校注时有人对刘翱"居住在杏渠村又时常去黄河渡口做好事"，感到不解，因杏渠村离渡口甚远。当时校注时有人提出质疑，我们也进行过了解，但未弄清真相。遂在校注本出版时，在"刘翱住杏渠村"处加编者按，表示存疑。今年春天，经我们再次了解，秋林村、屯里村刘翱后代，都经营过杏渠村刘翱墓园，逢清明、春节还去杏渠村祭奠祖先，秋林刘家还保存着刘家祖先牌位名号。杏渠村有位老人也说刘翱葬于他村"老灵园"，而且还有一块残碑作证。为了纠正我们校注《宜川县志》时发生的错误，特作此篇，检讨治学不严之过，以防讹传。

2008 年 6 月 15 日

对宜川葬礼词中"扶伏"的辨析

宜川民间流传的"行礼点主"仪式中，所用的赞礼词来源于古代汉语，都是文言词汇。这套礼仪开始于汉代，成套于宋朝的张载，普及于明、清。直到现代还流行不衰，是一种非常独特的丧葬文化。

这些赞礼词经过千年流传，已无原文和原稿查询。且因礼生代代口传，有些字意、字音已不是原意、原音、原字，近代推广白话文以来，更是讹传不少。有不少礼生是从别的礼生那里死记硬背来的，自己也弄不清文意，只是按约定俗成的套路唱下去，在场的人也是按套路行事，多不懂礼词含义。强天星编著的《壶口西岸民间风俗汇编》一书中，在各种献礼的"读祝文"礼词后，有一句"伏扶"的礼词，并解释说其意是"读罢了祝文，孝子愈加悲痛，旁边的人将其扶起来。"接着是"起杖"、"兴拜"、"平身复位"等。我对"伏扶"之意百思不得其解，且和后边的礼词相联系考究，亦感矛盾，极不连贯。后来我了解，现在流行的礼词中，关于这句礼词有多种唱法，如"伏弗"、"伏持"等，都使人难以理解。

去冬我回老家整理东西，发现有我父亲抄录的一份薛观骏记录的礼词，"读祝文"后是"扶伏"。如是"扶伏"就好理解了。在古汉语中，"扶"字有两种读音，一是"扶"读"fú"（音"伏"），即"搀着、帮助、支持、沿着"之意，现代汉语多用这种读法和文意。二是"扶"读"pú"（音"仆"），词组"扶伏"应读"púfú,"与"匍匐"音意皆同，为"伏地爬行"或"趴伏于地"之意。现代汉语多用"匍匐"而不用"扶伏"了。有些古旧书的老版本上，多用"扶伏"，如《孟子》中"赤子扶伏将入井，非赤子之罪也"；《礼记》中"孝子亲死，悲哀志懑，故扶伏而哭之"；《诗经》中"凡民有丧，扶伏救之"等。现代出版的这些书一律改用"匍匐"了。《现代汉语词典》解释"匍匐"是"爬行前进"或"趴伏"，并举例"匍匐奔丧"。在有的《古汉语词典》中，明确释"扶伏"为古葬礼中的一个动作。据以上考证，我认为"读祝文"后的礼词，应是"扶伏"，而且准确读音应为"púfú"，或干脆改用"匍匐"。意即"读罢祝文后，孝子非常悲哀，趴伏于地或哭着爬行到灵案前。"然后才有"起杖"等礼仪。由此可见，"伏扶"是把"扶伏"二字读颠倒了；"伏持"是唱错了，难道让"孝子伏下身子坚持住"或"伏下身子支持住"吗？须知，这句礼词是一种悲痛的表达方式和礼节，而不是礼生对孝子的"劝言"；至于"伏弗"更是文理不通，属一些文化程度不高的礼生转音所至。

我只是对"扶伏"一句进行了考证，对其他礼词未能深探。现在沿用的礼词，以及"行礼点主"的顺序、各礼节表达的含义，许多不符合古礼，更不符合现代俗礼，如"以灵案前跪"中的"以"应该是"依"。宜川人设灵案，大多在堂屋中死者遗体脚下摆设，有的死者的子、侄、孙有几十号人，怎么容得下？一般人家除了在遗体下设"灵案"外，还在院中设"灵牌位"，如唱为"依灵位前跪"较合理一些。其实，旧社会大户人家的房子门外都有石阶，唱为"依阶下跪"更好。如是这样，读罢祝文后，孝子悲痛不已，趴伏于地，就合乎情理了。所以，我希望有兴趣的人能对流行礼词逐句考证，不要人云亦云，以讹传讹。只有弄清所有礼词的字意、文理，才能更好地研究"行礼点主"，做到"取其精华，弃其糟粕"。否则，"行礼点主"仅仅是一种祖传的丧葬仪式，且十分繁琐，没有多少真情实感可言，不值得效仿流传。如果能把"行礼点主"仪式改为追悼会，就是时代的进步。

2008 年 10 月 20 日

把根留住

——《宜川旧事》序言

我写的《耕读传家远》一文，有幸在 2021 年宜川县"德润丹州"有奖征文比赛中获得一等奖。在 10 月 18 日的颁奖大会上，坐在我身边的二等奖获得者是宜川县交里乡北门村人，他不仅是我舅家村里的人，获奖的文章就是写我一位表弟以"善后有德"为家风，兄弟几个齐心协力、互帮互助，共同奔小康的真实事迹。所以我们两个人一见面就倍感亲切，从未谋面却如同故人，相见恨晚。颁奖仪式结束后他要请我吃饭，因急着赶回家中，被我婉言谢绝。于是加了微信，各回各家。

第二天他在微信上告诉我，说他参加工作不久，就知道我退休后为了遵从母亲的意愿，一直待在农村侍候我母亲。还说他虽然不认识我，但是多年来他一直把我当作孝敬父母的榜样，孝敬他的母亲。如今他的母亲年将九十，依然能够自理。他也因此先后获得了延安市"十大孝子""延安市第二届道德模范""宜川县首届道德模范"等荣誉称号。我不曾想竟然有人以我为"榜样"。其实在孝道方面，他比我做得好，他是我的榜样。

自此我们两个聊天多了起来，互相发给对方自己写的文章相互学习，我也对他有了更多的了解，他去年刚出了一本个人散文集《岁月深处》。他近两年在"今日头条"发了不少文章，除过他自己写的，还有一个叫作强世国的宜川农民工写的。大部分是对20世纪七八十年代以前宜川农村往事的回忆，有故人，有古物，有饮食，有遗失的农事，有遗失的行当，更有遗失的传统农具。他说自己想整理出来一本书，把这些遗失的东西用文字和图片记录下来。我认为他的作为很有意义也很有必要。他邀我写个序言，我由于年龄的原因，眼睛花了，很少写东西，可是这件事我却痛快地答应了。

我是地地道道的农村人，在农村长大，小时候干过不少农活，用过很多农具。工作了一辈子都没离开过农业。从乡镇书记到主管农业副县长，从县委书记到延安市农牧局局长。退休后又多年在农村陪护我的母亲，即便现在我依然每年的春天就回到村里住，侍弄花木，种瓜育蔬，践行农事技艺，住到天冷了才回城。

社会在变化，很多小时候吃过的家常饭都很难吃到了，很多农村的农耕用具都已经被更先进的机械所替代，很多传统的礼节礼仪也都被时代所简化甚至是淘汰。把所有传统的东西全丢掉，是不好的现象。优良传统应该继承发扬，不忘初心，方得始终。

农耕文化和器具，毕竟是人类从类人猿到现代文明的进程中积累的智慧结晶，可以说是见证了人类的诞生，是人类生产力和生产关系进化的见证，它们经历了漫长的岁月，见证过农业的兴盛与衰败，这些东西不仅仅是工具，它们还充满农耕文化历史，不应该随着时代的进步而遗忘。

现在的很多人浪费粮食，因为他们不曾体会到每一粒米的来之不易，把农民的汗水和辛劳抛之脑后，应该呼吁大家去体会一下农耕生活，这样才能够更加珍惜现在的生活！

我们不仅应该用文字和图片把历史记录下来，还可以开办农耕文化遗产展，陈放当地农民收藏的农耕老物件，把淘汰下来的农耕用具收集起来。即使在日常生产中再难以见到它们的身影，但是曾经是它们让我们从野蛮的时代走到现在文明的时代，它们代表的不仅那个时代的农业水平，更能从它们的身上看到当时时代的发展状况和我们祖先的智慧。这些古老的物件不仅是老一辈的回忆，更是我们农耕文化的传承。我们应该将它们留下来，让后代们了解他们的用处，知道父辈们是怎样走过来的。

那些古老的农具就和农民一样，很少有闲着的时候，为农业丰收可谓功不可没，那个年代的农民一年四季在土地上劳作，寒来暑往，风雨无阻，农具就是他们的出场道具，如果缺少了它们，人们就无法演绎劳动这场生存的大戏。这些农具在过往的农业发展中立下过不朽的功勋，它们闪耀过光芒，温暖过我们，也是历史传承和时代进步的伟大见证者。

看到他们写的这些宜川旧事，我仿佛又回到了 20 世纪七八十年代，因为这些文字和图片已经不仅仅是文字和图片了。它记录的是我们华夏民族勤劳为本的优良传统，而且也寄托着我们对农耕文化的浓郁乡愁。

农民们可能欠缺保护乡愁、保护农耕文化的意识，他们也不可能有那样的长远眼光，因此他们对没有用处或暂时不用的农具也不善保管，但是我们相关单位和部门还是应该考虑到这些的，有幸我们宜川现在有安军锁等人用文字和图片开始记录了，相信这只是一个开端。文出宜川，我们宜川人一定会在这方面做得更好。一定能够把这些体现农耕文化的东西留住，我们国家是一个农业大国，农业是我们的根，留住这些也就是留住我们的根。

但愿这些农耕文化能丰富美丽乡村建设的内涵，但愿我们必将在乡村振兴的战略下建设出一个个"望得见山、看得见水、记得住乡愁"的美丽乡村。

《宜川旧事》是对宜川文化的贡献。是一本好书，期望宜川县能出这样更多的，有可读性，有历史价值的文章和书籍！

2021 年 11 月

编村志是好事

吴明斋同志、程鹏羽姐夫要我为《落东村志》作序，我实不敢从命。因为在我的心目中，落东村是一座人文历史悠久的村庄，有我许多长辈，我岂敢贸然作序？但他们数次相邀，盛情难却，我只好作文述敬。

国家修史，地方编志，家族记谱，是中华民族优秀的文化传统。盛世之年，修史续谱之风方兴未艾，人们希望把祖先的优秀品德和经验教训，作为遗产继承下来，明晰当代，昭示千秋。可多姓之村共修村志的还不多见。落东村有十多个姓氏，世代和睦相处，邻里之间互论辈分，现在又率先共修村志，是其文化厚重的表现。吴明斋同志曾编撰《延长县志》等多部史志，在古稀之年仍不忘故乡故土，不辞辛劳地编写《落东村志》，其精神可嘉，难能可贵。编写《族谱》和《村志》，并不是一件很容易的事，没有奉献精神和一定的文字水平是不可能办到的。编写中要搜集资料、起草文稿、编排校对，编写者经常处于多方奔走、冥思苦想、雕章琢句、绞尽脑汁、夙兴夜寐的状态。为了不错一人、不错一字，明斋同志多次去印刷厂修改文稿，寒风中候车，雨雪里往返，此中艰难，个中滋味，尝者知之。众口难调，《族谱》《村志》的编写，很难做到使所有人满意，不少人不愿干这"吃力不讨好"的事。吴明斋同志在78岁高龄时，勉为其难，有所作为，为众人做此奉献，实在令人敬佩。

翻开《落东村志》文稿，一个个亲切的名字在耳边回响，一张张熟悉的脸容在眼前出现。落东村是云岩镇南塬一个古老的村子，有几个历史时期是附近村庄的政治文化中心。我小时候，常跟父亲去落东村，父亲开会办事，我与小伙伴玩，1957年我还在落东初级小学念过书。我在孩童时期，和落东村小伙伴掏过鸟窝、捉过迷藏，在南窑沟看过"牛牴架"，逢年正月初一还在"西九天"庙院打过铜钱，中秋节后在庙坪里赛"响鞭"（俗称"排鞭子"）。1956年，"五一高级农业生产合作社"的成立大会在落东村召开，那天各村的锣鼓震天响，就属落东村的鼓声最响亮。那一年云岩区组织春节文艺汇演，"五一"社的秧歌规模最大，"踩高跷"节目受到奖励。我们都是秧歌队成员，元宵节给各村送秧歌，落东村有一程姓家庭用稠酒招待，米酒香喷喷的味道，我至今难以忘怀。1961年南海村和落东村分成两个大队，但落东村人们仍是邻里乡党，有不少人和我家还有亲戚关系，见面即称伯、叔、哥、婶婶、姑姑、姐姐。直到我担任云岩镇党委书记时，落东、社吉、北海、南窑、云岩等村的许多长辈、大哥大嫂见了我还叫我的乳名，叫者朗朗上口，听者亲切入耳，证明他们没有把我当"外人"看。我和落东村乡亲的接触中，深感他们具有善良、宽容、勤俭、朴实的优良品德，有发奋图强、敢作敢为的精神。这些，对我个人的成长帮助很大，我由衷地感谢他们！2016年，南海和落东又合并成一个行政村，那种乡愁，更使我终生难忘！

"大人物"青史留名，早已被人们认可；普通百姓留名村志，有人却不以为然。名人除了自己的品德、学识外，往往与人生的机缘、时运有很大关系。普通老百姓在谋取生活生产资料的劳动中，抚养儿女、繁衍后代、勤俭持家，是对人类发展最基本、最实在的贡献，没有芸芸众生，哪有我泱泱中华、巍巍中国！所以说，普通人留名村志应是天经地义之事。落东村乡亲编写《村志》，就是要把劳动人民艰苦奋斗、勤劳致富的优秀品德和创造美好生活的高尚情怀、崇高精神一代又一代传承下去，继往开来，承前启后；教育后人不忘初心、不忘祖先、不忘根源，砥砺向前，锐意进取，为中华民族的伟大复兴作出新的贡献！岂不美哉、壮哉！

我相信，落东村乡亲在今后将会生活得更美好、更幸福。在此，我衷心祝愿落东村乡亲身体健康、万事如意！祝愿落东村早日建成社会主义新农村！

2018 年 12 月 12 日

关于腊八的传说

在我二年级时，语文课本上有一篇关于腊八节来历的课文，我仍记忆犹新。

古时候，有一对老夫妻，他们一生勤苦劳作，省吃俭用，是一个小康之家，家里的存粮大囤鼓堆小囤满，不愁吃不愁穿。年复一年，他们把东山日头背到西山，起早贪黑，男耕女织，在村里很受人尊敬。他们吃穿不愁，仍然十分俭省节约，一粒米都不浪费。他们人到中年才生一儿子，欢喜之余，对儿子从小娇生惯养，导致儿子长大后好吃懒做，从不劳动。儿子结婚后，儿媳也和丈夫一样好逸恶劳，小夫妻俩从不下地，也不做家务，连饭也不做。家里的种地、家务全是老两口没黑没明地干。老两口年龄大了，渐渐年迈力衰，相继去世。二老去世后，儿子儿媳仍然不下地劳动，耕地荒芜，院落破旧，整天吃了睡，睡了吃，认为囤里粮还很多，不用下地。不觉几年，囤里的粮食吃完了，邻居劝他们说："你们这样坐吃山空不行，不然会饿死的。"他两依旧不以为然，仍然不劳动，每天在囤子里扫点粮食维持生活。

到有一年腊月初八这天，他们已经有两天没有进食，实在饿得不行，便又把每个囤子底扫了一遍，扫到一把粮食，有麦、谷、糜、各种豆子。他俩把这一把粮食烹成粥喝了，就再未出门，过了几天饿死了。村里人发现这对年轻人饿死后，为了教育儿孙勤劳持家、俭省节约、不要坐吃山空，每逢腊八日都要吃一顿各种粮食熬成的稀粥，以警示后人。这种警示活动，没过几年就在全社会传开了，成了"腊八节"！

（此文 2022 年 1 月 19 日发表于"延安市个体私营企业协会"公众号，2022 年 9 月 30 日又转载于"黄河文化研究"微信公众号）

对写墓碑铭文的一点看法

近几年来，随着群众生活水平的提升，不少人都给祖先和父母立墓碑，个别的还立路碑，中国人慎终追远、不忘祖先的传统正在恢复和发扬。所写碑铭文，却是五花八门，过去传统的写法也有，随意写的也有，但无论哪一种写法都表达了对祖先的思念。

宜川是一个有文化传统的县，碑铭文的写法也代表文化水平，还是应讲究一些。特别不能出现字义上的错误。比如"讳"字，人们为了对父母尊敬不直呼其名，在名字前边加个"讳"字。有的碑子把"讳"字加在父母姓字前边，这是不对的。孟子说："讳名不讳姓，姓所同也，名所独也。"父子的姓是一样的，名字不一样。只能"讳名"，不能讳姓。这是汉语的基本知识。"文出宜川"群中朋友都是有文化的人，希望大家做些宣传，纠正碑铭文中字意上的错误。如果把姓"讳"了，实际是对父母的不尊敬，更是一种笑话！有伤大雅！

2022 年 3 月 25 日

（该文 2022 年 3 月 24 日发表于《社区文化》月刊）

仕望河是哪条河

　　宜川的仕望河究竟是那条河？今人和古人说法不同。但历史是由古至今发展来的，我以为还是某些当代人对宜川地理历史渊源不清楚，说错了河流名称。一人特别是某些有影响的一个人说错，其他人跟着说，以讹传讹，三人成虎，便使宜川某河流的历史中断，我们的后人还以为旧县志记错了。

　　据《吴志》记，流经宜川城有三条河，一曰银川水，即今宜川城西川水；二曰南川水，又名赤石川，又名义水，源出今黄龙大岭，至富曲村与丹阳水合并；三曰丹阳水，又名偏城川，源出洛川县界牌山流入宜川境，在富曲村与南川水合并流经县城。并无仕望河流经宜川城记载。

　　《吴志》对仕望河是如下记载的："仕望川，在县西北四十里，源出甘泉县界之钟楼寺山东南（钟楼寺现属宜川交里乡辖），流入宜川西境降仙里界，东经加阳里与赤石川银水二水合，再东经康宁里至关头渡上，流十余里清河口入黄河。"从此记载可得出结论，仕望河就是钟楼寺至交里孟长镇经四方村、交里镇、兰家河川，至十里坪与县川河合并再至入黄河之口，称为仕望河，并不包括十里坪至县城的河流。《余志》把县城至十里坪这一段河流称为县川河。

另据宋延龙从一古钟刻字记事上考证，交里四方村原名仕望村，居仕望河中上游。故尔，仕望河名与仕望村有密切联系。为什么从晚清以后仕望村变成四方村？虽不可臆断，但可考究。仕望与"死亡"谐音，可能因某件不吉事故后改了村名，也可能把"仕望"逐渐转音变为"四方"村了。

我读宜川 20 世纪 90 年代出版的新县志，亦把县城以下河流记为"仕望河"，与《吴志》《余志》的记载皆不同。

2023 年 8 月